尊龙

绿药 著

上册

青岛出版集团 | 青岛出版社

图书在版编目（CIP）数据

尊宠/绿药著.—青岛:青岛出版社,2024.3
ISBN 978-7-5736-1715-6

Ⅰ.①尊… Ⅱ.①绿… Ⅲ.①言情小说－中国－当代 Ⅳ.①I247.5

中国国家版本馆CIP数据核字（2023）第238228号

书　　名	ZUN CHONG 尊宠
作　　者	绿　药
出版发行	青岛出版社（青岛市崂山区海尔路182号）
本社网址	http://www.qdpub.com
邮购电话	18613853563
责任编辑	郭红霞
校　　对	商芷宁
装帧设计	蒋　晴
照　　排	梁　霞
印　　刷	三河市良远印务有限公司
出版日期	2024年3月第1版　2024年3月第1次印刷
开　　本	16开（710mm×980mm）
印　　张	30.5
字　　数	506千
书　　号	ISBN 978-7-5736-1715-6
定　　价	65.00元（全2册）

编校印装质量、盗版监督服务电话 4006532017　0532-68068050

目录

上册

第一章 圣上赐婚 1

第二章 五爷醒了 15

第三章 我是你的妻子顾见骊 31

第四章 她杀人了 47

第五章 她做噩梦了 65

第六章 「被一只猫吵醒了」 85

第七章 侄儿求您放了她 93

第八章 觉得委屈就哭 119

第九章 姬昭的女人 135

第十章 买糖吃 149

第十一章 回家 165

第十二章 吃亏是福 179

第十三章 回府 197

第十四章 聘礼 209

第十五章 朋友 229

目录 下册

- 第十六章　上门女婿　245
- 第十七章　我的小夫人　259
- 第十八章　奉旨入宫　273
- 第十九章　星河灿烂　299
- 第二十章　圆房　317
- 第二十一章　回伯府　333
- 第二十二章　你怎么还在生气　349
- 第二十三章　星漏被打　363
- 第二十四章　姬昭，你欺负人　377
- 第二十五章　赔礼道歉　399
- 第二十六章　妻子的责任　413
- 第二十七章　百花宴　427
- 第二十八章　嫁得不好　441
- 第二十九章　喜欢他对我好　457
- 第三十章　遗愿　469

第一章 圣上赐婚

五爷名昭,三郎名绍,圣旨上不知怎么滴了一滴墨,遮了左半边。

一大早，顾见骊在当铺门外等了好久。她手里捏着一支双蝶流苏步摇，也不知道是因为过分用力还是因为天寒，纤细娇嫩的手指白生生的。

寒冬腊月折胶堕指，枯寒街巷里，她玉软花柔。一阵寒风刮过，她单薄的襦装紧贴细腰，柳弹花娇，娉婷袅娜，勾得街头巷尾里一双双眼睛望过来。

"吱呀——"当铺沉重的木门从里面被拉开。

顾见骊捏着母亲留给她的遗物，细步迈过门槛，虽然万般不舍，但是父亲还在等着救命的药。

街头巷尾中有了议论声。

"武贤王可是咱们大姬唯一的异姓王，昔日多风光啊，如今……被罢爵、抄家、打入天牢，要不是正好赶上太后喜寿大赦天下，早就……"男人做了个抹脖子的动作。

另一个人笑嘻嘻地接话道："如今他也是吊着口气，早死晚死有什么区别？"

几个人幸灾乐祸，似乎忘了当年武贤王得胜归来时，他们也曾喜气洋洋地跪地叩拜，高呼战神。

"可惜了'安京双骊'……"男人叹了口气。

武贤王的一双女儿因名中皆有"骊"字，且貌美，并称"安京双骊"，名动天下，是永安城的男人们不可企及的苍穹皓月。

"听说已经出嫁的姐姐顾在骊三年无所出，如今赶上这件事，不知道会不会被休。妹妹顾见骊和广平伯府的三郎早先有婚约。这桩婚事原先是破落宗亲高攀武贤王，可如今看来，恐怕要吹了。"

另一个人质疑道："不能吧？这桩婚事可是圣上赐的！"

顾见骊没有听见那些人的议论声，也不在意。这三个月，这些话她已经听够了。

她在当铺换了钱，又去药铺抓了药，忍着各种不怀好意的目光，匆匆赶回家。

顾家四口如今住在忠仆让出来的一处简陋的农家小院里。那院落是真的小，甚至没有顾见骊曾经的闺房大。这里一共有两间屋子，父亲、继母和弟弟三个人挤在一间，顾见骊自己住一间。她住的那一间是曾经的厨房改的。

顾见骊刚走到巷口，就听见嘈杂的争执声从家中传来，继母陶氏的嗓音格外刺耳。

顾见骊一手抓紧药，一手提着裙子，疾步往家赶去。

"你们广平伯府一窝子又尿又坏的势利眼，怪不得落魄到这步田地。你们当初眼巴巴地求着咱家姑娘嫁过去，现在跑来落井下石！你们欺负我男人躺在床上，会遭报应的！"陶氏哭喊道。

赶到家门口的顾见骊听见陶氏的话，心里一惊。难道是广平伯府的人来退亲了？

顾见骊目光微凝，然后黯淡下去。她咬唇，淡粉的唇瓣上显出月牙形的印子。

小院门口堵了很多看热闹的人。院门关着，看不见里面的情景，他们就一个个竖着耳朵听里面的动静。见顾见骊回来，他们都让开了一些。

顾见骊刚打开院门，看热闹的人就伸长了脔子往里面望。

坐在地上的陶氏一骨碌爬起来，端起身旁的一盆污水朝门外泼去："看什么热闹？再看挖了你们的眼！"她又骂了两句，抓着门口的扫把赶人，一直赶到巷口。

广平伯府来的人是宋管家，后面跟着两个小厮，抬着两个用红绸缠绕的箱子。

顾见骊望着那两个箱子上的红绸，有些不解。

宋管家对顾见骊行了个礼，皮笑肉不笑地道："见过顾二姑娘。"

顾见骊还记得宋管家上次见她时诌媚的脸。

"顾二姑娘，老奴是来送聘礼的，三日后便是黄道吉日，到时会有花轿来接您。老奴提前祝您和五爷白头偕老、子孙满堂！"

顾见骊猛地抬头，潋滟的秋眸中满是震惊之色。

她垂首低眉时已是美如画，抬眼望着人时又是另一种惊艳之美。

宋管家愣住了。他自然知道"安京双骊"的美名，可顾见骊不过十五岁，还没完全长开。宋管家一直认为顾见骊逊于其姐，今日方知大错特错。倘若再过两年，顾见骊骨子里属于女人的媚意流出，不知是何等倾城之貌。

如今顾家沦落至此，顾见骊早就做好了被退亲的准备。她原以为广平伯府的人是来退婚的，怎么也没想到是给姬五爷送聘礼的。

姬五爷……顾见骊垂在身侧的手忽然颤了颤。

她没见过姬五爷，可是知道这个人。整个大姬王朝无人不知姬五爷。那是一个双手染满鲜血的恶鬼。

顾见骊难以置信地向后退了一步，问："这是什么意思？"

宋管家的声音软了几分，他低声道："顾二姑娘，老奴给您说句实话。如今您家这个情况，说不定哪日陛下再追究，那可是连累九族的罪。我们三郎怎么还敢娶您？"

顾见骊脸色微白，忍下心里的难受，问："何不退婚一了百了？"

"那可是圣上赐婚。"

顾见骊不解，他们不能退婚却能换嫁？这不同样是抗旨？

宋管家笑了："五爷名昭，三郎名绍。圣旨上不知怎么滴了一滴墨，遮了左半边。"

"私改圣旨同样是死罪……"顾见骊的声音微微发颤。但她望着宋管家脸上的笑容，忽然就懂了——这恐怕是宫里的意思。

陶氏回来了，两步冲进小院中，把顾见骊拉到身后护着，一只手叉腰，另一只手指着宋管家，愤愤地说道："谁不知道姬五爷熬不过这个冬天，连棺材都做好了？你们这是等着拉我们二娘陪葬呢！我们二娘死了，日后便牵连不到你们，你们还保了颜面，真是打的一手好算盘！广平伯府不敢抗旨，我顾家敢！回去给那一窝势利眼送个话，今日是我们二娘休了姬玄恪那个浑蛋！"

陶氏又哭又笑："都是尿蛋，全都是！"

顾见骊从最初的震惊中平复下来，蹲下身，打开箱子，里面是两块布、一袋米、一袋面，还有五十两银子。

若顾家还是昔日光景，广平伯府不管是给姬五爷还是给姬三郎提亲，断然不会只送来这些东西。他们还真是故意羞辱人。

不过顾见骊心里出奇地平静。她摩挲着银子，心想：这人早两天过来就好了，那她就不用当了母亲的遗物。

这门等于赔命的亲事——顾见骊点了头。

"麻烦宋管家回个话，这门亲事我答应了。"

"不行，你个糊涂的！"陶氏气得把顾见骊拉起来，挡在继女身前，撸起袖子，打算骂个痛快。

"母亲。"顾见骊轻轻喊了一声。

陶氏一愣，半天没反应过来。她嫁来顾家七年，知道两个继女都不喜她，这是头一遭听到这个称呼。这三个多月，她所有的体面都没了。她像疯了一样硬撑着，此时心里却窝了一汪水，又酸又涩。

宋管家脸色变了又变，对顾见骊的态度感到意外。犹豫片刻，想起老夫人交代的话，他堆起笑脸，说："这就对了。如今这境况，有了今日未必有明日，能捞一个是一个。"

顾见骊眉目不动，神色疏离淡然，没有接话的意思。

宋管家讪讪。

趁着陶氏愣神儿的工夫，宋管家带着两个小厮匆忙离开。

狭小的院子里一下子冷清下来。陶氏忍了泪，说："你这是何必？广平伯府这么做就是故意羞辱人，等着咱们主动抗旨拒了这桩婚事。咱们家如今背着死罪，也不在意多一个抗旨不遵的罪名！我知道你这孩子是急着用钱救你父亲，可是生钱的法子多的是，何必用命来换？你绣绣帕子，我拿到铺子里卖也能赚钱……"

顾见骊垂着眼睛，声音有些低，却带着执拗之意，道："都说人证、物证俱在，可是我不相信父亲是那样的人。逼我们抗旨的不是广平伯府，而是宫里。若我们抗旨悔婚，才是中了计，那样我们就活不到父亲洗刷冤屈的时候了。五十年是活，十五年也是活，我宁肯自己一个人死了，也不愿整个顾家担着污名活着。"顾见骊哽咽一声，拼命忍住眼泪，"再说父亲的伤不是用廉价药能医好的，更何况我们连买廉价药的银子也没了。绣帕子赚钱太慢，这五十两银子倒是能暂时应急。"

陶氏张了张嘴，说不出半句话来。她确实愚笨，竟没看透这里面的弯弯道道。

墙头忽然传来一阵骚动，似有砖块掉落。顾见骊和陶氏循声望去，只见一个脑壳从墙头一点点冒出来。原来是街头赵家的赵二旺爬上了墙头。

"听说你们家现在缺救命的钱？"赵二旺垂涎的目光扫过顾见骊，"陪哥哥一晚，三百文钱，干不干？"

"我砸死你个脏癞子！"陶氏弯腰捡起一块石头直接朝赵二旺砸去，追过去骂道。

石头正好砸到赵二旺的脑袋。赵二旺尖叫了一声，直接从墙头跌了下去。他撒腿就跑，一边跑一边大声喊："后悔了随时来找我！"

顾见骊淡粉的樱唇微合，极浅极浅地叹息一声。一丝浅笑挂在她的唇畔，她轻声说:"即使留下也没什么好结果。"

陶氏心里"咯噔"一声,不再想着追赵二旺,回头望向顾见骊。就算穿着农家破旧的粗布衣裙,顾见骊也未失半分丽色。她的母亲当年便惊艳众人,她的姐姐娇妍而绽,如今她竟青出于蓝而胜于蓝,真乃花容国色。

她的这张脸就是祸害。

陶氏从脚底开始发寒,寒意迅速蔓延全身。她隐约明白自己再怎么用泼辣的外表撑着,如今恐怕也没能力护住这个孩子了。

陶氏心里憋得慌,为如今的境况,也为人性丑陋。想起顾敬元犯的罪,她心里更憋得慌。

顾敬元犯的罪是奸淫骊贵妃。

晚上,陶氏给顾敬元披被角,听见顾敬元说呓语。她凑过去,隐约听见一个"骊"字。陶氏知道他在念他的发妻。

顾敬元是她的丈夫,也是她崇拜的英雄,是她不管不顾地硬要嫁给他的。没有人比她更清楚顾敬元对发妻有多深情。她万分信任顾敬元的人品,笃信他做不出欺凌女子的恶行。

可是……骊贵妃是顾敬元发妻的妹妹,她们的五官、轮廓极为相似。陶氏心里一颤,忽然又不确定了。

她不能多想,也不敢再多想,抹了眼角的泪,推开里间顾见骊的房门。

顾见骊抱膝坐在床上,下巴搁在膝盖上,缩成小小的一团。她偏着头望向陶氏,然后拍了拍身侧的位置,请陶氏过来坐。

陶氏忍下心酸,挨着顾见骊坐下,努力挤出笑容,一边观察着顾见骊的脸色,一边用试探且讨好的口气说:"我就是想过来跟你说说话,不会吵着你吧?"

面对外人的时候,陶氏没在嘴上吃过亏,可一面对顾家父女三个,就变得有些口拙,大概是自认为身份低微,有些自卑。

顾见骊将手放在陶氏的手背上。陶氏望着交叠的两只手,有些不自在。

"谢谢您。"顾见骊说道。

陶氏慌慌张张地道:"这……这说的是什么话?"

顾见骊含笑摇头,温声细语:"见骊小时候不太懂事,对您不够敬重……"

"没有的事,胡说!"陶氏连忙打断顾见骊的话。陶氏很理解两个继女,谁又能发自内心地喜欢继母呢？更何况这两个继女往年只是对她冷淡疏离了些，谈不上不敬重。

母女二人相视一笑，有些话也不必再说了。

陶氏宽慰顾见骊，说："有的半死人叫喜事一冲，这病就好了。我们见骊从小到大运气都不错，几经波折，最后阴错阳差地嫁给了姬五爷，也未必不是一种缘分。说不定你真的能冲去姬五爷身上的病气，嫁过去的第二日，姬五爷就生龙活虎了！"

顾见骊是不太信这种说法的，只是陶氏安慰她，她也不想让陶氏过分担心，所以顺着陶氏的话半认真半开玩笑地说："承您吉言了。不过，我只盼姬五爷一直吊着一口气半死不活的，可千万别生龙活虎的。"她眉心微蹙，带着一股小姑娘的娇憨之意。

陶氏一怔，问："你这是怕他？"

顾见骊反问："有人不怕他？"

"这……"

想起广平伯府里这位半死的五爷曾经干的行当，陶氏一时间不知该怎么劝顾见骊。别说顾见骊，就算是她面对面见着姬五爷，也是要两腿打战的。

顾见骊像是想到了什么，忽然打了个寒战，声音里也带着一丝颤意："我听说杀人太多的人，死后是要被恶鬼缠着的。他杀了那么多人，若死了，我被拉去陪葬，岂不是一并要被无数恶鬼缠着？"

顾见骊脸色越来越白，全身发颤，全然没了先前那冷静自若的姿态。

陶氏知道顾见骊是个行事无畏的人，可偏偏怕鬼。她正想着怎么安慰顾见骊，忽然发现顾见骊又舒了口气。

"我怎么忘了？他杀过那么多人，死后也会变成最凶的厉鬼！其他恶鬼定然不敢缠上来……"顾见骊声音低了下去，语气里带着犹疑和恐慌之意。

"见骊，别乱说了。这世上根本没有鬼！"

顾见骊没吭声，还陷在自己的想象中。

陶氏急忙开口，阻止她胡思乱想，道："见骊，咱们还没到绝境，只要还活着一日，就有希望。别说姬五爷未必会立刻病逝，就算他病逝了，你也未必要跟着陪葬。路是人走出来的，法子也是人想出来的。咱们顾家人永远都不会垂头丧气，失了斗志。"

顾见骊不想让继母再为她操心，便点了点头，可是心里一直在胡乱猜想。

不管怎么说，她也算嫁给了姬五爷，在他死前还会照顾他一段时间。等他们到了阴曹地府，他看在她曾照顾他，又为她陪葬的分上，兴许会罩着她，不让那些恶鬼纠缠她。可是她转念一想，像姬五爷这么冷血阴鸷的人，真的会感谢别人吗？

顾见骊做了一夜的噩梦，梦见自己身陷险境，周围全是恐怖丑陋的恶鬼。她跑啊跑，一不小心摔倒了，抬头就看见了三头六臂的姬五爷。姬五爷把她拎起来，张开血盆大口，"咔嚓"一声把她给吃了！

顾见骊惊醒，冷汗淋漓，湿了衣衫。

她双手合十，诚心祈求姬五爷活得久一点，再久一点，可也别醒过来，最好一直这样半死不活的，吊着一口气。

顾见骊轻轻咬唇，又有些自责，自己盼着姬五爷不要恢复健康实在有些不善良。可一想到姬五爷的凶名，她咬咬牙，自私地原谅了自己。

三日一晃而过。

顾见骊坐起来，潋滟的凤眸里一片澄澈，毫无半分刚睡醒的困倦。这一夜，她几乎没睡。

她安静地坐了一会儿，有些迟疑地从枕下拿出一封信笺，慢慢展开。

天还没亮，她又舍不得点蜡烛，屋子里漆黑一片。顾见骊虽看不清信笺上的字，但对内容早已烂熟于心。

她用纤细的手指抚过纸面，双唇翕动，无声地念着信笺上的诗句。

这是她与姬玄恪订婚的第二日，姬玄恪悄悄送过来的。

顾见骊长久地出神。这三个月，她见多了人情冷暖。就连亲戚也在此时落井下石，而她与姬玄恪并未成为夫妻，他趋利避害也是人之常情，她又有什么好记恨和介怀的呢？

顾见骊释然地微笑起来，点燃蜡烛。

暗黄的火苗逐渐吞噬信笺，吞噬了信笺上的字字句句，也烧掉了关于姬玄恪的一切。

桌子上放着大红的喜服。

顾见骊摸了摸粗糙的料子，换上后走到外间。继母和弟弟都在院子里，外间只有父亲躺在床上。

顾见骊安静地坐在父亲的床边，目光中带着不舍和难过。她长久地凝望父亲，目光舍不得移开一瞬。

听见外面的声音，顾见骊握住父亲的手，弯下腰凑到他的耳边轻声说："父亲，见骊要出嫁了。您给女儿准备的嫁衣被人抢了去，您快醒过来帮女儿抢回来。"

顾见骊并没有注意到父亲放在身侧的手轻轻颤动了一下。

陶氏进来，将一碗面塞到顾见骊的手里，热气腾腾的面条上躺着一枚已经剥好的煮鸡蛋。

顾见骊捧着烫手的面条，不解地望着陶氏。顾见骊有些心疼钱，恨不得把钱都攒下来给父亲治病。

"赶紧吃，长寿面！"

顾见骊一怔，然后迅速低下头，眼泪落进了面里。她努力睁大眼睛，不再落泪，一口一口吃着面。

大姬王朝的女子普遍在十六七岁时出嫁，最小的十五岁，低于十五岁者是不被准许出嫁的。广平伯府担心姬五爷死得太快，不敢拖延，忍了三日，正是因为今日是顾见骊的十五岁生辰。

陶氏又往顾见骊的怀里塞了两锭银子。

"应该用不到，您都留着吧。"顾见骊把银子推回去。

陶氏在顾见骊的手背上狠狠地拍了一下："你个没出息的，还没到心灰意冷的时候，我让你拿着你就拿着！"

顾见骊抿唇笑了笑，知陶氏是好意，也不再坚持。她回头看了一眼床上昏迷的父亲，又拍了拍幼弟的肩，放下头上的红绸，迈过门槛。

"阿姊！"顾川忽然抱住她的腿。

弟弟从小顽皮，不太听话。自从家里出事后，他就变得异常沉默，整日不说一句话。他眼睛红通通的，小声又坚定地说："你等我！"

顾见骊从红绸下方看他，摸了摸他的头，说："小川是男子汉了，要保护好父母。"

顾川使劲地点头。

顾见骊转身往外走，忍住没回头，毅然上了花轿。

花轿摇摇晃晃，逐渐走远，跟在后面的呼喊声也慢慢消失了。坐在花轿中的顾见骊"簌簌"落下泪来，眼泪越来越多，湿了花容面。

这三个月，她从云端跌进泥里，总是忍着泪，今日却忍不住了，好在有红绸遮面、花轿隔离，倒能无声地哭个痛快。

昔日种种浮现在眼前，她泪水盈目，韶光里的画面已然看不清了。

哭得心里舒服了，她从袖中拿出一方帕子仔细擦了脸。被泪洗过的脸更显莹白如玉。她慢慢勾起嘴角，端庄优雅地微笑起来。

花轿是从侧门被抬进广平伯府的。广平伯府冷冷清清的，没有鞭炮声也没有什么热闹的声音。

"五夫人，该下轿了。"

从花轿中探出一只手来，宋嬷嬷愣了一下，才伸手去扶。宋嬷嬷扶着顾见骊迈进小院，忍不住解释："五爷身体不好，不能吵闹，喜宴摆在前院。至于其他礼节，也一并从简。"

顾见骊轻轻点头，从红绸下方望着脚下的甬路。

宋嬷嬷还说了些什么，顾见骊没怎么仔细听。随着距离姬五爷越来越近，顾见骊心里越来越忐忑。

她进了屋，房中的药味儿扑鼻而来。

宋嬷嬷扶着顾见骊在床边坐下。顾见骊腰背挺直，整个人绷着，一丝丝冷汗从额角沁出。

他……就在她旁边？她不禁想起那个梦里的姬五爷——三头六臂壮如牛。藏在宽袖里的手攥紧了帕子，顾见骊忽然用力，指甲断了，疼得她倒吸了一口凉气。

五爷的屋子里不仅充满药味儿，还阴森森的，整个府里的人没谁愿意往这儿钻。宋嬷嬷瞥了一眼躺在床上的姬无镜，畏惧地收回视线。

宋嬷嬷又上下打量了一遍顾见骊，心里觉得有些惋惜。如果没出变故，眼前这位一及笄就会被封为郡主。她那样的家世，那样的容貌与名声，竟就要香消玉殒在这里，真是可惜了。

不过这些事不是她一个奴仆能置喙的。她笑着说："五夫人，您稍候。五爷院子里的林嬷嬷一会儿会来伺候您。老奴要先去回禀老夫人。"

顾见骊这才知道林嬷嬷不是五爷院子里的人，微微颔首："有劳嬷嬷了。"

屋子里安静下来，顾见骊只能听见自己的呼吸声。她从红绸下方看自己的手指，断了指甲的地方沁出血来。她一动不动地坐了近一个时辰，也没等来伺候的人。她将断了指甲的拇指送进红绸下轻轻吮了一口，然后自己掀开了红绸，入目便是一对喜烛。

房间里很暗，窗口挂着避风又遮光的厚帘。

"噼啪"一声清脆的炸响传来，顾见骊循声望向离床头不远的火盆。顾见骊的目光黯了黯，她做好心理准备后才一寸寸移动目光，小心翼翼地望向躺在床上的姬无镜。

顾见骊的眸中闪过一丝惊讶之色。

她心里是有些怕的，第一眼没敢莽撞，只轻轻地瞟了一眼，然后迅速低下头。

姬无镜给她的第一个印象是"白"。他没有三头六臂，也并非身壮如牛。相反，他有些消瘦，身量长。

姬五爷卧床四年，自然是消瘦与苍白的。

顾见骊轻轻抿了一下唇，再次抬眼，眼睫轻颤，怯生生地望向姬无镜。

姬无镜合着眼，双目轮廓狭长，左眼眼尾下有一颗泪痣，紧抿的薄唇勾勒出一丝似有似无的笑意。

顾见骊一怔，显然姬五爷的容貌与她所想的大相径庭。她身子前倾，凑得近了一些，细细打量姬五爷的脸。

半晌，顾见骊缓缓摇头。

这容貌长在男子身上，着实太漂亮了些。男子还是如父亲那般器宇轩昂些更好。

顾见骊一绺绺起的乌发忽然落下来，轻轻抚过姬无镜的鼻梁，搭在他的眼窝上。

顾见骊一惊，檀口轻启，讶然出声。她惊觉自己距离姬无镜的脸这么近，着实失礼了些，双颊不自觉地染上一丝极浅的红晕。她慌忙坐直身子，将那绺闯了祸的乌发掖到盘发里，然后偷偷看了姬无镜一眼。他一无所知，仍安静地睡着。顾见骊将手搭在胸上，松了一口气。

一阵急匆匆的脚步声由远及近，顾见骊犹豫了一下，没有重新用红绸遮面，大大方方地坐在这里等着。

一个满脸笑容的妇人走了进来，先是对顾见骊说了两句贺喜的吉祥话，之后称自己是六郎和四姐儿的乳娘，刚刚在哄四姐儿睡觉，因此来迟了。

顾见骊微眯起眼，有些茫然。

林嬷嬷连忙解释道："忘了给夫人解释，六郎和四姐儿是五爷的养子、养女。"

顾见骊一下子想了起来，五爷是有那么一双龙凤胎的养子、养女。

说起来，姬五爷也曾定过一门亲事。那门亲事是他幼时由父母定下的，女方姓叶。后来姬五爷做起杀人的行当，在京中的名声也日益不好，叶姑娘一心想退婚。四年前，姬无镜出任务时中了慢性毒药，后来又抱回来一对龙凤胎。叶姑娘一口咬定冷血残暴的姬无镜是不会好心地收养孤儿的，这对龙凤胎定然是他与外室的孩子，兴许还是奸生子。叶姑娘要死要活，把这门亲事给退了。后来姬无镜身体一日比一日差，卧床四年至今，自然不会再议亲。

顾见骊之所以知道这件事，是因为那位叶姑娘当年闹出来的动静着实不小。当时顾见骊就依偎在姐姐的腿上，从丫鬟的口中听说了这桩奇闻。

"五爷喜静，院子里的下人不多，平时都是长生在跟前侍候五爷。但是如今您嫁了过来，长生不方便再进内宅。等明儿让他来给夫人请安。"

这位林嬷嬷长了一张圆圆的笑脸，瞧着十分喜庆。这三个月，顾见骊没怎么笑过，也没见过几张笑脸，猛地瞧着林嬷嬷这张讨喜的脸，心情好了许多。

顾见骊的眉眼、唇畔也染上几分笑意，她温声细语："日后有劳林嬷嬷了。"

林嬷嬷笑着客套了几句，又说："咱们院子里人少，夫人多担待。"

顾见骊偏过头看了一眼床榻上的姬无镜，担心谈话声吵到他。

林嬷嬷看在眼中，引顾见骊在十二扇落地屏风下的罗汉床上坐下，又简单介绍了一下院子里的情况。

林嬷嬷说五爷院子里的人少，但顾见骊没想到会这么少。三个主人，一共才三个下人，除了两个小主子的奶娘林嬷嬷和伺候姬五爷的小厮长生，只剩下一个丫鬟栗子。栗子脑子有些不好使，因为是长生的妹妹，才被准许留下伺候。

"夫人，要不要用膳？"

早已过了用膳的时辰，顾见骊也没刚进屋里时那么紧张了，如今林嬷嬷一说，顿时觉得有些饿了。

林嬷嬷急匆匆地去外间吩咐，等膳食被送上来后，扶着顾见骊绕过十二扇屏风去了外间。

膳食虽然简单，却是顾见骊自家中出事后不曾尝过的。顾见骊小口小口地吃了一些。

香软的水晶菱香饺入口，顾见骊忽然想起家里的境况，鼻子一酸，连忙低下头，藏起眼里的黯然之色。等再抬起头时，她又是一副从容、温和的模样。

撤下膳食，林嬷嬷伺候顾见骊梳洗沐浴，之后就要赶过去照顾六郎和四姐儿。屋子里又只剩下顾见骊一个人面对姬无镜了……

刚刚沐浴过的顾见骊身上带着一股柔和的湿意。大红的裙摆曳地，她款步姗姗，行至床榻前，蹙眉瞧着姬无镜。

犹豫片刻，顾见骊弯下腰抱起一床鸳鸯喜被。盖在姬无镜身上的被子被她不小心扯开了一些，她吓白了脸，迅速将怀里的鸳鸯喜被放在罗汉床上，又折回去站在床榻前。

顾见骊梳洗后，长发已经放了下来。她将鬓发别到耳后才压下心里的抵触情绪，弯下腰小心翼翼地给姬无镜披被子。

顾见骊不小心碰到姬无镜的手背，惊得缩回了手。自七岁起，她谨遵男女大防，忽然与陌生男子相处，心里总有些别扭。

她垂眼去看姬无镜的手，他的手并不宽，却很长，手指的骨节格外分明。顾见骊看了一眼便收回视线，悄声走向罗汉床。

她与姬无镜自是不能同床而眠的，幸好正对着大床的屏风下摆了一张罗汉床。罗汉床虽不如床榻舒服，倒比她这三个月睡的木板好多了。

若是正常成婚，她自是不会任性到与新婚夫君分床睡的。她不愿与姬无镜同床而眠的理由实在有些难以启齿。她……担心姬无镜半夜病逝，而她一觉醒来发现和一具尸体睡在一起。

现在正是一年中最冷的时候，屋子里燃着炭火，可炭火离罗汉床有些远。顾见骊慢慢蜷缩起来，望着桌上的一对喜烛，有些失神。

今天是她及笄的日子。她记得父亲曾大笑着许诺为她大办及笄宴，宴上她将会被封为郡主。

今天亦是她出嫁的日子。长辈祝福、姐妹欢言、三拜九叩、交杯结发……这些都没有，什么都没有。

可是，她想这些做什么呢？她还不如想想怎么治好父亲的伤，怎么给父亲洗刷冤屈，怎么应对眼下在广平伯府里的境况。

她在被子里挪了挪身子，将下巴埋进被子里取暖。临睡前，她遥遥望了一眼床榻上的姬无镜。和一个只剩半口气的人同处一室实在有些让她发怵，她索性把脸也埋到了被子里。

这一夜，顾见骊睡得不太踏实。她没有做关于鬼怪的噩梦，却觉得有一双狐狸眼一直盯着她。她不敢睁开眼，在被子里缩成一团。

夜深了，二房的灯还没熄。

二大人皱着眉，又烦又愁。二大人是姬玄恪的母亲，若顾家没有出事，顾见骊将会在来年夏季过门，成为她的儿媳。如今顾见骊做不成她的儿媳，竟成了她的妯娌。

"夫人……"心腹大丫鬟红杏端上来一碗养胃粥，道，"这几天真冷，夫人，您吃几口暖暖胃。"

"怎么就真的娶进府里了？"二夫人越想越气，"不是说这么做是为了逼她主动抗旨退婚？"

二夫人愁的不是儿媳变弟媳后自己会尴尬，而是不知如何向姬玄恪交代。当时姬玄恪跪地相求，求家里帮助武贤王。他们骗他去南安城接表亲，许诺等他回来就为武贤王的事情走动。

他们本想支开姬玄恪，之后逼顾见骊抗旨，这样既能依宫里的意思除掉顾敬元，又能让顾见骊主动退婚。等姬玄恪回来后，一切早已尘埃落定。

可他们千算万算都没想到顾见骊宁肯陪葬送命也没有抗旨。如今这种情况，等姬玄恪回家后发现未婚妻成了他的婶娘，他能不闹吗？作为母亲，二夫人自然知道自己的儿子有多执拗，也知道他对顾见骊有多深情。

想起顾见骊那张过分艳丽的脸，二夫人拂袖摔了小几上的热粥，怒道："天生会勾人的狐媚东西！"

"夫人，您别急，五爷这次昏迷了小半年，比往常都久。奴婢还听说五爷前天又咯血了。三郎归家至少还要十日……"

二夫人目光微闪。

十日，他们能做的事情太多了。

第二章 五爷醒了

你是顾敬元的小女儿?
你父亲还活着吗?

翌日，天还没亮的时候，顾见骊便醒了。

她是被冻醒的，身上的鸳鸯喜被不知何时落了地。顾见骊睡姿很规矩，经常睡时什么姿势，醒来时还是什么姿势，更没有踢被子的习惯。但她没多想，抱起被子拍了拍灰尘，再把它放回床榻上——让别人知道她昨晚睡在罗汉床上总是不好的。

桌上那对喜烛居然还没有燃尽。

顾见骊忽然想起姐姐出嫁的时候，继母曾说新婚之夜的喜烛一定要燃到天明，这样夫妻二人才能百年好合、事事顺遂。

她走到桌旁坐下，托腮望着晃动的火苗，好半天，眼睫才随着火苗扇动一下。

她不敢再睡了。

顾见骊安安静静地坐在昏暗的房中等待天明，不由得想起了广平伯府的情况。她原本是要嫁给姬玄恪的，对广平伯府的事情也算有些了解。

广平伯府的老伯爷岁数不小了，共有五子一女，前五子为原配所出，小女儿为继室所出。那继室也就是如今府里的老夫人。这五位爷里，大爷有个不大不小的官职，二爷、三爷都不大有出息，四爷夭折，五爷如今吊着一口气。孙辈里倒是有几个有出息的，其中尤数姬玄恪出息大。

她怎么又想起了姬玄恪？顾见骊微微蹙眉，侧首看向床榻上的姬无镜。

说起来，广平伯府里老老小小一干人中权力最大的人，竟是曾经的姬无镜。他没有品阶官职，权力却极大，让满朝文武畏惧。

当今圣上经历夺嫡之役才终登九鼎，但坐上龙椅时朝堂局势不稳，于是设立了玄镜门。一些该杀却不能在明面上杀的人，圣上便交给玄镜门处置。

姬无镜是玄镜门的第二任门主。他及冠之年，由圣上钦赐"镜"为他的字。

如果说玄镜门是陛下的刀，那么姬无镜就是这刀上最利的刃。

姬无镜杀过反贼，也杀过忠臣，斩过刺客，亦宰过亲王。若姬无镜只是为陛下当差，那他的风评也不会差到如此地步。

有人说姬无镜是享受杀人的，还有人说他全身上下都藏着暗器，他若看向你，对你轻笑一声，你恐怕就见不到明日的太阳了。

有一年圣上出行，百姓夹道跪拜，忽有胆大的刺客行刺，姬无镜便当众剥下了刺客的人皮。姬无镜一身红衣坐在马上，用长剑挑起人皮，笑着说要回去做一个人皮灯笼玩玩。那一幕让围观的百姓毛骨悚然。

还有一年番邦使者前来挑衅，姬无镜仍是一袭红衣，懒散地抱胸，斜倚廊柱嗤笑了一声。闻此，使者叫嚣，可话还没有说完便已七窍流血而死。姬无镜摊了摊手，似笑非笑地道："不是我干的。"

不是你，还能是谁？

昔日那样的人物如今躺在床上等死，顾见骊有些感慨。许是想起同样卧床昏迷的父亲，顾见骊再看向姬无镜时，目光里便少了许多先前的畏惧之意。

也是，他都是快死的人了，有什么可怕的？至少去阴曹地府之前，她是不用怕的。

待到天亮时，林嬷嬷赶来伺候顾见骊梳洗。

顾见骊这桩婚事虽然特殊，可是今日还是要到老夫人处请安的。林嬷嬷随顾见骊一起。

路上，顾见骊有些不放心地问："你跟我过来，六郎和四姐儿那里可安排妥帖了？"

"夫人放心，奴婢出来的时候两位小主子还睡着，栗子在一旁守着。"林嬷嬷补充了一句，"栗子这丫头虽然笨拙了些，可吩咐她做些简单的事情，她还是能做好的。"

顾见骊点点头，说道："等回院子了，我去瞧瞧他们。"

落后顾见骊半步的林嬷嬷瞧着她端庄挺拔的背影，觉得十分惊奇。林嬷嬷原以为会进来一个哭哭啼啼的女主子，没承想顾见骊竟如此沉稳淡定。她哪里像等着陪葬的人？她不仅一滴眼泪没落，还该吃吃、该喝喝。只是这样就罢了，她竟然还会关心两个小主子，礼节方面也没什么错处，倒像是真打算好好过日子的。再想到她不过十五岁，林嬷嬷更是觉得惊奇。

宋嬷嬷挑起帘子向老夫人通禀五夫人到了，顾见骊迈入主屋。顾见骊的到来打断了屋子里原本的谈笑声。无数道目光投了过来，他们仔细地打量着顾见骊，想把她看透。

广平伯府的女眷们，顾见骊几乎都认识。

顾见骊无视各种看热闹的目光，款款走到老夫人面前，规矩地行礼。她从容得体，并无错处。

"起来吧。"老夫人点头，让宋嬷嬷递上了红包。

顾见骊又与三位妯娌相见，依次喊了"大嫂、二嫂、三嫂"。

二夫人明显有些尴尬。

顾见骊一切礼数都没错，偏偏屋子里的气氛古怪得很。

大姑娘姬月明开口道："见骊，三个多月没见，如今再见，世事大变，没想到你没成为我的堂嫂，反而嫁给了我五叔。"

姬月文和姬月真诧异地看向姬月明，本来就古怪的气氛变得更加尴尬了。

顾见骊忽然想起父亲曾说："玄恪这孩子不错，日后必有一番作为。可你嫁给他，必要和他的家人相处。广平伯府徒有皇室宗亲的名头，里头却烂透了，那家人的做派恐怕你会不喜。"

顾见骊看向姬月明，姬月明忽然有些心虚。曾经整个京城的人都捧着顾见骊，他们想要接近顾见骊都没什么机会。如今顾家出事，顾见骊更是沦落到给别人冲喜的地步，姬月明那压抑了许久的自尊心一下子膨胀了起来，便没忍住挖苦了顾见骊两句。

顾见骊脸上挂着浅浅的笑，说："明姐儿，称呼错了。"

姬月明一怔，不可思议地看向顾见骊。

顾见骊却已经移开了视线，看向大夫人，温声道："若我没有记错，明姐儿两三个月前已经及笄了。如今她也该懂些规矩了，免得在外面出错。"

顾见骊的声音本来就有些甜、软，她温声细语的时候，更是给人特别舒服的感觉。她说的明明是指责的话，却让人十分受用。

大夫人这几日正在愁姬月明的婚事，顾见骊的话忽然让她有所触动。她并非为顾见骊打抱不平，而是不喜女儿当众表现得不够得体，尤其是自己的女儿和顾见骊站在一起时，这差距……

她立刻拉长脸斥责女儿："你没大没小的，像什么样子？你身为嫡姐，还不快带着几个妹妹喊五婶！"

大夫人一个眼色把姬月明叫屈的话吓了回去。姬月明咬咬牙，心不甘情不愿地朝着顾见骊屈膝，道："月明给五婶问好。"

姬月文和姬月真一并起身，向顾见骊问好。

大郎姬玄慎也带着几个弟弟向顾见骊问好。府里一共五位少爷，此刻除了姬玄恪，其他人都在。

顾见骊不动声色，心里却忍不住想：姬玄恪是觉得尴尬，才故意避开了今日的场景吗？

厅中还有老夫人的表亲家的几个孩子，不过老夫人并没有让顾见骊与这些亲眷打交道的意思，只是揉了揉眉心，让晚辈都退下。

老夫人说最近天寒，顾见骊不必日日过来请安，照顾好姬无镜即可。

顾见骊了然。日后其他人是否来请安她不知，老夫人却是直接不让她登门了。

顾见骊脸上端庄的浅笑未曾变过，内心亦毫无波澜。只是在离开的时候，顾见骊感觉到了一道分外直白的目光。

顾见骊回头便对上了赵家表少爷不怀好意的目光。她蹙了蹙眉，心想：父亲当初的话的确没说错。

回到五爷的院子里，顾见骊没回房，先去看望了四岁的六郎和四姐儿。两个孩子居然还睡着，顾见骊没吵醒他们，只是轻轻走过去看了一眼。

两个小孩子都像雪团子一样可爱，酣睡时的模样更是讨人喜欢。尤其是睡在外侧的女孩儿，像只可爱的小奶猫，瞧着就让人心里软软的。

"夫人，您先回去休息吧，等小主子醒了，奴婢抱他们过去见您。"

顾见骊又看了一眼酣睡的两个孩子，硬着头皮转身回房。她本以为陪两个孩子一整天就不用回去单独面对姬无镜了，可惜他们睡得正香……

回了屋，顾见骊倚靠在窗前，随意地拿了一本书来读。读书能分散注意力，让她忘记屋子里还有另一个人。

将手中的书读到三分之二时，顾见骊微微转头，发现窗外天色阴沉沉的，像是要下雪。察觉有人走进屋中，顾见骊仍将目光落在书页上，随意地问道："有什么事吗，嬷嬷？"

"五表婶。"男人带着讨好的声音响起。

顾见骊一惊，猛地抬头。

赵奉贤往前迈出一步，顾见骊用力地将手中的书放在桌上，严肃地质问道："这里岂是你能随意进入的地方？！"

赵奉贤显然被顾见骊忽然提起来的气势给唬住了，不过也只是一瞬。他继续朝顾见骊走去，笑嘻嘻地说："五表婶，早上没能向您问好，奉贤心里过意不去，现在亲自过来给您请安。"

顾见骊之前绝对接触不到这样的人，或者说再卑劣的人在她面前都要摆出儒雅的模样。而在过去的三个月里，她见过太多地痞流氓了。赵奉贤的言语和表情，她实在是太熟悉了。

顾见骊抓起一旁的茶碗朝赵奉贤的脚旁摔去，冷着脸呵斥道："出去！再不出去我就要喊人了！"

赵奉贤仍旧嬉皮笑脸地说："五表叔身体好的时候最喜欢死人，最讨厌活人，他的院子最偏僻，没人来，你喊不来人的。"他眯起小斗眼将顾见骊从头到脚打量了一遍，话锋一转，道，"再说了，您这是误会奉贤了。奉贤仰慕五表婶多年，只是想和五表婶说说话，别的浑蛋事……不做。"

虽然姬无镜的院子偏僻，可眼下乃白日，又近晌午，顾见骊稳了稳心神，沉着嗓音道："贤侄想与我说什么？"她不动声色地端起桌子上的另外一只白釉茶碗，抿了一口凉茶，放下茶碗后手指搭在碗沿上，轻轻转动。

"奉贤是想告诉五表婶，如今您不是孤单一人，若是有什么需要，可以随时来找奉贤，不管是什么事情，不管是白日还是夜里……"他说到最后，声音低了下去，语气里亦带了些卑劣之意。

赵奉贤这张色眯眯的脸让顾见骊作呕，可顾见骊只能忍着怒意，冷静地开口道："你五表叔的院子的确偏僻，只是眼看着要到用午膳的时辰了，贤侄是想留下用膳吗？若如此，我得知会厨房一声。"

顾见骊甜甜的声音入耳，赵奉贤大半个身子酥了。他笑眯眯地说："五表婶，您怎么就不信奉贤的善意？奉贤今日过来只是瞧瞧您过得如何，想向您表表忠心罢了。"

他不由自主地向前走了两步，瞥了一眼床榻，压低声音继续说："就在您嫁过来的前一天夜里，五表叔咳了血，太医来了府上，说五表叔活不到过年。如今距离过年可只有十日了，到时候府里的人会怎么对您，您心里清楚。只要您点个头，咱们合伙来一出狸猫换太子……"

接下来的话他没有再说，可是顾见骊已经听懂了——他是要以救命之恩让她做他的外室。

"五表婶，您好好考虑考虑。确实到用膳的时辰了，奉贤先走了。"他一步三回头，目光流油，鬼鬼祟祟地离开了。

他从院子的偏门出去，见左右没人，便大摇大摆地往正路上走去。他脑子里仍旧是顾见骊的那张脸，心痒难耐，决定去花街柳巷里快活快活。

房中，顾见骊挺直的脊背软了下去。她有些疲惫地靠着玫瑰椅，望着摔在地上的瓷片出神。

倘若她毁了这张脸，是不是就会少去很多麻烦？

她能将赵奉贤来过的事情说出去寻求庇护吗？可这广平伯府的人分明盼着她早些死，免得被她牵连。她本就孤立无援。

小孩子的说话声打断了顾见骊的思绪。

林嬷嬷抱着姬星澜来了屋外，姬星漏跟在林嬷嬷身旁。进了屋，林嬷嬷把姬星澜放下，笑着对顾见骊说："夫人，奴婢把六郎和四姐儿带过来了。"

姬星漏自打进屋后就低着头，妹妹姬星澜一直往林嬷嬷的身后躲，有些惊慌。林嬷嬷把藏在身后的小姑娘推到身前，柔声说："这位以后就是你们的母亲，快叫人。"

姬星澜抬起头，好奇地看着顾见骊，大大的眼睛忽闪忽闪的，小嘴微微张着，想要叫人，又有些犹豫。

顾见骊起身，脚步轻盈地走过去，蹲在两个孩子面前。她揉了揉姬星澜的头发，温柔地说："没关系，不想叫暂时不用叫。"

姬星澜歪着小脑袋好奇地瞧着顾见骊，觉得顾见骊好漂亮，声音也好听，不由自主地冲顾见骊笑了起来。

林嬷嬷又说："澜姐儿，喊人了。"

"母……"

一直低着头的姬星漏忽然推了妹妹一把，顾见骊手疾眼快地抱住了姬星澜。姬星澜在顾见骊的怀里转过身，看向哥哥，委屈地撇了撇嘴。可是姬星漏一个眼神瞪过来，她立刻不敢哭了。姬星漏嗤笑了一声，没好气地说："我要吃饭！"

"这……"林嬷嬷看向顾见骊。

顾见骊点了点头："你去吧。"

林嬷嬷应了一声，提着裙子疾步去往外间做准备。

顾见骊没理姬星漏，直接将姬星澜抱了起来。二人在窗前坐下，顾见骊用指腹轻轻碰了碰小姑娘的鼻尖，温柔地说："你叫星澜对不对？"

"哇，你怎么知道？"小姑娘惊奇地睁大了眼睛。

"我不仅知道你叫星澜，还知道你今年四岁了。"

姬星澜点点头，软软地说："你知道那么多呀，我是四岁啦！"说着，她伸出五根手指，想了半天，又缩回去一根。

顾见骊忍俊不禁，凑过去在小姑娘的脸蛋儿上轻轻亲了一下。

"我们星澜真漂亮！"

姬星澜懵懵懂懂地看着顾见骊。她忽然踢了鞋子，抓着顾见骊肩膀上的衣料，晃晃悠悠地站起来，凑到顾见骊面前，在顾见骊的脸颊上亲了一口。

"你也好看！"

小孩子一旦开了口，就"叽里呱啦"说个不停。姬星澜有张讨人喜欢的脸，加上软软的声音，让人喜欢得很。

站在原地的姬星漏看着她们两个你一句我一句，完全当他不存在，就走到衣橱旁踢了两脚，故意制造声响。

姬星澜果然扭过头来。但顾见骊轻易地重新吸引了姬星澜的注意力，她们依旧当姬星漏不存在。

姬星漏生气了。他走到被摔碎的瓷碗碎片前，蹲下来玩。他记得林嬷嬷每次看他这样，都会大惊小怪地跑来抱起他，随后说："我的小祖宗哟，你可别伤着了！"

然而他玩了好一会儿碎片，坐在窗前的两个人还是不理他。

顾见骊悄悄看了姬星漏一眼，无声地说出他的名字："星漏……火树银花合，星桥铁锁开……金吾不禁夜，玉漏莫相催。"

她猜测这个孩子的名字应当是从这首诗里来的。

午膳时分，姬星漏沉默地吃饭，而姬星澜被顾见骊抱在腿上。

"我吃饱了！"姬星漏跳下椅子，一溜烟儿地跑了。

林嬷嬷"哎哟"一声，提着裙子追了出去。看来这样的戏码已不是第一次上演。

姬星澜吃了一根面条，用小小的手摸了摸嘴角，仰头望向顾见骊，吐字不清地问:"哥哥怎么了?"

"哥哥吃饱了,咱们星澜继续吃。"

"我下午能来找您玩吗?"姬星澜嘟起肉乎乎的小嘴。

"当然可以呀。"

能照顾小孩子的话,她便可以不用一直单独和姬无镜相处了。当然了,姬星澜这么讨人喜欢,对顾见骊来说着实是个意外的惊喜。至于姬星漏,顾见骊看得出来这孩子的教育出了问题,可这种因为环境而慢慢养成的性子,不是一朝一夕能改过来的。

顾见骊亲自抱着姬星澜去睡午觉,恨不得留在姬星澜的屋子里同她一起睡。可是顾见骊还得硬着头皮做一件事……

先前给姬无镜喂食的是长生,如今长生不宜进屋,这件事就落到了顾见骊的头上。早上,顾见骊因为要去主屋请安,躲了过去,现在是躲不了了。

顾见骊端着一碗粥进了里屋,站在屏风旁望向床榻。直到瓷碗烫得手受不了了,她才挪步走过去,坐在床边。

她将粥碗放在床头的小几上,又准备了帕子放在姬无镜的枕头上。在家的时候,她曾给昏迷的父亲喂过东西,也算有经验。

"别慌,若流出来,擦去就好,多试试,总能喂进去。他现在昏迷,不能打你,你便权当……当是给父亲喂粥好了……"顾见骊自言自语了一通,终于端起碗来试了试温度,随后小心翼翼地喂给姬无镜。

情况比顾见骊预想的要顺利多了。

顾见骊忽然又想:如今只是喂食,但擦身子这种活儿日后是不是也是她的?顾见骊手一抖,汤匙里的粥滴到姬无镜的脸颊上。顾见骊一惊,急忙用指腹抹去,又慌慌张张地用帕子给他擦了一下。

等将一小碗鱼粥喂尽,顾见骊长长地舒了一口气。

这只是午膳,还有晚膳。

嫁过来的第二夜,顾见骊如昨夜一般,抱了一床被子歇在罗汉床上。

夜里,顾见骊留了一盏灯才歇下。她屈膝侧躺在罗汉床上,虽一动不动地合着眼,却许久未能睡着。所以,当有人从窗户跳进来的时候,她一下子就醒了。

"什么人?"顾见骊坐起来,顺手握住了藏在枕下的匕首。

"五表婶，你居然睡……睡在罗汉床上。嘿嘿，新婚宴尔，五……五表叔不能陪你，奉贤陪你怎……怎么样？"

赵奉贤一步三晃，全身带着酒气。

顾见骊暗道一声"坏了"。白天时他尚能守些礼，可如今醉了，骨子里的劣根性恐怕要暴露出来了。顾见骊一边朝门口跑，一边大声喊："林嬷嬷！长生！"

可惜她只是个小姑娘，跑不过赵奉贤。赵奉贤几步追上去，比她先到门口，将后背抵在门上。

那一瞬间，顾见骊特别想父亲。如果父亲好好的，一定不会让她受这样的委屈。

"别……别跑了……"赵奉贤朝顾见骊扑过去，"五表婶，奉贤……奉贤陪你……"

顾见骊握紧手里的匕首，一边后退，一边冷着脸训斥道："我是你的长辈，你不能胡来！"

小腿撞上了什么东西，顾见骊就势朝后跌坐了下去。她转头看见床榻上的姬无镜，才知道自己退到了屋子最里面的拔步床边。她慌忙地道："你五表叔还在屋子里！他今日醒过一次，你当着他的面动他的妻子，就不怕他醒来后找你算账？"

赵奉贤"嘿嘿"笑了两声，跌跌撞撞地往前走着，竟被绊倒了。他不急着爬起来，抬头望向顾见骊，咧着嘴笑道："五……五表叔快死了，什么都不知道了，就算我脱了裤子往他的脸上撒一泡尿，他也……喀喀！"

赵奉贤脸上的笑僵在那里，那双醉酒的眼一点点恢复清明。一阵寒意袭来，赵奉贤一瞬间醒了酒，整个人开始发抖。

顾见骊蒙了，后知后觉地回过头看向身侧，便看见了一双似笑非笑的狐狸眼。他双眼狭长，眼尾微微上挑，勾勒出几许风姿，那眼下的一颗泪痣给他再添了三分妖娆的气息。

"吵死了……"

姬无镜嗓音本就偏冷，如今太久没说话，猛地开口，声音沙哑干涩，阴森森的。他的声音入耳，顾见骊感觉像有一条阴冷的蛇爬过脊背。

赵奉贤感觉额头上的冷汗直往下掉，滴落在地面上。他瞪圆了眼睛，一副见了鬼的表情，随后立刻趴在地上，脖子伸得很长。

"五……五表叔……"

"嘘！"姬无镜缓缓地抬起手，把食指搭在唇前。

房中只燃着一盏灯，光线不甚明亮，让姬无镜的脸色显得越发苍白。赵奉贤连喘气声都不敢再发出了。

一旁的顾见骊看着姬无镜，不由自主地屏住呼吸。

姬无镜将手撑在床上，缓缓地撑起上半身，盘腿坐好，双手随意地放在腿间。他手长，腿更长，雪色的寝衣松松垮垮地套在身上，侧襟尚未系紧，露出些胸膛。

姬无镜昏迷太久，手脚有些僵硬，这一系列动作做得很慢。顾见骊不由自主地向后挪，直到后背抵上床柱，退无可退。她看着姬无镜的目光是惊愕庆幸的，也是担忧畏惧的。

姬无镜冷冷地瞥向赵奉贤，嘴角露出一丝笑意，那颗泪痣跟着微微上挑。

姬无镜明明在笑，赵奉贤却觉得毛骨悚然。

"把刚刚的话重复一遍。"

赵奉贤一骨碌爬起来，跪到床前，双手死死地抓住床沿，颤声说："五表叔，奉贤错了！奉贤喝醉了，刚刚在胡说八道！"

姬无镜只是看着赵奉贤，似有若无地笑着，不气不恼。

姬无镜越是这样，赵奉贤越是胆寒。赵奉贤仰头望着姬无镜，整个人僵在那里，好半天才咽了一口口水。

腊月底，夜晚的寒风从窗户灌进来，打在赵奉贤已经被冷汗浸湿的后背上，使他如坠冰窟。

姬无镜懒得将话说第二遍。

"五……五表叔快死了，什么都不知道了，就……就……"赵奉贤硬着头皮重复先前说过的话，说到一半便不敢说下去了。

"继续说。"姬无镜懒懒地瞥了赵奉贤一眼，语气中听不出喜怒。

"五……五表叔快死了，什么都不知道了，就算我脱了裤子往他的脸上撒一泡尿，他也……"赵奉贤用尽力气喊完先前说过的话，大哭着磕起了头，脑门儿往地上撞得"咚咚"响，"五表叔，您饶了奉贤吧，奉贤再也不敢了！"

姬无镜伸手撑着床，上半身极为缓慢地往前倾了一些，开口道："还少了一个字。"

"什……什么？"

赵奉贤一把鼻涕一把泪地抬起头，目光呆滞地看着姬无镜，心想：什么叫还少了一个字？

极度紧张的情况下，他的大脑异常地清醒，继续道："五……五表叔快死了，什么都不知道了，就算我脱了裤子往他的脸上撒一泡尿，他也……嗝！"赵奉贤在最后打了个酒嗝。

姬无镜微微勾起嘴角，挑起的眼尾处堆出三分笑意，满意地轻笑了一声，说："这下对了。"

姬无镜笑了，赵奉贤却连哭都哭不出来了，反反复复地喊道："五表叔……五表叔……五表叔……"

"贤侄有句话说得不太对。"

赵奉贤哭着说："是是是，五表叔说什么都对……"

姬无镜慢悠悠地开口："比起活人，我确实更喜欢死人。但是，我最喜欢的是被我弄死的死人。"

赵奉贤打了个激灵，哭声顿时停了。

"五表叔身体好的时候最喜欢死人，最讨厌活人，他的院子最偏僻，没人，你喊不来人的……"这是他上午偷偷过来威胁顾见骊时说过的话。

赵奉贤的鼻涕流得很长，他吸了一口气，道："五……"

姬无镜皱眉，再看向赵奉贤的目光中多了几分厌恶之意："罢了，滚吧。"

"是是是……奉贤这就滚！"赵奉贤像是得了大赦一样，又哭又笑地爬起来，慌慌张张地往外跑，迈门槛时一下子摔了个狗吃屎。他立马爬起来，动作十分麻利。

"关门。"

姬无镜沙哑的声音从后面传来，赵奉贤又低着头跑回去，用颤抖的手把门关上，然后转身就跑……

房间中，顾见骊后背紧贴着床柱，双手紧紧握着匕首。因为过分用力，她断了指甲的地方隐隐渗出血丝来，可是她完全不觉得疼。

逃过一劫，她本该喜悦。可是她怔怔地看着姬无镜，陷入了另一种恐惧之中。她整个身子紧绷着，双肩微微发颤。

姬无镜这才掀起眼皮看向她，用冰冷的目光扫了她一眼，沉着嗓音问："你还拿着匕首做什么？没捅到烂狗，你打算拿我补一刀玩玩？"

他刚开口的时候面无表情，说到最后竟莫名其妙地露出了几分笑意。

"不……不是……"顾见骊慌张地松手，匕首从她的手中掉落，重重地落在地上。

顾见骊整个人都蒙了。她的确想过或许姬无镜真的会醒过来，可是万万没想到他醒来时会是这样的场景。

她告诉自己：冷静，冷静。她该说什么？告诉他，她是他昏迷时广平伯府给他娶进门的妻子？可这并非实情，其中的弯弯道道不是她一两句话能说清的。

"我……我……你……"向来沉着冷静的顾见骊第一次变成结巴。

她恍惚间意识到自己正坐在床角，局促地站了起来，颤抖着声音道："我去给你请大夫……"

她想逃。

可是顾见骊刚刚迈出一步，手腕忽然被姬无镜握住。

他的手很凉。

他明明是刚苏醒的病入膏肓的人，力气却不小。姬无镜用力一拉，顾见骊身形一晃，整个人栽进了他的怀里。她一条腿笔直地立着抵着床，另一条腿弯曲着，膝盖搭在床沿上，纤细柔软的身子弓着栽进姬无镜的怀里，下巴重重地磕在他的肩上。她的一只手腕被姬无镜擒住了，另一只手悬在姬无镜身侧的半空处，不上不下地僵在那里，不知道该往哪儿放。

姬无镜还是先前盘腿而坐的姿势，纹丝不动，一只手握住顾见骊，另一只手搭在顾见骊的腰侧摸了摸。

女人的腰真细真软，即使她僵着身子也是如此。

顾见骊觉得姬无镜的声音阴冷似蛇，他的手也是。这条阴冷的蛇正爬在她的腰侧。她拼命地忍耐，可是身子还是忍不住开始发颤。身体紧绷的时候，神经异常敏锐，她感觉到姬无镜修长的手指滑进了她的衣襟里。那一瞬间，顾见骊想到的绝对不是轻薄之举，而是人皮灯笼。

姬无镜忽然松了手。

顾见骊脚步略一踉跄，整个人直接跌坐在姬无镜身侧。她双手撑在床上，身子略微向后仰，无声地喘了两口气，然后才小心翼翼地看向姬无镜。

姬无镜将一方雪色的帕子抵在唇前，一阵轻咳。那方干净的帕子上逐渐染上了猩红的颜色。鲜血渐次晕染，湿了大半的帕子。

那是顾见骊的帕子。

顾见骊一怔，这才明白姬无镜刚刚拉她过去，只是为了取走她腰侧的帕子。她慢慢冷静下来，小声问："你……你怎么样了？"

姬无镜止了咳，用指腹抹去嘴角的血迹，低下头，盯着那方染血的帕子看了一会儿，才不紧不慢地将帕子工整地叠好放在一边，哑着嗓子问："现在是什么时候了？过年了没有？"

"腊月二十一。"顾见骊小声说。

姬无镜动作微顿，几不可见地皱眉，说："早了。"

顾见骊听不懂他在说什么，小心地坐直了身子，问："你要水吗？饿了没有？我这就叫大夫过来。"

姬无镜稍微活动了一下身子，转头看着顾见骊的脸，觉得眼熟，眸中闪过一丝诧异之色。

他伸手捏住顾见骊的下巴，让她抬起头来，又眯着眼睛问："骊贵妃是你什么人？"

顾见骊一愣，随后说："娘娘是我姨母。"

姬无镜用指腹轻轻摩挲着顾见骊的下巴，思索了一下，问："你是顾敬元的小女儿？"

"是。"

顾见骊的模样像极了其生母，和骊贵妃也有些相似。

姬无镜的指腹上有薄薄的茧，他轻微的动作就让顾见骊的下巴上留下了红印子。顾见骊的心悬着，随着他手上的动作而颤动。

姬无镜轻轻地"嗯"了一声，恍然一笑，问："你父亲还活着吗？"

"父亲活得好好的！"提及父亲，顾见骊的声音稍微大了些，可她想到父亲如今的境况，目光又是一黯。但很快顾见骊便愣了一下，随后惊愕地看向姬无镜。姬无镜昏迷了小半年，如何知道父亲出了事？

顾见骊想问，外面却响起了"沙沙"的脚步声。林嬷嬷的声音也跟着传了进来："夫人，出了什么事啊？"

姬无镜松了手,支着下巴说:"鱼。"

"什么?"顾见骊没听懂。

"我说我要吃鱼。"姬无镜懒懒地斜靠至一侧,就势想要躺下。

"好,我去吩咐。"顾见骊急忙起身,疾步往外走,刚好迎上准备敲门的林嬷嬷。

"五爷醒了,你去喊大夫来。"

林嬷嬷一惊,一拍大腿,说道:"太好了,我这就让人请大夫过来!"

林嬷嬷喜滋滋地走了,顾见骊却没太多喜意。顾见骊抬起头,望着檐下悬挂的灯笼,有些怔怔的。

一阵凉风吹来,她的后颈处有些发寒。她蹙眉摸了一下,那股凉意便从指尖传遍了全身。

第三章

我是你的妻子顾见骊

我姬昭声名狼藉,
京中无人敢嫁,
偏偏嗜美如狂,
只想要天下最美的女人。
你可美?

下半夜，广平伯府一下子醒了过来，一盏又一盏灯笼渐次亮起。

顾见骊站在门口，看着广平伯府的人进进出出，一张张脸上或显着喜色或暗藏惧意。一时间，这府中最偏僻的院子里变得热闹起来。

看着这些人，顾见骊忽然想起陶氏的话："有的半死人叫喜事一冲，这病就好了。我们见骊从小到大运气都不错，几经波折，最后阴错阳差地嫁给了姬五爷，也未必不是一种缘分。说不定你真的能冲去姬五爷身上的病气，嫁过去第二日，姬五爷就生龙活虎了！"

顾见骊苦笑，居然真的被陶氏说准了。

想起陶氏，她难免又想起父亲，明明她离家才两日，已然漫长如过了两年。

府里的人应该不知道今天晚上赵奉贤跳窗进来的事情。这样也好，如今广平伯府的人是盼着她死的，她将此事讲出来也讨不来什么公正的结果，反而容易被人抓住把柄，惹上不清白的罪名，更何况……

顾见骊转头看了一眼里屋，心想：更何况，赵奉贤的事，姬无镜都知道。

老夫人扶着宋嬷嬷的胳膊走了过来，看着顾见骊，问："今天晚上发生了什么事？无镜真的醒过来了？"

顾见骊垂着眼睛，温顺地回话："是的，五爷醒过来了。父亲和几位兄长已经到了，您也进去瞧瞧吧。"

老夫人点点头，迈过门槛。

府里的几位爷都在屋内。顾见骊没去里面，站在外间招待陆续过来的女眷。

大夫人、二夫人和三夫人都在外间，她们是陪着夫君过来的。几位爷进去看望姬无镜，她们便暂时在外间候着。

下人通禀，大姑娘和二姑娘结伴过来了。

姬月明裹着一件毛绒斗篷，冷得搓了一下手。进了屋，她从丫鬟的手中接过暖手炉，略微抬起下巴看向顾见骊，问："我五叔怎么样了？"

姬文跟在姬月明后面，姬月真倒是没见人影，可能是睡得沉，没起来。

"醒过来了。"顾见骊只答了这么一句。

姬月明忽然轻笑了一声，将暖手炉递给丫鬟，朝前走了两步，拉住顾见骊的手腕笑着说："我以前是不信冲喜这种说法的，没想到五婶真的这么好运。"

我们家真是没白娶你这个媳妇。"

大夫人看了一眼里屋的方向，皱着眉阻止女儿胡闹："月明，休要吵闹，小心扰了你五叔。"

姬月明本想顶嘴，但还是有些忌惮刚醒的那位，便暂时把挖苦顾见骊的心思收了收，不耐烦地道："女儿知道了。"

姬月明回到座位旁坐下，饶有兴致地盯着顾见骊的脸，希望看见这位昔日苍穹皎月般的人露出愤怒与委屈的表情。可惜，姬月明没能如愿。顾见骊像是没听懂姬月明嘲讽的言语似的，脸上没什么表情。

姬月明不高兴地皱起眉，刚想再开口，却见宋嬷嬷急匆匆地从里屋出来，走到了顾见骊身侧。

宋嬷嬷抖了抖臂弯里搭着的斗篷，亲自给顾见骊披上了。这一幕让在外间待着的女眷和丫鬟都有些惊讶。宋嬷嬷是跟在老夫人身边伺候的人，何时亲手照顾过别人？

顾见骊虽不知道宋嬷嬷轻易不伺候人，可是瞧见旁人的眼色，便猜了个大概。

像是知道一屋子人肚子里的疑惑似的，宋嬷嬷笑盈盈地向顾见骊解释，道："五爷说外间冷，五夫人穿得单薄，让奴婢给五夫人拿了件斗篷。"

顾见骊黑白分明的眼中闪过一丝惊讶之色。她有些感激，但一想到姬无镜那双狐狸眼里古怪且危险的笑意以及他全身上下散发出的冷意，她便什么感激都忘了，只记得那种毒蛇爬在腰上的阴森恐惧感。

其他人都一脸惊愕，心想：五爷何时知道体贴人了？是，姬无镜行事古怪，一时兴起逗人玩也是有可能的。可是他不是刚醒过来吗？他这么快就接受了这个被塞过来的媳妇？

二夫人盯着顾见骊身上的斗篷，心里不安起来——老五该不会真的不死了吧？那她要怎么在九天内除掉顾见骊这个大麻烦呢？

大夫人和三夫人对视一眼，在对方的眼中看见了相同的神色。

管家在外头行了礼，禀告宫里来了太医。宋嬷嬷立刻迎上去，又挑起帘子请太医进里屋。

顾见骊扯了扯肩上的斗篷，柔软的料子擦着她的手心。今夜发生的事让顾见骊将广平伯府的情况弄得更明白了些。她原以为姬无镜病重，府里的人随意将他扔到了这么个偏僻的地方，连伺候的下人都不肯给。可瞧瞧深更半夜待在这里的人，顾见骊才明白，恐怕真的是姬无镜喜静，自己择了这个院子。

顾见骊依旧猜不透姬无镜和府里其他人的关系，猜不透这些人是盼着姬无镜好还是盼着他死……顾见骊只看明白了一点，这里的每一个人都不敢惹姬无镜。也是，他是那样危险可怕的一个人。

老伯爷和老太太从里屋走了出来，几位爷跟在后面。

老太太上下打量了一遍顾见骊，说："老五让你进去。"

顾见骊微不可察地皱了一下眉，不明白姬无镜找她做什么，表面上还是规矩地屈膝应了一声，走进里屋。

姬无镜还是盘腿坐在床上，似乎一直保持着刚刚醒来时的姿势。太医正弯着腰开药方。

顾见骊朝床榻的方向走去，经过太医时，无意间瞟见桌上那方沾满了鲜血的帕子。太医可能会通过姬无镜咳出的血分析病情。

此时，帕子上的血迹颜色极深，包含大块大块的黑色。可顾见骊分明记得，姬无镜咯出的血是鲜红色的……

顾见骊走到床榻前，小心翼翼地问："五爷，有什么事情？"

姬无镜看向顾见骊，问："我的鱼呢？"

顾见骊轻轻地"呀"了一声，向后退了一小步，眸子躲闪似的快速转动起来。

她忘了……

"我……我这就吩咐下去……"顾见骊轻轻咬了一下唇，又结结巴巴地辩解了一句，"你刚醒，外面很多人，我……我在招呼……"她有些心虚，声音越来越低。

"算了。"姬无镜一副懒洋洋的样子，说，"把长生叫进来。"

…………

折腾了大半夜，过来看望姬无镜的人才一个个离开。顾见骊坐在罗汉床上，偷偷看了一眼正在吃鱼的姬无镜。

刚苏醒的人不应该在饮食上十分讲究吗？他怎么能如此大口大口地吃鱼？他这么喜欢吃鱼吗？

顾见骊努力挺直腰背，却渐渐开始犯困。天都快亮了，她还没有睡。不过，眼下显然不是睡觉的时候，她只能这样安静、端庄地坐着。

"爷，您怎么在这个时候醒过来了？"长生刚说了一句，忽然想起顾见骊还坐在不远处，立刻把接下来想说的话咽了回去。

"吵。"姬无镜把一整条鱼刺扔到盘子里，又拿起另外一条鱼。

顾见骊低眉顺眼，却竖着耳朵仔细地听着不远处的主仆的对话。

"有人跳窗都不知道，你皮痒了，嗯？"姬无镜语速很慢，一副漫不经心的样子。

"什么？怎么会……？"长生瞪圆了眼睛，慌忙解释道，"爷，您现在成家了，长生不方便入内宅守着，栗子又是个笨的……"

姬无镜动作一顿，转头看向正规规矩矩地坐着的顾见骊。他差点忘了，一觉睡醒，自己多了个媳妇。

姬无镜将手里的鱼随手一丢，用帕子擦了擦手，支着下颔盯着顾见骊。

顾见骊知道姬无镜在看她，可是不知道该怎么应对，索性假装什么都不知道，一直低着头。

过了很久很久，就在顾见骊快坚持不下去了时，长生挠了挠头，问："爷，您要不要沐浴？"

姬无镜没将落在顾见骊身上的目光挪开，懒散地点了点头。

长生收拾好碗碟后出去了，里屋便只剩下了顾见骊和姬无镜。顾见骊最怕的就是和姬无镜单独相处，简直如坐针毡。

里屋西边有一个小侧间，是他们平时沐浴的地方。没过多久，长生便将圆木桶里装满了热水，氤氲的水汽缭绕在小侧间内。

长生又将干净的衣物准备好，有些茫然地看了顾见骊一眼，犹豫地对姬无镜道："爷，那我先下去了？"

"嗯——"姬无镜拖长声音，懒散地应道。

一直像木雕一样坐着的顾见骊猛地抬起头来。长生下去了，那谁伺候姬无镜沐浴？别说姬无镜如今体虚，就算他好好的，也应当有下人在左右服侍。

顾见骊慢慢地转头看向姬无镜。父亲沉冤未雪，自己处境艰难，顾见骊觉得，所有摆在面前的机会都值得珍惜。

姬无镜昏迷许久，估计不知道换嫁一事。广平伯府的人推姬无镜出来的时候，定然想不到他还有苏醒的一日。或许，她可以利用这一点抓住生机。

姬无镜似乎在想什么，目光有些涣散。

顾见骊心里挣扎了片刻，终于起身朝姬无镜走去。

她行至床榻前，随后缓缓地蹲了下来。她身上浅红色的高襦裙层层叠叠的，像一枝绽放的红色芍药。

她眼睫轻颤，看着姬无镜说："五爷，我是你的妻子顾见骊。"

姬无镜盯着顾见骊的脸看了一会儿，眼尾轻挑，露出几分莫测的笑意。随后他弯腰凑到顾见骊跟前，盯着她盈着一汪秋水的眼眸，不紧不慢地说道："嗯，顾见骊，姬昭记下了。"

他凑得那么近，几乎贴着顾见骊的脸。顾见骊甚至闻到了鱼的味道。

她轻轻抿了一下唇，忍住后退的冲动，那藏在袖子里的手紧紧地攥着，指节发白。她说："这段日子你一直昏睡，府里的长辈替你定了这门亲事。你事先一无所知，是该不乐意……"

"我乐意啊。"姬无镜打断顾见骊的话，嘴角含笑，慢慢地道，"一觉睡醒，身侧有美人相伴，为何不乐意？"

顾见骊有些错愕，原本准备好的说辞顿时忘记了，慌乱地道："因……因为大家没问过你的意见……"

姬无镜嗤笑了一声，说："我姬昭声名狼藉，京中无人敢嫁，偏偏嗜美如狂，只想要天下最美的女人。"他屈起的食指缓缓地滑过顾见骊香软的雪腮，他含笑问，"你可美？"

顾见骊的脸颊上，他用食指滑过的地方麻酥酥的。顾见骊终于在姬无镜的眼睛里发现了戏谑之意。

他是故意的！

顾见骊胸口微微起伏，压下一口气，一本正经地说："我与姐姐并称'安京双骊'，世人皆言我们姊妹二人容貌优于京中其他女儿，所以我应当是美的。"

"呵……"姬无镜笑了起来，略微低下头，用额头抵住顾见骊的眉心。随着他的轻笑，顾见骊感觉额头处正轻轻地颤动。她忽然红了脸。

姬无镜退开了一些，拍了拍顾见骊的头，笑着道："小孩子家家的，可到十四岁了？"

"我及笄了！"

"哦？"姬无镜的目光扫过顾见骊不盈一握的腰。

"就昨天！"顾见骊用余光看了一眼窗户，发现天光大亮，发白的晨光从垂帘一侧洒下，便改了口，"前天。"

姬无镜但笑不语。他换了个更舒服的姿势——两条大长腿一条弯着，一条屈起来，手随意地搭在膝盖上。

顾见骊瞧着他垂下来的手，心想：这只手轻轻一扭，就能把她的脖子拧断……她偷偷瞧了一眼姬无镜的脸色，鼓起勇气试探道："五爷可有什么打算？若是不满这桩婚事，不如及时给见骊一封休书，或者……嗯，我们就这样凑合过了？"说完，她藏在袖子里的手攥得越发紧了。

顾见骊明明胆战心惊，偏偏装出一副冷静自若的样子，就像小孩子学大人一般。姬无镜觉得有趣得很。

他想笑，便真的笑了出来。顾见骊的眉头却一点点皱起来，心想：传言姬五爷不仅心狠手辣，更是脾气古怪，这话果真不假。

顾见骊话还没说完，硬着头皮继续道："不过府里的人或许不准我留下来……"

顾见骊不能将挑拨离间这种事做得太明显，觉得这样说以后，姬无镜应当会明白广平伯府的人已经把他当死人看待了。不是都说姬五爷小心眼儿吗？他兴许会记仇。

顾见骊曾经想过，倘若姬无镜醒来了，她便努力气他，让他将她休了。可是昨夜看见整个广平伯府老老小小都赶过来看望姬无镜，又看见太医深更半夜赶来为他诊治，顾见骊便改了主意。她想，或许可以借助姬无镜的力量为父亲洗刷冤屈。

姬无镜当然明白顾见骊的言外之意。事实上，不用顾见骊说这么一句，他亦早已猜到府里其他人的态度。他觉得顾见骊一本正经耍小聪明的样子挺有趣的。

姬无镜忽然问："你知道你父亲平时怎么称呼我吗？"

顾见骊感觉心跳了跳。她的确听父亲谈起过姬无镜。那一日，父亲大发雷霆，一口一个"疯子"地骂姬无镜。但是，这件事她还是装不知道吧。

"贤弟。"姬无镜吐出答案。

顾见骊松了一口气，姬无镜和父亲没有过节儿就好，倘若有过节儿才是麻烦。

"所以啊，"姬无镜灿烂地笑着道，"你这孩子该喊我叔叔。来，喊一声听听。"

顾见骊的目光撞进姬无镜狡猾的狐狸眼中，她又一次在他的眼里看见了戏谑之意。

他是故意的！

姬无镜"咦"了一声，说："你父亲居然允许你嫁给我这个疯子，他是被抓了，还是变傻了？"

"父亲在牢里受了伤，现在还没醒过来……"顾见骊的眼神一瞬间黯了下去。

姬无镜随意地"哦"了一声，随口问："这个冥顽不灵的老东西犯了什么罪？"

"犯……犯……父亲是被冤枉的！"顾见骊争辩道。

姬无镜无所谓地笑了笑，狐狸眼里浮现了几许兴奋之色，慢悠悠地说："等这老家伙醒来，知道他的女儿嫁给了我，他还不被活活气死？"

最近这三个月，顾见骊学会了很多东西，尤其是隐忍。可是关于父亲的事情不行，她忍不了。她带着一丝恼意瞪着姬无镜，小声说："你该称我父亲为岳丈大人。"

姬无镜恍然一笑，随意地道："这么麻烦啊？那我还是把他的女儿退货好了。"

顾见骊一时没反应过来，有些蒙。她檀口微开，眸中蒙着一层错愕和惊慌之色。

姬无镜见此便想起了林中迷路的小鹿。他似正握着弓箭逗小鹿玩，逼得小鹿惊慌失措。可他若一下子将小鹿逼死，便不好玩了……

姬无镜将手伸向顾见骊，顾见骊有些茫然。

"水要凉了。"姬无镜说。

顾见骊缓慢地眨了一下眼睛，很快从一种惊慌跳到了另一种惊慌里。她快速低下头，别开眼，脸颊不由得染上了一丝红晕。她站了起来，低头看了一眼自己的脚尖，几不可见地皱眉，随后慢慢地挪了一下脚，扶住姬无镜的小臂，将他扶下床。

姬无镜从床榻上下来，身体的重量几乎都压在顾见骊的身上。他刚想迈步，忽听低着头的顾见骊小声说："等一下……"

姬无镜侧头瞧她。

"我……我的腿麻了……"她刚刚蹲了太久，现在两条腿发麻，挪不动步子。

顾见骊低着头，等腿上的麻劲缓过去。姬无镜饶有兴致地近距离瞧着她的侧脸。

顾见骊垂着眼睛，看上去温顺乖巧，可眼珠正不停地转动。她恨时间过得太慢，着急双腿上的麻劲怎么还没退去，怨姬无镜就这样盯着她，看得她浑身不自在。

真是的，这个人的眼睛真是讨厌！

顾见骊一直等双腿的麻劲退去了，才一本正经地说了声"好了"，然后顶着一张没有表情的脸扶着姬无镜走进西间。

西间地方不大，整间屋子里都是氤氲的水汽。顾见骊刚迈进去，双颊就不由自主地红了些许。

姬无镜松开了顾见骊，将手搭在浴桶沿上，撑着身体站起来。

顾见骊小步挪到姬无镜面前，低着头，去解他身上雪色寝衣的系带。顾见骊的手指又细又白，在姬无镜腰侧的系带上挣扎着。

她第一次没解开系带，手有些发抖，之后便更解不开了。

顾见骊一时觉得有些窘迫。偏偏这时姬无镜似笑非笑地看着她，像是看好戏似的，更没有解围的打算。

顾见骊小声抱怨道："五爷院子里居然连个伺候的人都没有。"

"有啊，但因为你来了，长生进不了内宅，所以这些事只能麻烦你了。"

顾见骊轻轻咬唇，手里的动作停了下来——紧张之下，她刚刚反而将姬无镜寝衣上的系带打上了死结。

她忽然转身，走到一侧的柜子前蹲下，在里面翻了又翻，终于取出一把剪子。"咔嚓"一声，她将姬无镜寝衣的系带剪开了。

搭在一侧的前襟滑落下来，姬无镜的胸膛露了出来。顾见骊飞快地垂下眼，不敢乱看。最后她索性闭上眼睛，双手搭在姬无镜的腰侧摸索着腰带。她很快摸到了两根带子，又摸索着去解。

姬无镜悄悄伸出手，修长的食指穿进系带中，将其轻轻挑开，免得系带再次被顾见骊系成死结。

　　听见姬无镜的裤子落地的声音，顾见骊也没睁开眼睛，迅速转过身去，避免看见一些不太好看的画面。

　　姬无镜想说什么，瞧着顾见骊因为紧张而僵着的双肩，略感无趣地闭上了嘴。他将手搭在她的肩膀上，撑着身子迈进浴桶内。

　　姬无镜的手搭在顾见骊的肩膀上时，顾见骊觉得肩上仿佛有千斤重。而等姬无镜松了手，顾见骊顿时松了一口气。顾见骊听着身后的水声，脸颊上不由自主地又添了几分红晕。她小步朝前挪去，背对着姬无镜坐下。

　　时间真难熬。

　　顾见骊低下头，看了看自己断了的指甲，那里一片乌青。她微微张开嘴，将手指含在嘴里轻轻地吮了一口。

　　身后的水声搅得她心绪不宁，她拼命去想别的事情，分散注意力：不知父亲如今怎么样了，身体可好些了？那些落井下石的人可有再欺负继母和弟弟？……

　　想着想着，顾见骊颤了颤眼睫，而后缓缓合上眼睛。她一夜未休息，又经历了那么多事，瞌睡虫悄悄爬了上来。她不知不觉地靠着椅背睡着了。

　　姬无镜洗完澡，穿上干净的雪色寝衣，走到顾见骊身前。

　　顾见骊睡着的时候淡粉色的樱唇微张，浓密的眼睫更显纤长，在她的脸颊上投下两道弯弯的月牙影。她本就雪肤瓷肌，氤氲的水汽在她的脸上蒙了一层湿意，让她恬静的面容更加出尘。

　　顾见骊醒来的时候有一瞬间不知身在何处，眼前雾蒙蒙的，什么都看不太清。她甚至觉得自己并没有醒来，而是在梦里去了仙境。

　　知觉一点点归来，记忆也跟着一点点归来，顾见骊一下子站起来，望向圆浴桶的方向轻轻地喊了一声："五爷？"

　　无人应答。

　　整个室内充满了水汽，她什么都看不清。

　　顾见骊抹了一把脸上的水汽，摸索着朝浴桶的方向走去。离得近了，她才确定姬无镜不在里面。她走到窗前将小窗户推开，屋内的水汽一下子跑了出去。

凉风一吹，顾见骊缩了一下脖子。她转头环顾狭小的浴间，确定姬无镜没有昏倒在某个角落，才提着裙子往外走。她刚走出去就碰见了栗子，栗子傻乎乎地对她笑，说："吃早饭！"

顾见骊往空着的床榻上看了一眼，径直朝外间走去。姬无镜正在吃东西，脸上没什么表情。顾见骊悄悄看了一眼姬无镜的脸色，才在他对面坐下。

顾见骊接过栗子递过来的饭，低着头小口小口地吃着。姬无镜没有开口说话，顾见骊更不会主动说话。

桌子上又是鱼。

顾见骊发现姬无镜在吃鱼的时候似乎特别专注。他吃鱼吃得很仔细、很文雅，用筷子挑去一根根鱼刺的动作流畅又好看。

吃着吃着，顾见骊忽然想起了一件事，动作慢了下来。她又胡乱吃了两口便将筷子放下，安静地坐在那儿，等着姬无镜吃完。

姬无镜知道顾见骊有话要跟他说，不过也不急，仍旧慢悠悠地吃着鱼。他吃鱼的时候，谁都不能吵着他。

姬无镜终于吃完了，放下筷子，将沾了鱼香的食指放在唇边舔了舔，才抬起眼皮看向顾见骊，问："有什么话要跟叔叔说？"

顾见骊蹙眉，不去纠正他"叔叔"的说法，说起正事来："今天是我回门的日子，我想回家去看看……"说到最后，她的声音低了下去。

归宁这件事实在太寻常，只是顾见骊嫁过来的情况也实在是特殊得很，若姬无镜没有醒过来，她是断然不能回去的。当然，即使姬无镜醒过来了，顾见骊也没想过拉他一起回去。

她继续小声地说："昨日太医说了，你不能行走太久，更受不得颠簸。所以我自己回去就好了，天黑前会赶回来的……"

姬无镜支着下巴看着她，不咸不淡地说："替我问候顾敬元这老东西。"

顾见骊还没来得及为他这样说父亲而生气，眸色忽然一亮，心想：他这是同意了！她又说："林嬷嬷要照顾四姐儿和六郎，我让栗子跟我回去一趟行不行？"

姬无镜看向蹲在门口玩石子儿的栗子，忽然嫌弃地瞥了顾见骊一眼，问道："你顾家已经落魄到连个陪嫁丫鬟都没给你带的地步？"

顾见骊想要解释，话还没出口，目光微闪，压下心里的激动，努力地用平缓的口气说："我的陪嫁丫鬟家里出了些事情，没能及时过来。我这就给她修书一封，让她办完家里的事情快些赶来。"

顾见骊小心翼翼地观察姬无镜的表情。

姬无镜一只手支着下巴，另一只手拿起筷子，将吃过的鱼刺摆着玩。顾见骊说完，他随意地"嗯"了一声，再没别的反应。

"那我这就走了。"顾见骊知会了一声，站起来，转身往外走去。她腰背笔直，步子仿若用尺子量过，规规矩矩，偏又身姿婉约曼妙。

姬无镜瞧着顾见骊的背影，扯起嘴角古怪地笑了一声。

顾见骊努力压下心里的狂喜，嘴角却忍不住翘了起来。今日能够回家看望父亲已是大喜之事，没想到她还能将季夏重新叫回来。季夏是她的贴身丫鬟，与她同岁，和她一起长大。

顾家出事，家仆被遣散，季夏倒是想跟着顾见骊，偏偏当时顾见骊一家住在那样狭小的地方，连个角落都不能给季夏。顾见骊便狠了心，让季夏回了自己的家中。昔日落泪分别的情景仿佛还在眼前，如今，她可以喊季夏回来了……

顾见骊眯起眼睛望着暖融融的朝阳，身子跟着暖了起来。

当初顾见骊嫁过来的时候可以一切从简，可如今姬无镜醒了过来，府里的人听说顾见骊要回家，立刻准备了轿子，还备了礼，虽行事仍旧草草，倒也勉强像个样子。

顾见骊急着见父亲，不计较这些。

农家小院十分偏僻，前巷狭窄，连轿子都进不来。

轿子在街角停下，顾见骊下了轿子就脚步匆匆地往家里赶去。什么不能轻易抛头露面的忌讳，她早就在先前的三个月里抛了个干干净净。

"你们陈家这样做，是要遭天打雷劈的！"

还没有走近，顾见骊便听见了陶氏的声音，心里顿时一惊。

陈家是姐姐的夫家。这三个多月以来，落井下石的亲朋实在太多了，难道姐夫家也……？明明姐姐和姐夫琴瑟和鸣，为整个永安城的人所羡慕啊！

顾见骊咬唇，提着裙子疾步往家赶去。家门口仍旧围了一堆看热闹的人，这场景与几天前何其相似。

栗子推开挡在前面的人，傻乎乎地朝顾见骊笑。

顾见骊顾不得其他，急忙推开家门，并抛下一句话："栗子，把外面的人都赶走。"

"好——"栗子拉长了声音应下，朝看热闹的人群亮起拳头。围观的人看她一个小姑娘，又似乎脑子不太好使，根本没把她当回事。可栗子一拳头砸过去，顿时把人吓得四散逃离。

"见骊，你回来了？"陶氏一愣又一喜，急忙迎上来。

顾见骊看了一眼站在院子里的秦嬷嬷。秦嬷嬷是陈家的管事嬷嬷，顾见骊认识。

"先不说我的事情，姐姐怎么了？"

陶氏气得发抖，指着秦嬷嬷怒道："他们陈家的人欺负你姐姐！"

秦嬷嬷上下打量了顾见骊一眼，笑着开口说："顾二姑娘，不对，现在该称呼您姬五夫人了。您母亲脾气不大好，我还是与您说说。您应当劝劝您姐姐，这夫妻之间可不能有一方太跋扈。您姐姐成婚三载无子已不像话，我们陈家再娶也是理所应当的事。如今你顾家如此情景，等过了年恐要被重新降罪。我们夫人给您姐姐在府外置办了舒服宽敞的院子，不过是先避避祸……"

顾见骊狭长的眼睛里满是惊怒之色。

"你们陈家这是要把正妻当外室养着，府里再娶新妇？"顾见骊迈出一步，逼近秦嬷嬷。

秦嬷嬷的目光闪烁了一下，她略显心虚地解释道："所谓休妻不过是权宜之计，要不然我们夫人也不会在府外安排了院子。一切都是暂时的……暂时的……"

"你们陈家休想！"陶氏怒不可遏，"是谁提携了你们陈家？是谁给你们陈家还了债？当初又是谁跪着发誓，说会对我们在骊好？如今我们顾家一出事，你们就要和我们撇清关系，但又舍不得这口天鹅肉，要拘着我们在骊当外室。就没有你们陈家这么恶心人的！等我们爷醒了，沉冤昭雪，绝对饶不了你们陈家！"

秦嬷嬷"哎哟"了一声，阴阳怪气地道："沉冤昭雪？顾夫人，这天下也就只有你们自家人才相信这是冤案了……"

涉及顾敬元的清白，陶氏更是大怒，指着秦嬷嬷的鼻子呵斥道："你这刁奴再给我说一遍！"

顾在骊猛地推开房门，表情平静地出现在门口。她缓缓地走向众人，表情冷冷的。

"麻烦秦嬷嬷将这封和离书带回去。"顾在骊把一封信塞进秦嬷嬷的手中，"从此我顾家与你陈家再无关系。"

"这……"秦嬷嬷看了看手里的和离书，有些犹豫。

顾见骊看见姐姐转身时飞快地落下了眼泪。

秦嬷嬷想要去追顾在骊，被顾见骊侧身拦住了。不似陶氏那般愤怒，顾见骊语气冷淡地道："请回。"

秦嬷嬷看看走远的顾在骊，看看怒气腾腾的陶氏，再看看面前的顾见骊，叹了一口气，欲转身离开。就在这时，屋子里的顾川忽然尖叫了一声，顾见骊和陶氏一惊，急忙小跑着进了屋。

秦嬷嬷的目光闪了闪，她也想追进去看看，但栗子拎着她的后衣领，直接把她从小院门口丢了出去。

顾见骊在屋子里喊："栗子，去请个大夫过来！"

"好！"栗子咧嘴一笑，蹦蹦跳跳地去请大夫了。

"快一些！"顾见骊的第二句话传来，栗子步子一转，像一只兔子一样冲了出去。没过多久，她就拎着一个大夫的后衣领，把人"请"了回来。

顾在骊斜靠着床头，看着妹妹和陶氏一脸担心的样子，扯起嘴角笑了笑，说："不碍事的。"

"不碍事怎么会忽然昏倒？"陶氏不赞同。

顾见骊询问大夫："我姐姐怎么样了？"

大夫诊了许久的脉，终于松了手，拱手道："恭喜，这位夫人是有孕了。"

屋子里的几个人却同时愣住了。

顾在骊双唇颤动，难以置信。她试过很多方子，在过去的三年里一直没能怀上孩子，这个时候却怀上了？

顾见骊看了一眼姐姐的脸色，再次询问大夫："可确定了？"

"确定，确定！"

一片寂静里，顾在骊轻叹了一声，平静地说："大夫，麻烦您开一服堕胎的药。"

"啊？这……"大夫看了看顾在骊的脸色，又看了看顾见骊的脸色，心下了然。

顾见骊蹙眉，想劝姐姐，又不知道该怎么劝，更不知道该不该劝。她拉起姐姐的手，温声问道："姐姐，你可想好了？"

顾在骊轻轻地颔首，道："没有什么值得留恋的。"

陶氏张了张嘴，想劝，又生生地将话憋了回去。陶氏了解这两个继女，或者说了解顾敬元养育孩子的方式。顾敬元会告诉子女走不同的路会有不同的结果，却将最终的选择权交给子女，就算他不赞同什么事也不会阻止。于是，这两个自幼失去生母的姑娘从小便能自己拿主意，自立得很。而且这两个姑娘都有些执拗，自己认定的选择，别人是不能阻挠的。顾家的人也都习惯了——对自己负责，不干涉别人的选择。

药是顾在骊自己煎的。

她端起碗，平静地喝下了药。

苦涩的汤药入口，她想起这三年来喝下的无数助子药，忽然有了一种解脱的感觉。

这三年来，她一心求子，为的是什么？并不是单纯对子女的欢喜、期待。

"在家从父，出嫁从夫，老来从子"，简简单单的一句话几乎囊括了一个女子的一生。

女人必须顺从，母凭子贵，女子这一生的意义仿佛被定在了传宗接代之上。生出儿子来，你衣食无忧；生不出孩子或者生了女儿，你就要忍受流言蜚语，若夫君说一声"无妨"，便要感激涕零。

这多可悲。

这三年来，她苦心求子所为的不过是少一些夫家的苛责，少一些闲言碎语，少一些对地位不稳的担忧，少一些本不该有的愧疚。三年蹉跎，已经磨掉了她最初只是想要一个可爱的孩子的初衷。

将最后一滴苦涩的汤药饮尽，顾在骊唇角轻翘。

还好，这一切都结束了。

顾见骊拉起姐姐的手，笑着说："姐姐等我，等我也和离了，从广平伯府逃出来，天天和姐姐在一起。"

"好啊。"顾在骊看着妹妹笑了起来,"这世间的男儿都是那么一回事,不敌我妹妹半分好。"

"嗯嗯!"顾见骊诚心应着。

陶氏看着这姐妹俩,无言以对。

顾见骊和姐姐面对面躺在床上,手拉着手说话,就像小时候一样。她们说着曾经的趣事,说着许多未来的祈盼和打算。顾见骊与姐姐在一起时总有说不完的话。只可惜到了傍晚,她便不得不回广平伯府。

回广平伯府的路上,顾见骊将头靠在轿子上,随着轿子轻微的颠簸,轻轻地晃动着。可她浑然不觉,想着家里的事情,想着父亲的冤屈,想着继母的不易,想着姐姐日后的生活,惋惜着幼弟近期无法上学。

"见骊!见骊——"陶氏气喘吁吁地追了上来。

顾见骊急忙喊停了轿子,诧异地下了轿,迎上去问:"怎么追过来了?可是发生了什么事情?"

顾见骊已经走了很久,陶氏一路跑过来,喘得胸口上下起伏,脸上也是一片涨红。

陶氏拉住顾见骊的小臂气喘吁吁地说:"今天只顾着你姐姐的事,都忘了仔细问,你在广平伯府可有受委屈?"

顾见骊鼻子一酸,努力压下喉间的酸涩,说:"您刚刚问过了,我也和您说了一切都好,都好。"

陶氏摇头,说:"我怕你这孩子报喜不报忧!"

"没有。"顾见骊微笑着摇头,"一切都好。我若是真的过得不好,今日也不能回来不是?"

陶氏这才点了点头,把怀里的一双鞋子塞给顾见骊,说:"今天早上刚做好,你这孩子怕冷,这鞋里垫着绒垫,暖和。"

顾见骊点头,攥紧陶氏给她做的鞋子,在陶氏的催促下上了轿子。

轿子重新被抬起来,顾见骊垂眼望着手中的鞋子,簌簌落下的眼泪滴在藕色的鞋面上。

第四章 她杀人了

叫声好叔叔,我就算死了变成厉鬼,魂魄也要闯过阴阳门,回来护你。

顾见骊舍不得离开父亲，也担心姐姐。可如今的境况，她任性不得，于是踩着落日的余晖回了广平伯府。

她还没走进小院，就看见里面有很多人，小丫鬟的脚步十分匆忙。

"这是怎么了？"顾见骊心里一沉，提着裙角快步走进去。

"哟，五婶终于肯回来了。"姬月明站在门口，身上披着一件红通通的毛绒斗篷，手里捧着个热乎的暖手炉。她看着顾见骊的目光里有毫不掩饰的幸灾乐祸之意。

顾见骊心里有一种不好的预感。她没理姬月明，疾步进了屋。

广平伯府的女眷们都坐在厅中候着。

这个场景多么眼熟，和昨天夜里姬无镜醒来时，这些人赶过来看望姬无镜的情形太像了。

顾见骊问："出了什么事？"

大夫人开口道："五弟忽然昏倒，宫里的太医已赶过来医治。他暂时还没醒过来。"

顾见骊慢慢地看向里屋，姬无镜那双狐狸眼猛地浮现在她眼前。那个讨厌的人又病倒了？明明今早她离家的时候，他虽面色苍白，却十分清醒。

二夫人看了顾见骊一眼，开口说道："你刚嫁过来，不清楚五弟的病情。"她似乎是在告诉顾见骊，别以为姬无镜昨天醒过来就万事大吉了。

拉顾见骊过来给姬无镜陪葬是整个广平伯府的意思，眼下，二夫人更是希望如此——因为她顾虑着如何跟自己的儿子交代。

顾见骊惊讶过后，目光逐渐平静下来，只是静静地望着里屋的方向。

姬月明也走了进来，笑了笑，走到顾见骊身边，用只有两个人能听见的声音说道："我昨儿就说了，你真的能冲喜。你一来，我五叔就醒了过来。可如今你离开府里一日，我五叔就又昏过去了。你说说，这是不是怪你？"她嘲讽地轻笑了一声，"不对，也许昨天五叔只是回光返照呢？"

顾见骊抬手，一巴掌狠狠地打了下去。

姬无镜生死未卜，这里的人一个个沉着一张脸，厅里聚满了主子、奴仆，可一点嘈杂之音都没有，衬得这"啪"的一声耳光声异常响亮。

姬月明被打蒙了，脚步踉跄了两下，跌向一侧。她跌倒时撞倒了三角高桌，桌上的青瓷花瓶碎了一地。

所有人都震惊地看着这一幕，就算是几位经历过不少事的夫人也一时没反应过来。顾见骊那一巴掌虽打在姬月明的脸上，却好像把一屋子的人都打蒙了。

姬月明捂着生疼的脸，不可思议地扭头看向顾见骊。

顾见骊站在原地，高高在上地俯视着姬月明，说："明姐儿，你平时不懂礼数、目无尊长便罢了，你年纪小，我不与你一般见识。今日你拿你五叔的病情胡言乱语，这成何体统？你五叔再如何，也不能任由你这个晚辈拿他的性命开玩笑！这一巴掌是我替你五叔打的，倘若你再咒他半句，我一份御状告到圣上面前，扬你不孝不敬不慈不善之名！"

顾见骊刚及笄，声音甜美温柔，可是训斥人时气势惊人，骇得众人一时怔住了。

情势所迫，顾见骊隐忍了很久，可她也不必什么事都忍耐。尤其像姬月明这种蠢的人，自己把脸送上来，她要是再忍，岂不是跟姬月明一样蠢了。

"你……"姬月明伸手指着顾见骊，气得身子发颤，"你这是拿我五叔当借口羞辱我！"

"月明！"大夫人一下子站了起来，"休要再胡言！"

女子的名声太重要了，姬月明的婚事本就进展得不顺利，她不能再背着这样的恶名。

"外面在吵什么？你们是不是不知道老五不能受吵闹？"老夫人扶着宋嬷嬷的胳膊走出来，目光扫过众人，皱起了眉。

厅里的一个嬷嬷赶紧迎上老夫人，将刚刚的事情叙述给老夫人听。

顾见骊垂着眼，藏在袖子里的右手轻轻握拳又松开，最后重新握起来。这是她第一次打人耳光，不懂技巧，手好疼……她不由得想起了季夏，季夏若是回来了，就不用她亲自动手了。

感受到姬月明仇恨的目光，顾见骊大大方方地回视。其实顾见骊想不明白姬月明为什么要处处针对她，姬月明这样的举动已经不是单纯地看她不顺眼了。难道有什么她不知道的缘由？

老夫人听着嬷嬷的话，目光在顾见骊和姬月明身上来回打转。

顾见骊嫁过来后，昏迷小半年的姬无镜便醒了过来；顾见骊今日离开了一阵子，姬无镜又不大好了。这……是不是太巧合了些？虽说邪门，这却是事实。

府里的几位爷都不是老夫人亲生的,她和哪个关系都不远不近的。她只想让自己的日子好过。顾家的事情她不敢过问,而姬无镜能不死还是不死比较好……毕竟老夫人还记得前些年姬无镜未病时府里的风光。

"见骊,你要好好照顾无镜,多费些心。"老夫人开口道。

"是,儿媳定当尽心尽力。"顾见骊温顺地回话。

老夫人又不悦地瞪向姬月明,说:"日后不要再过来吵你五叔了,回你自己的院子里去!"

"母亲……"大夫人想给女儿说好话,老夫人一个眼神把她想说的话堵了回去。

姬月明不甘心地瞪了顾见骊一眼,愤愤地转身。

若不是顾见骊,她的婚事不会这样难办,偏偏顾见骊还装成什么都不知道的样子,真是可气得很。姬月明双手绞着帕子,在心里把顾见骊骂了无数遍。

天色已经暗了下来。姬月明独自一人胡乱地走着,走到一座假山旁时,瞧见两道人影鬼鬼祟祟的,看身形,有些像赵奉贤和宋管家的儿子宋宝运。

姬月明好奇地悄声走了过去。

"就这些钱,不能再多了!"这是赵奉贤的声音。

宋宝运笑嘻嘻地说:"表少爷,您那天晚上醉酒后干的事可不是什么小事,传出去可不咋好听……"

姬月明不小心踩断了一根枯枝,脆响声暴露了她。

府里的人都走了,小院内再次安静下来。

栗子将刚煎好的药递给顾见骊,乐呵呵地说:"煎好了!"

顾见骊犹豫片刻,问:"栗子,你能给五爷喂药吗?"

栗子把头摇得像拨浪鼓似的,缩着脖子,有些畏惧地指了指里屋,然后连连摆手:"不让进!"

姬无镜不让栗子进里屋?

"那你把林嬷嬷喊来。"

栗子还是摇头:"也不让进!"

顾见骊蹙眉,栗子笨了些,不能进里屋伺候可以理解,怎么连林嬷嬷也不能进？没办法，顾见骊只好自己硬着头皮端药进屋。

姬无镜还是如她初见时那般脸色苍白，似乎醒来只是假象。

"你该不会真的只是回光返照吧？"顾见骊喃喃自语，"早知如此，不如趁你清醒时讨一封休书……"

顾见骊侧过脸，忍不住一阵轻咳。

她喂完药，放下碗，将手背贴在额上，果然有些热。今天早上她在水汽弥漫的西间里睡着了，醒后推开窗户，猛地被冷风吹了一下，似乎着凉了。

夜里，顾见骊又抱着鸳鸯喜被睡在罗汉床上。因着凉了，她脑袋沉沉的，而且身上发冷。取暖的火盆被架在床头，离她有些远。顾见骊总不能和一个病人抢火盆，只好将整个身子缩进被子里取暖。

若是平时，屋里有些响动，顾见骊一下子就会醒来。可今晚，直到赵奉贤走到她跟前，拉开她的被子，凉意袭来，她才醒过来。

"赵……"

赵奉贤捂住了顾见骊的嘴，让她不要叫出声来。

一片黑暗里，顾见骊睁大了眼睛瞪着赵奉贤，清楚地看见赵奉贤眼里的坚定——他没有喝醉，是清醒且有预谋的。

顾见骊胡乱挣扎起来，一脚踹在赵奉贤的身上，又狠狠地咬住他的手。赵奉贤吃痛地低呼了一声，松开了手。

顾见骊飞快地向后退，可还没等她呼救，一柄冒着寒光的匕首便抵上了她的玉颈。

"叫啊！你要是叫，我立刻捅你的脖子！"赵奉贤低声威胁。

顾见骊胸口起伏，愤然质问："赵奉贤，你怎么还敢来？你忘记昨天夜里发生的事了？"

赵奉贤嗤笑了一声，嘲讽道："昨天是我一时糊涂，被姬昭这个虚张声势的狗东西骗了！太医三番五次说过他活不到过年，他昨儿不过是回光返照。哼，昨天我就不该走！他醒过来又能怎么样？不过是一个废人！就算我当着他的面吃了你，他又能奈我何？"

说到这里，赵奉贤忽然变了脸色，由阴鸷狠辣变得色眯眯。他垂涎的目光扫过顾见骊鼓鼓囊囊的胸口和纤细的腰，手中的匕首又逼近顾见骊几分，紧紧地贴着她的脖子，威胁道："我的小娘子，你好好想想，整个府里根本没人在意你的死活，就算有人听见你呼救也不会来多管闲事，说不定还会有人再啃你一口。你乖乖地听话，我会好好疼你的……"

顾见骊慢慢抬起手，搭在腰侧的系带上。

赵奉贤咽了一口口水。

黑暗中银光一闪，不是赵奉贤手中匕首的光，而是顾见骊从被子里拔出的匕首的光。她身子后仰，堪堪躲开抵在喉间的匕首，又用尽全力踹向赵奉贤。

赵奉贤"哎哟"了一声，一屁股跌坐在地上。

顾见骊身娇体软，力气小得很，应该是不能踹倒赵奉贤的。偏偏赵奉贤精虫上脑，满脑子都在想入非非，根本没有料到娇弱如顾见骊会反抗，这才吃了亏。

顾见骊跳下罗汉床，大声喊："栗子——"

没错，没人在意她的死活，甚至有人盼着她死。她连林嬷嬷和长生都不会信任，可是栗子不一样。栗子单纯如白纸，不懂算计和阴谋，兴许会是她的希望。

"不知好歹的东西！"赵奉贤爬起来，轻易地抓住了顾见骊的手腕，将她拉回来摔在罗汉床上，而后扑了上去。

顾见骊握紧手中的匕首，不再犹豫，朝赵奉贤的脖子刺去。

赵奉贤叫了一声，推开顾见骊。他摸了摸脖子，摸到一手的血。只可惜顾见骊的力气实在太小了，赵奉贤脖子上的伤口并不深。

顾见骊又趁机大声喊了几遍"栗子"。

赵奉贤龇着牙指着顾见骊道："我心疼你才让着你，你再不听话，别怪我粗鲁了！"

见伤口这样浅，顾见骊眼中浮现一丝失望之色。

脖子不行，那哪里行？眼睛！父亲曾说："倘若知道前方无路，已是必死的局，束手就擒远不如玉石俱焚。"

不等赵奉贤再扑过来，顾见骊握着手中的匕首奋力地朝他刺去。如果一个人连死都不怕，便也没什么可怕的了。

"你发什么疯？！"赵奉贤连连后退。

他手里也有匕首，可是不舍得划破顾见骊娇嫩的身子，那样就不完美了，享受程度也要大打折扣啊……

赵奉贤只想逼迫顾见骊，并不想伤她。顾见骊握着匕首乱挥，他只好退了又退。直到他的手臂和脸上落下两道划痕，他才终于反扑。在手被顾见骊划出一道很深的伤口后，他拉住了顾见骊的手腕，夺了她手里的匕首。

匕首落了地。

"我真是小瞧了你！啧，看上去娇娇弱弱的，没想到……"赵奉贤擒着顾见骊的手，将她逼到墙角。

屋子里很暗，顾见骊后退的时候脚步趔趄，赵奉贤下意识地垂眼看去。顾见骊忽然拔出发间的簪子，鸦色长发落下。

赵奉贤惊讶地抬眼的瞬间，顾见骊手中的簪子狠狠地刺进了赵奉贤的眼眶里。鲜血瞬间喷了出来。

"啊——"赵奉贤惨叫一声。他吃痛地后退，被脚下的小机子绊倒，跌坐在了地上。

顾见骊飞快地捡起落在地上的匕首，冲上去就朝赵奉贤的身上刺。

顾见骊不知道心脏在哪里，只是一刀又一刀地刺着。赵奉贤伸手去挡，她就刺他的手，能刺哪儿就刺哪儿。最穷困潦倒时，她宁肯当了母亲的遗物，也没有卖掉父亲给她的这把削铁如泥的匕首。

顾见骊也不知刺了多少刀，浑浑噩噩地重复着刺与砍的动作，直到赵奉贤再也不能动了。手中的匕首落了地，顾见骊跌坐在地上，望着血泊里的赵奉贤，全身发抖。她的眼泪止不住地落了下来，刚才生出的勇气烟消云散，只剩下巨大的恐惧感。

她杀了人……漆黑的夜里，她颤抖着身子，无助地啜泣着。

突然，她身后传来一阵咳嗽声，骇得顾见骊魂飞魄散。她僵硬地转过身子，惊愕地望向姬无镜。

姬无镜用小臂支撑着身子勉强坐起来，立刻吐出了一口黑血。他并非彻底昏迷，一直有意识，可以从半眠的状态中苏醒，但这到底伤身体。

有什么东西从他的指尖射出来，屋里的几盏灯忽然被点亮。姬无镜的目光扫过一片狼藉的屋内，最后他看向泪水涟涟的顾见骊。

姬无镜本不想醒来管顾见骊，她是死是活与他无关，他没宰了她都是因为嫌麻烦。可是这个小姑娘居然能杀人，有趣。

"给我倒杯水。"姬无镜嗓音沙哑地道。

顾见骊反应过来，木讷地从地上站起来，浑浑噩噩地倒了一杯水递给姬无镜。她全身都在发抖，递到姬无镜身前的杯子里已经洒了大半的水。

姬无镜喝了一口水，抬起眼皮看向顾见骊，问："害怕？"

顾见骊六神无主，眼神有些涣散，没回答。

姬无镜把杯子递到顾见骊面前，说："喝下去。"

顾见骊看着姬无镜，缓慢地眨了一下眼睛，伸手接过杯子，小口小口地把杯里剩下的水都喝了。凉水入腹，顾见骊打了个寒战，空洞的眼中逐渐恢复神采。

"冷静下来了？"姬无镜问。

顾见骊僵硬地点了一下头。

姬无镜又是一阵咳嗽，随后握住顾见骊的手腕。他的手很凉，像顾见骊喝下的凉水那样凉。姬无镜用力一拉，顾见骊脚步踉跄了两下，被姬无镜拉到床榻上坐了下来。姬无镜伸出双臂搂住顾见骊的腰，在她的背后抱住她，下巴抵在她的肩上。他一边把玩着顾见骊发僵的手，一边贴着顾见骊的耳朵低声说道："咽喉、心脏、眼睛，都不是最好的下手部位。"

在这个寒冷的夜晚，姬无镜阴冷低沉的声音擦过她的耳朵，也在她的心上擦过。

姬无镜握着顾见骊僵硬的手，反复揉捏，终于将她的手揉捏得柔软、温暖起来。

"想知道男人的弱点吗？"姬无镜漫不经心地说道。

顾见骊整个人都蒙了，刚刚柔软下来的手又僵了。

姬无镜握着顾见骊的小手，说："有一个地方，只要你轻轻一捏，男人就会浑身无力，丢盔弃甲，再无还手之力。如果像这样转动一圈，男人的性命就在你的手中。哟——"顾见骊手上的动作让姬无镜倒吸了一口凉气，他咬住顾见骊的耳朵说，"我在教你，不是真的让你捏。"

顾见骊收回手，想挣开。姬无镜却握住她的手没放，在她的耳边问："学会了没有？"

顾见骊慌忙点头，姬无镜这才松手。他低头去看她的脸，狐狸眼里似笑非笑，道："我在教你怎么防身，你可不能胡思乱想。"

他拂过她脸颊的气息让她心头轻颤。

外面忽然传来一阵凌乱的脚步声，随后姬月明气势汹汹地道："没想到五婶竟然趁着五叔病重与表哥私通！"

浩浩汤汤的人拥进来，看见地上的尸体，一时呆住了。

"这……这是……？"

姬无镜扯起嘴角，阴鸷地笑道："很久没杀人了，手痒。"

顾见骊猛地转过头，怔怔地看着姬无镜。

姬无镜这句话让所有人都不知道该怎么接。他……实在是太过分了！他怎么能随意杀人？可这句话偏偏是姬无镜说出来的……

满屋子的血腥味儿熏得人脑子发昏。姬月明望着赵奉贤的尸体，愣在原地了。今天她还见过、说过话的人，如今就这么死了？恐惧的感觉袭来，她听见自己的心"怦怦"跳着，动作僵硬地抬起头，看向床榻上的两个人。

姬无镜盘腿坐在床上。顾见骊一头长发披在身上，靠在姬无镜的怀里，两个人看着十分亲密。

一群人冲进来，顾见骊下意识地想要起身，姬无镜却压住了她的手，没让她动。两个人身上都沾了很多血迹，明显顾见骊身上的血迹多一些，尤其是她那双手，几乎被鲜血染红了。姬无镜手上的血迹倒像是握着顾见骊的手时染上的。

姬月明再看了一眼地上惨不忍睹的尸体，瞳仁猛地一缩。赵奉贤真的是姬无镜杀的吗？难道是……？这怎么可能？姬月明看向顾见骊，发现姬无镜正瞧着自己，心中一紧。

一片诡异的寂静气氛中，老夫人最先开口："无镜，你醒过来了，真是太好了！我就知道你能闯过这一关。咱们好好调理，身子会越来越好的！"

死人横在大家眼前，老夫人仍旧能笑盈盈地关心继子。可惜姬无镜并不买账。他嗤笑了一声，道："哦？我还以为你们都盼着我早些死。"

老夫人心头一跳，硬着头皮道："你说的是什么话？咱们家谁不盼着你康复？！"

姬无镜阴冷的目光扫过堵在门口的每一个人，被他看过的人顿时觉得头皮发麻。

"所以大半夜闯进来关心我？"

姬无镜喜静，不准闲杂人等进他的屋子，这是老早便立下的规矩。此时，冲进来的人不管是主还是仆都恨不得原地消失。他们根本没有想到姬无镜会醒过来啊！

老夫人有些发怵地瞟了一眼地上的尸体，硬着头皮说："无镜，母亲是听说……"

"奉贤！"二夫人这时匆匆赶了过来，看见躺在血泊中的赵奉贤，吓白了脸。赵奉贤是她妹妹的儿子。

"这到底是怎么回事？"二夫人声音尖厉，带着哭腔。她妹妹前些年去世了，所以她对这个外甥很是照拂，几乎将他当成半个儿子来养。

顾见骊垂着眼睛，手指轻颤。

人是她杀的，她是要赔命的。可如果时间倒流，她依旧会做出同样的选择。

这时，顾见骊听见了姬无镜不咸不淡的声音："他夜里潜进来，意图对见骊不轨，被我杀了。"顾见骊眼睫轻颤，搭在膝上的手攥紧了裙子。

二夫人想也不想便脱口而出道："那你也不能杀了他啊！"

"二嫂是打算将我送去大理寺？"姬无镜轻笑出声，这一笑，便带出一阵咳嗽。

整个屋里只有他的咳嗽声，气氛越来越压抑。

顾见骊转过身来，担忧地看着他。她檀口微张，想说些什么，可是像有什么堵住了她的喉咙，让她说不出话来，唯有攥着裙子的手越发用力。

老夫人回过神来，急忙吩咐奴仆去请大夫来，又让人将赵奉贤的尸体抬出去，清理屋里的血迹。

"夜深了，都回去歇着吧。无镜也不能再受吵闹了，有什么事情明天再说。"老夫人直接道。

得了老夫人这句话，早就想离开的人顿时松了一口气。

"慢着。"姬无镜开口道。

那一颗颗刚刚放下的心又悬了起来。

姬无镜止了咳，将顾见骊的手腕抬起来，用她的袖子擦去他唇角的血迹。顾见骊眼睛一眨不眨地看着他，他脸色苍白，动作不急不缓。姬无镜低着头，没看任何一个人，用低哑的声音缓缓说道："不要再把我这里当成可以随意进出的地方，不管我是活着还是死了。"

他慢慢抬眼，眼底一片猩红。

这样的人，似乎即使死了，也能变成恶鬼来索命。

当着一众小辈的面，老夫人勉强扯出笑容，说道："是是是，你身子弱，不能受吵闹，母亲会吩咐下去的。你好好歇着，我们这就走，不吵你了。"她又看向顾见骊，嘱咐了一句："见骊，好好照顾无镜。"

"是。"顾见骊垂着眼睛，温顺地答道。

来势汹汹的一群人离开的时候却各个面色难看，六神无主。

二夫人为她的外甥哭号着，差点哭昏过去。两个嬷嬷搀扶着她回去了。

姬月明才十五岁，是第一次见到死人，此时显然被吓着了。

"月明，下次把事情弄清楚了再来说！"老夫人在姬无镜那里弄了个灰头土脸，只能把火气撒在姬月明身上，"我看你最近实在不安分，回去把佛经抄个十遍！"

姬月明委屈地低下头，小声道："月明知道了……"

老夫人带着愠意狠狠地瞪了姬月明一眼，扶着宋嬷嬷的胳膊大步往回走。

姬月明站在原地，既害怕又委屈。她今日无意间听见了赵奉贤和宋宝运的对话，赵奉贤竟然想轻薄顾见骊，而且被宋宝运撞见了。宋宝运跟赵奉贤要封口费。姬月明得知赵奉贤喜欢顾见骊后，动了歪心思，暗示赵奉贤姬无镜没几日可活，又明说了整个广平伯府的人都盼着顾见骊死，赵奉贤根本不必有顾虑。

姬月明一方面鼓动赵奉贤强占顾见骊，另一方面又到老夫人面前冤枉顾见骊和赵奉贤私通。若是等他们赶到时看见顾见骊和赵奉贤两个人衣衫不整的样子，老夫人就可以名正言顺地将顾见骊除掉。至于赵奉贤，他是府里的表少爷，大不了挨一顿板子。

姬月明把一切计划得多好啊，可是……一阵寒风吹来，姬月明的后脖子处感受到一阵寒意。她打了个哆嗦。

赵奉贤死了，死状凄惨。是她……是她害死了赵奉贤……

姬月明脸色惨白，差点跌倒，幸好身后跟着的丫鬟手疾眼快地扶住了她。

老伯爷并没有去"捉奸"，可姬无镜院子里发生的事很快便传到了他的耳中。他急忙起身，披了件衣服等老夫人回来。见老夫人回屋了，他连忙问：

"如何了？是不是惹到无镜了？"

老夫人点了点头，挨着老伯爷坐下，将刚刚发生的事情一五一十地讲给他听了。

听老夫人说完，老伯爷沉默了半晌，叹了一口气："这可如何是好？"

"不如我们把实话告诉老五吧！他以前是替陛下做事的，能明白咱们的苦心。"

老伯爷摇头，说："如果换一个人，必然能理解咱们的做法，可是无镜锱铢必较，讨厌之事众多。他才不会理解别人，只会觉得咱们利用他的病，利用他的死！他为什么护着顾见骊？还不就是因为他厌恶被利用，故意跟咱们作对？"

老夫人抱怨道："他怎的不知远近，不识分寸呢！"

老伯爷苦笑："这个逆子才不知什么远近，谁远谁近全凭喜好。老头子我和他院子里那个傻子同时出事，这个畜生一定会救那个傻子！我就怕……他把那个女人圈在了领地里，决意一护到底！"

老夫人忽然眼睛一亮，说："那个女人曾经是准备说给三郎的，他们郎情妾意的……"

"她和咱们玄恪……？"

老夫人点头："您忘了玄恪为了她在大雪里跪了三日？咱们是把玄恪支开了，才顺利地将她送到了老五的屋里。这……没有哪个男人不介意妻子和别的男子有染。"

老伯爷摸了摸胡子，问："玄恪什么时候回家？"

"应当是腊月二十九。"

老伯爷沉吟片刻，道："在玄恪回家之前，咱们先将事情暗示给无镜。当心了，咱们只是让无镜别管那女人的死活，可千万别让无镜迁怒于玄恪。玄恪是咱们家的希望。"

"我知道，牵连不到玄恪。"老夫人答应下来。她思索着让谁将事情透露给姬无镜最合适，想来想去，最终觉得二夫人最合适。二夫人险些成为顾见骊的婆婆。

顾见骊反反复复地洗着手，水换了一盆又一盆。她总觉得这双沾满鲜血的手没有洗净，红得骇人。晃动的水面上映出她的脸，她的脸上也沾了些血。她将一抔水泼在脸上，已经凉了的水让她觉得寒得彻骨。

赵奉贤死时的画面一直浮现在她眼前，挥之不去。如果不是里屋的姬无镜一直咳嗽，顾见骊真的想一直洗下去。

顾见骊胡乱地擦了手，连脸上的水渍都没擦，就急匆匆地走进里屋。她从衣橱里翻出姬无镜的寝衣，走到床榻前。

姬无镜垂着头，压抑地咳着。

顾见骊攥紧手里的寝衣，刚鼓起勇气想开口，忽然一阵眩晕，头重脚轻地朝一侧栽去。姬无镜伸手拉了顾见骊一把，她稀里糊涂地跌坐在了床榻上。

姬无镜看着顾见骊，她的脸很红，眼底也是一片不自然的红，手腕发烫。

姬无镜抬起手，想要摸顾见骊的额头，忽然发现自己的手上沾满了血迹，动作一顿。他想了想，伸手搂住她的后腰，将她的身子推到自己面前。他凑过去，在顾见骊的额头上舔了一口。

顾见骊一怔，愣愣地看着他。

姬无镜舔唇，说：“是烫，发烧了。”

顾见骊目光懵懂，好半天才反应过来，收回视线。她撑着床榻起身，慌忙道：“我去打水，让你洗手。”

顾见骊说完，也不等姬无镜回应，便慌慌张张地转身往外走去。她头重脚轻，脚步虚浮，像踩在棉花上似的。

顾见骊很快端进来一盆温水，走到姬无镜跟前。

姬无镜将双手放进水中，鲜血从他的手上散开。望着盆中的血水，顾见骊握着铜盆的手颤了一下。姬无镜看了一眼她搭在盆沿上的手指，收回视线，抓起香胰子反反复复地洗着手。

姬无镜刚洗完手，长生就站在门外禀告大夫过来了。

姬无镜瞥了顾见骊一眼，才点头准大夫进来。

府里的人本来打算去请太医，是姬无镜令长生将人拦了下来，只请了时常来府里诊治的苏大夫。

"先给夫人开一道治风寒的方子。"姬无镜懒散地开口。

顾见骊颇为惊讶地看了他一眼。

苏大夫给顾见骊开了治风寒的方子后,像往常那样给姬无镜诊了脉。他很快便皱起眉,许久才开口道:"五爷体内的毒已入五脏六腑,但是……"但是我也不知道你为什么三天醒过来两回啊!

苏大夫咬了咬牙,硬着头皮胡说八道:"但是只要每日按时服药,总是能有所好转的。"

姬无镜似乎笑了一下,慢悠悠地说:"有劳苏大夫费心了。"

"哪里,哪里……"苏大夫连药方都没给姬无镜开,只说还是用先前的那道方子,便匆匆离开了。这深更半夜的,他往这儿跑一趟居然只是给顾见骊开了一道治风寒的方子。

长生送苏大夫出府,栗子蹲在小厨房里给顾见骊煎药,屋子里又只剩下了顾见骊和姬无镜。

姬无镜昏迷时,顾见骊已觉紧张局促,更何况他清醒地坐在那里。顾见骊咬了一下唇,拿了一套寝衣走进西间换上。她的衣服上沾满了血,血迹干涸处硬邦邦的。

血迹难洗,这身寝衣是要不得了。

瞧着换下的寝衣,顾见骊蹙了蹙眉。她嫁得极为匆忙,家中又是那样的光景,她带过来的衣物极少,寝衣更是只有两套。

顾见骊转身回了寝屋,姬无镜还是先前那样懒散的坐姿,似乎没动过。她为他找来的干净衣物放在原处,他没动过。

顾见骊压下心里的抵触情绪,硬着头皮走过去,在姬无镜面前弯下腰,去解他寝衣的系带。她乌压压的云鬓滑落,落在姬无镜的膝上。

"能解开?"姬无镜问。

顾见骊手上的动作一顿,咬了咬下唇,一本正经地说:"能的。"

姬无镜轻笑了一声,目光落在顾见骊的乌发上。他饶有兴致地挑起一绺头发,漫不经心地缠在自己的手指上,缠了一圈又一圈。

顾见骊努力地让自己忽略姬无镜的动作,给姬无镜脱衣裳。只剩他的右臂还在袖子里时,顾见骊瞥了一眼自己被他缠在指上玩的头发,小声说:"五爷,松手了……"

姬无镜"哦"了一声,有些眷恋地松开手,被他缠在指上的头发散开,慢慢地滑落下去。

顾见骊将姬无镜的衣裳脱下来，顺手将两侧垂落的长发别到耳后，才拿起放在一旁的干净寝衣给姬无镜穿上。

给他换完衣服，顾见骊又道："五爷，您先起来一会儿可好？床褥脏了，得换一套。"

姬无镜看了一眼床褥上蹭上的血迹，朝顾见骊伸出手。

顾见骊扶他起身。她低垂着眉眼，视线里是姬无镜细瘦发白的脚踝。他压在她肩上的重量也是极轻的。

顾见骊收回视线，将姬无镜扶到一侧，转身去拿干净的床褥，重新铺了了床。

她跪在床上整理床褥，身上宽松的寝衣向下垂着。随着她的动作，衣襟轻晃，薄薄的衣料贴着她的脊背腰臀，勾勒出袅娜的线条。

姬无镜懒散地斜靠着床头，打量着顾见骊。那种芒刺在背的感觉让顾见骊不必回头，都知道姬无镜在打量她。她整理被褥的手一哆嗦，被子从她的手中滑落。

她悄悄舒出一口气，在心里告诉自己没什么好怕的，重新向床里挪了挪，整理被褥。

随着她的动作，她宽松的裤腿下露出一小截白藕般的小腿。她小腿下的脚踝细若皓腕，隐在藕色的鞋袜间。姬无镜身上的白是一种久病的苍白，她身上的白却是泛着光的莹白，像从窗棂洒落进来的月光。

姬无镜看着看着，伸出手握住了她的脚踝。

顾见骊吓了一跳，慌忙转身，惊慌的眸子如浸在一汪清潭里。

姬无镜动作缓慢地将顾见骊滑上去的裤腿向下拉，盖住她的小腿，而后瞧着她受了惊的眸子，问："你真的会铺床？"

顾见骊撑着床榻的手悄悄地攥紧了身下的被子。她在万千宠爱下长大，这些事情之前从未做过，就算过去的三个月做了些日常的活，到底不精于此，因此动作显得笨拙了些。

她克制着惊慌的情绪，点了点头，说："会的，很快就好了。"

她小心翼翼地将自己的脚踝从姬无镜的掌中移开，快速地整理好床榻，从床上下来后，扶着姬无镜上床。姬无镜刚坐到床沿上，她便松了手，抱着换下来的被褥和姬无镜的寝衣去了外间。明日，下人会将它们拿去扔掉。

重新回房之前，她站在门口深深地吸了一口气，才鼓起勇气迈步进去。

屋内，她用余光瞟见罗汉床上的大红色鸳鸯喜被，不由得蹙起了眉。今天晚上她要睡在哪儿？

她检查了窗户有没有关严实，又添了新炭，磨蹭着，总是不愿走近床榻。她希望姬无镜能尽快睡着，这样她便可以睡在罗汉床上了。他醒着，她总不好独自走开。

他睡了没有？

顾见骊悄悄抬眼去看姬无镜，惊讶地发现姬无镜正歪头打量着她，嘴角挂着似有似无的笑意。

他的笑总是让她觉得冷。

顾见骊一惊，迅速低下头。这么躲着总不是事，她硬着头皮看向姬无镜，开口说："五爷，已经很晚了，您再不歇着，天都要亮了。"说着，她朝床榻走去，蹲在姬无镜面前，为他脱了鞋。

栗子在外面敲门，道："风寒药煮好了！"

"进来。"姬无镜发话。

栗子缩着脖子进了屋，眼珠子滴溜溜地转动，畏惧地偷偷去看姬无镜的神色。

她害怕姬无镜，将汤药递给顾见骊后，撒腿便往外跑。

顾见骊贴着床沿坐了个边，看了一眼栗子跑开的方向，又垂下眼看了手里黏稠的褐色汤药好一会儿，才捏着汤匙搅了搅汤药——有些烫。

她一直很厌恶汤药的苦味儿，小时候每次喝药都要父亲哄着。可今时不同往日，她没有使小性子的资格了。她也清楚自己是真的生病了，此时眼睛发涩，脑子发沉。她可病不起。

她端起汤碗喝药，眉头皱了起来，眼睛合着，眼睫轻颤，一股脑儿将一整碗汤药喝了。

苦涩的味道彻底将她淹没。

"你不该喊栗子。"姬无镜忽然说。

顾见骊想了一下，才反应过来姬无镜是说今夜赵奉贤过来时，她喊栗子求救的事。顾见骊握着汤碗的手发紧，将关节捏得发白。

"栗子夜里睡得沉，天塌了也听不见。"姬无镜又解释了一句。

顾见骊微怔,捏着汤碗的手稍微松了松。

原来栗子没有听到吗?

姬无镜抬手戳了戳顾见骊的额头,问:"听见了没?"

顾见骊"嗯"了一声,捂着额头小声说:"听见了……"随后,她又用好似只有自己能听见的声音嘟囔了一句,"我不喊栗子还能喊谁?"

姬无镜忽然凑到顾见骊面前,哑着嗓子说:"我啊。"

顾见骊抬头对上姬无镜的眼睛,在他的眸子里看见了窘迫无措的自己。

"叫声好叔叔,我就算死了变成厉鬼,魂魄也要闯过阴阳门,回来护你。"姬无镜的狐狸眼眼尾轻轻挑起,那眼尾下的泪痣让他看着似妖。

好半晌,顾见骊才识出姬无镜眼底的戏谑之意。

他们距离这般近,顾见骊几乎难以喘息,她慌忙将姬无镜推开。

姬无镜身形微晃,紧接着便一阵咳嗽。他转过身,拿起床头小几上的一方帕子,抵在唇前,星星点点的血迹便落在了帕子上。

顾见骊看着姬无镜,心里莫名其妙地平静了下来。待姬无镜止了咳,她问:"等天亮睡醒了,你可还是好好的?"

姬无镜抬起眼皮懒懒地瞧着她,问:"你希望我醒着还是昏着?"

"醒着。"顾见骊认真地说。

姬无镜扯起嘴角随意地笑了笑,没接话。

顾见骊小心翼翼地凑过去,鼓起勇气说:"明天我下厨给你煎鱼,可好?"

姬无镜轻笑了一声,舌尖舔过唇,懒散地打了个哈欠,躺了下来。他合上眼睡觉,没回顾见骊的话。

屋内烛火摇曳,火盆里的炭烧得发红。

顾见骊起身吹熄了蜡烛,借着炭火的微光,走回床榻边坐下。

她不打算睡了,只想守在姬无镜的床榻旁,若他夜里出了什么事,她好及时照看。她以为自己可以撑到天明,可药中加了助眠的成分,不多时,她就软着身子伏在床侧,睡着了。

第五章 她做噩梦了

如此良辰美景,和那些蠢物打交道实在无趣,不如做些好玩的事情,比如圆房。

顾见骊梦见了赵奉贤。

在她的梦里，赵奉贤七窍流血，身上有一个又一个血窟窿。他朝顾见骊扑过来，把顾见骊压在罗汉床上，双手狠狠地掐着她的脖子。他血肉模糊的脸凑得那么近，腐烂的臭味儿熏得顾见骊直犯恶心。她惊恐地大叫，在身下摸出匕首，闭着眼睛朝着赵奉贤胡乱地刺去，一刀又一刀。

忽然，掐着她脖子的力道不见了，她睁开眼，发现自己换了一个环境。她所在的地方已从灰暗的房间变成阎罗地狱，无数鬼魂围着她，朝她伸出手来。这些鬼一个比一个可怕，嚷嚷着要将她生吞活剥。

顾见骊拼命地跑，可怎么也跑不过这些鬼怪，最后被飘浮的鬼怪围住。她无助地蹲了下来，啜泣不止。

姬无镜是被小小的哭泣声吵醒的。他睁开眼睛，转过头看向顾见骊。顾见骊坐在床边，上半身歪倒在床沿上，背对着姬无镜，双肩微颤。

"顾见骊。"

回应姬无镜的是顾见骊微弱的啜泣声。

她做噩梦了？

姬无镜缓缓起身，看向顾见骊。他夜间视力极佳，眯起眼睛时更是视线无阻。顾见骊的雪腮和玉颈泛白，如缎般的云鬟泼墨似的散落在榻上。她皱着眉头，眼角湿湿的。姬无镜眼睁睁地看着一滴泪珠从她轻颤的睫下掉落，泪珠颤颤地滑过鼻梁，滑进她的另一只眼睛里，并着另一只眼眸中的湿意，最后染湿了床褥。

她在发抖。

姬无镜修长干瘦的手指在顾见骊的后颈上摸索了一下，找到穴位后用力地一点。疼痛让顾见骊颤了颤眼睫。不过下一瞬，她紧皱的眉头便舒展开来，面容平静，酣酣入眠。

姬无镜支撑着起身，弯腰脱下顾见骊的鞋子，目光在顾见骊不敌他手掌大的玉足上停顿片刻，手臂越过顾见骊的腿弯，将她抱上了床榻。

顾见骊睡得很沉，毫无察觉。

姬无镜支着下巴在顾见骊身侧瞧着她的睡颜，半响，忽然伸手拍了拍她的脸。她的肌肤嫩得过分了。

啧，她是挺好看的。

姬无镜修长的手指屈起来，动作缓慢地从顾见骊的雪腮上滑过。

姬无镜动作一顿，狐狸眼的眼尾耷拉下来。瞧着顾见骊的脸，他略觉失望。

在她很小的时候，姬无镜曾救过她。那个时候，她奶声奶气地说"谢谢叔叔"。如今她长大了，他再救她，她不仅不谢他，竟然连声叔叔也不肯叫了。

姬无镜觉得无趣，躺下准备睡了。

酣眠中的顾见骊翻了个身，面朝着姬无镜。她将原本放在被子里的手探出来，无意识地搭在了姬无镜的小臂上。

姬无镜瞥了一眼，将顾见骊的手扒拉开，转过身背对着她睡觉。

顾见骊很久没有睡得这么香甜了。

她隐约记得自己做了噩梦，梦里有很多可怕又恶心的东西缠着她。她拼命地跑，跑啊跑，一不小心跌倒了，抬头便看见了一个可怕的怪物。怪物三头六臂，似乎是姬五爷。

姬五爷没有把她拎起来一口吃掉，反而舞动着六臂，抓起她周围那些脏东西，一手一个扔了出去。接下来的事她便不记得了，只知道很久没睡得这般踏实安心了。

翌日。顾见骊眼睫轻颤，终于睁开了眼睛。她有一种不知身在何处的愣怔感，竟然迷迷糊糊地觉得自己还在王府的闺房中。

她揉着眼睛转过身，直到终于看清了躺在她身侧的姬无镜，才慢慢反应过来，缓慢地眨了一下眼。

对，王府被封了，她的闺房被人砸了，他们一家人被赶了出来。父亲昏迷不醒，她和继母、幼弟相依为命，广平伯府的人落井下石，将她扔给了姬五爷……

顾见骊猛地坐起来，心"怦怦怦"地乱跳。她怎么睡着了？而且与姬无镜同榻而眠。

她下意识地低下头去看自己的衣裳，见寝衣规整地贴在身上，这才松了一口气。下一瞬，她又不好意思地咬了一下唇，怪自己多想了。她习惯性地整理了一下鬓发，凑到姬无镜面前，弯下腰，去瞧姬无镜的脸。

姬无镜脸色苍白。

他还活着吧？顾见骊心里一紧，顿时有些惊慌。

"五爷？"她轻唤。

没人回应。

顾见骊心里更紧张了，小心翼翼地抬起手，想要摸摸姬无镜身上凉不凉。手将要碰到姬无镜的脸颊时，她又畏惧地缩了回来。

她咬唇，视线下移，落在姬无镜的手上。

他的手搭在身侧，本是放在被子里的。可是顾见骊起身时一并扯开了姬无镜身上的被子，这才露出了他的手。

顾见骊忽然意识到自己昨夜与姬无镜盖着同一床被子，顿时尴尬不已。她实在不记得昨天夜里自己是怎么钻进姬无镜的被窝里的。

但现在不是计较这些的时候，她小心翼翼地伸出手，指尖碰到姬无镜的手背时，顿时缩了回去。她回忆着刚刚的触觉，心想：五爷的手好像……是凉的！

顾见骊泛红的脸颊一瞬间发白。

她重新颤巍巍地朝姬无镜伸出手，柔荑一点点地覆在姬无镜的手背上。

姬无镜忽然转腕，将顾见骊的手握在掌中。顾见骊一个不注意，身形一晃，身子伏在了姬无镜的胸口上。姬无镜很瘦，身上很硬，硌得顾见骊胸口疼。她"啊"了一声，眉头不由自主地蹙了起来。

姬无镜哑着嗓子懒懒地出声，问："像个小猫似的挠什么？"

顾见骊抿唇，小心翼翼地起身，忍着揉胸口的冲动，悄悄去看姬无镜的脸。姬无镜仍旧合着眼。她只看了一眼便匆匆收回视线，小声说："五爷醒了啊。"

"没醒。"

顾见骊无声地摆着口型：说谎。

她轻轻动了一下手腕，想将自己的手抽出来，不过失败了。

"五……"她的声音被肚子发出的"咕噜"声打断，顾见骊低下头，怔怔地看着自己的肚子。她有些蒙，转头看向窗户的方向。窗前遮着厚厚的垂帘，仍旧有阳光洒进来，露进来的光线说明时辰不早了。

她檀口微张，想问现在是什么时辰，忽然意识到无人可问，于是抿着唇把话咽了回去。

"刚过午时。"她没问，他却看懂了她的心思，直接说。

"午时？"顾见骊惊了。

她居然睡了一上午！

"我……我去煎鱼！"顾见骊挣开姬无镜的手，穿好鞋，起身走到门口。

她回头看了一眼，发现姬无镜还是没有睁开眼睛，又收回视线，匆匆去了外面。

顾见骊走到门口站着，冬日午后干净的风吹拂在她的脸上。

栗子正蹲在院子里玩，见顾见骊出来了，丢了手里的石子儿，跑到顾见骊面前傻乎乎地笑，说："醒了！"

顾见骊轻轻地将栗子脸颊上蹭到的泥抹去，点了点头，笑着说："嗯，醒了。"

栗子漆黑的眼珠子滴溜溜地转了一圈，她瞧着顾见骊手指上的泥，嘴角咧得更大，开开心心地跑去给顾见骊打热水。

今天是腊月二十三，小年。顾见骊昨天答应了姬无镜，要给他煎鱼。她还打算多做几道菜，虽然她的厨艺着实不怎么样。姬无镜的院子里有一个小厨房，不过平时不常用，只有林嬷嬷给两个小主子做零嘴时会用一用。

顾见骊梳洗完毕，便急匆匆地走出屋子，打算去小厨房。

小厨房在后院。

她没走两步路就遇见了长生，长生给她见礼，禀告她二夫人过来了，要见姬无镜。顾见骊抬眼便看见二夫人带着一个丫鬟候在影壁处。顾见骊垂下眼，继续往后院走去，没打算跟二夫人行礼。

她才走到通往后院的宝葫芦门，长生已经从房中出来了，大步走到二夫人面前，弯腰说着什么。

顾见骊回头看了一眼，发现二夫人竟然带着丫鬟走了。顾见骊的眼中不由得浮现一丝讶然之色，姬无镜不见二夫人吗？

姬无镜确实不想见二夫人。长生进屋禀告姬无镜，称二夫人有事要与他说，姬无镜的回应只有两个字："不见。"二夫人让长生带的几句话，姬无镜一句都没听。

后院隐隐传来一些响动，像是有人剁着什么东西。顾见骊拢了拢衣襟，免得寒冬的风灌进来，提步往前走去。

她远远就看见了姬星漏，姬星漏背对着她，弯着腰，不知道在做什么，动作有些古怪。

顾见骊诧异地朝他走过去，随着距离越来越近，闻到了淡淡的血腥味儿。再瞧着姬星漏的动作，顾见骊隐约猜到了什么。她站在姬星漏背后，犹疑地开口："六郎？"

姬星漏直起腰，转过身来。他脸上沾了一些血，头上沾了一根鸡毛，一只小手拎着一把斧子，另一只小手拎着一只断了脖子的鸡。鲜血汩汩地从被砍断的鸡脖子处往外涌。

顾见骊顿时觉得天旋地转，踉跄地向后退了两步，难以置信地睁大了眼，慌忙问："星漏，你这是在做什么？"

姬星漏不屑地白了顾见骊一眼，不耐烦地开口道："杀鸡。"

"你……你为什么要杀鸡？"顾见骊听见自己的声音在发颤。

姬星漏抬着下巴，古怪地看了顾见骊一眼，说："吃啊。"

这个孩子不是才四岁吗？顾见骊有些震惊。

就在这时，姬星漏已经转过身，拖着刚杀的小母鸡往小厨房去了。他身子小小的，那只母鸡的鸡屁股曳地，随着他的走动，鸡血洒了一路。

顾见骊盯着姬星漏小小的背影，好长时间没反应过来。她转头去看栗子，栗子傻乎乎地笑着，脸上没什么意外的表情。顾见骊一时分不清是栗子愚钝，还是栗子已对姬星漏的举动习以为常。

"夫人，您怎么过来了？"林嬷嬷站在小厨房门口，问。小小的姬星澜扯着林嬷嬷的衣角，探头探脑。

这里的下人真的太少了，不够用。

顾见骊款款走去，边走边说："我打算下厨做几道菜。"

林嬷嬷将人迎进来，笑盈盈地道："今儿个是小年，夫人刚过门，五爷又醒了，我正想烧几道菜呢，已经做好两道了！"

顾见骊走进小厨房，顺手摸了摸姬星澜的头，目光在小厨房里搜寻。

厨房内，姬星漏站在一个小杌子上，伸手在锅台上的木盘里洗手。那只断了脖子的小母鸡被他放在一侧。

"要炖鸡吗？"顾见骊问。

"对，打算炖个鸡汤。"林嬷嬷说着走过去，拎起那只小母鸡。

姬星漏从小杌子上蹦下来，虎头虎脑地往外跑去，跑到门口的时候还撞了姬星澜一下。顾见骊连忙拉了一把，否则姬星澜定要被他撞倒。姬星漏头也不回，跑起来的样子像只小牛犊子。

顾见骊望着姬星漏跑远的背影，问："星漏这孩子常做这些事吗？"

林嬷嬷愣了一下，才反应过来顾见骊说的是姬星漏杀鸡的事，笑着说："六郎从小就胆子大，像五爷。"

胆子大吗？可是顾见骊刚刚隐约看见姬星漏洗手的时候，细细的手指在发抖，就像……就像她昨日杀了赵奉贤之后那样。

林嬷嬷忽然意识到自己说错话了，悄悄看了一眼顾见骊的脸色，连忙说："也不是说那种像五爷，哎，毕竟大家长期生活在一起。"

顾见骊想了一会儿，才想明白林嬷嬷的言外之意。毕竟这两个孩子的身份不清不楚，林嬷嬷不敢乱说。虽然姬无镜当初说这俩孩子是他从路边捡的，可几乎所有人都觉得他才不会那么好心，这俩孩子一定是他的私生子，甚至是奸生子。

不过顾见骊根本不会在意这两个孩子到底是不是姬无镜亲生的。她没打算在广平伯府过一辈子。她是早晚要离开的，要回家与姐姐做伴。

顾见骊垂着眼，看见姬星澜一直仰着笑脸眨巴着眼睛望着她。顾见骊微笑着将姬星澜抱起来，温声细语："星澜，厨房里烟大，去和栗子玩好不好？"

"好！"姬星澜点头，口水从粉粉嫩嫩的小嘴边淌了下来。姬星澜连忙用自己的小手去擦口水，小手上便黏糊糊的。她小心翼翼地看着顾见骊的脸，生怕在顾见骊的眼中看见厌恶之色。

顾见骊笑了笑，用帕子仔细地将她的小手擦干净，柔声说："下次不要自己乱擦了，要用帕子擦。"

擦干净她的小手后，顾见骊看着小姑娘干干净净的眸子，将她递给栗子，嘱咐栗子好好照看她。

顾见骊刚转身，就听见姬星澜"啊"了一声。姬星澜想叫她，又胆怯，没有叫出口。顾见骊转过身，姬星澜咧着嘴角朝顾见骊伸出胳膊，搂住她的脖子，在她的脸上亲了一口。小姑娘哪儿哪儿都软，顾见骊的心忽然变得十分柔软。

在厨房里煎鱼的时候，顾见骊就在想：倘若是心甘情愿嫁过来的，自己定然会对这两个孩子上心一些。可如今她日夜盼着离开，又怎么愿意给自己添事？

她本就起迟了，待忙完厨房的事，时辰着实不早了。顾见骊提裙，匆匆往前院走去，刚拐过宝葫芦门，就看见姬无镜坐在轮椅上，由长生推着出来了。他卧床太久，难得出屋。阳光洒落在他的身上，更衬得他面色苍白、身体羸弱。他身上竟然只穿着雪色的单薄寝衣，腿上搭了一条薄毯，雪色的裤腿下露出一小截纤细的脚踝，被冬日的凉风一吹，有些发红。

顾见骊疾步赶过去，在他面前蹲下来，一边将他的裤腿向下扯了扯，盖住脚踝，一边说："怎么穿得这么少就出来？会冷的。"

姬无镜没回应。

顾见骊抬眼去看他，见他神情恹恹的，起身，转而对长生说："下次出来，记得给五爷加衣裳。"

"是是是，我给忘了……"长生连忙点头。他有些迷茫地望了姬无镜一眼，后知后觉五爷的身体已不如当年了。

顾见骊弯下腰，将盖在姬无镜腿上的薄毯取下来，搭在他的肩上，将他裹起来，又将薄毯的边角掖到他身后。

姬无镜抬起眼皮看她，语气不咸不淡地道："冻不死。"

顾见骊有一种被揭穿的窘迫感，但面上不显，假装没听见姬无镜的话，直接说："午膳做好了，我们回屋吧。用了膳，你肚子里暖暖的，再出来晒晒太阳。"

姬无镜慢悠悠地问："有鱼？"

"有的，有煎鱼、鱼汤和糖醋鱼。"

姬无镜的眼尾这才堆出几分兴致。

这家里好像谁都怕姬无镜，用午膳的时候，姬星漏和姬星澜挨着坐在角落，腰背笔直，低着头大口又无声地吃着饭，根本不敢抬眼去看姬无镜。

顾见骊也怕姬无镜。

而姬无镜本人正专心地吃着鱼，无视桌上其他人的神情。

姬星澜一边观察姬无镜，一边悄悄地将碗里的一块香菇递到了顾见骊的碗里。顾见骊一怔，抬眼便对上姬星澜求救似的目光。

姬星澜不吃这个？顾见骊看了一眼姬无镜，冲姬星澜抿起嘴角。

姬星漏也不爱吃香菇，但他硬着头皮，连嚼都没嚼就把香菇吞了下去。

顾见骊想跟姬无镜聊聊关于姬星漏的事情，可是瞧着姬无镜除了吃鱼什么都不在意的样子，决定以后再找机会说。而且，她当着星漏的面说这些事也不大好。

吃过午膳，碗筷被收走，姬星漏和姬星澜也被林嬷嬷带了下去。顾见骊在衣橱里翻找着姬无镜的衣服，打算推他出去晒晒太阳。

衣橱里的衣裳几乎只有白色和红色。想起姬无镜苍白的脸色，顾见骊给他拿了一套红色的。

姬无镜的目光在顾见骊手里的红衣上停留了一瞬，不过他什么也没说，任由顾见骊皱着眉头给他换上。

天公不作美，顾见骊推着姬无镜到门口时，外面飘起了雪。顾见骊望着徐徐落下的雪，有些失望。

姬无镜转动着车轮，出了屋。顾见骊一愣，急忙跟上，说："下雪了，等明日天晴了再出来吧。"

姬无镜没回应，转动车轮进了庭院。顾见骊便不再劝，跟在他后面。她想帮忙推，姬无镜却抬手阻止了她。

雪下得很急，不大一会儿的工夫，已从细细的雪末子变成纷纷扬扬的大雪。姬无镜转动着车轮，停在已经枯了的梧桐树下。

一阵风吹来，吹落枝上悬挂的最后两片枯叶。大雪落下，在姬无镜的红衣上落了一肩。

墨发红衣，色冷却妖。天地间一片白色，一身红色的他隐约有了几分当年鲜衣怒马的肆意张狂之气。

顾见骊小时候曾听姐姐说过，世间无人可敌姬无镜的美貌。那时顾见骊不懂，心想：男子的容貌能有多美？她初见姬无镜时，只觉他漂亮得不似男儿，今日才明白如今的姬无镜病弱枯槁，早已不复当年的容貌。

顾见骊忽然很好奇，当年的姬五爷是怎样的风华绝代？

鱼的腥味儿也遮不住姬无镜胸腹间的腥甜气息，他右手虚握成拳，抵在唇前轻咳。阵阵咳嗽声压不住，他只好捏着叠好的方帕，接住星星点点的鲜血。

顾见骊远远看着他，心里忽然生出几许惋惜与心疼。

姬无镜十六岁入玄镜门，两年后成为玄镜门门主。在后来执掌玄镜门的五年中，他的所作所为，桩桩件件令整个大姬王朝胆寒，因而名声大噪、风光无两。只可惜一朝发生意外，他便如那棵雪中的梧桐一样枯萎下来，被困在了灰暗的房间中。

顾见骊提裙，踩着雪"咯吱咯吱"地跑了过去。

"五……"

雪地路滑，顾见骊一个不注意，在姬无镜面前摔倒，堪堪抓住轮椅的扶手，而她的下巴磕在了姬无镜的膝盖上。牙齿磕破了唇，淡粉色的唇瓣上渗出几许血丝，疼得她五官皱了起来。

姬无镜轻笑出声，弯腰凑过去，近距离地盯着顾见骊的脸。

顾见骊尴尬不已，嘟囔："有什么好看的，雪地滑而已。"说着，顾见骊作势想起身。姬无镜却忽然探手，冰凉的指腹抹过她的唇瓣，沾了一点血。

顾见骊一愣，脱口而出道："做什么呢？"

姬无镜随意地笑了笑，舔了舔指腹上的血，懒洋洋地说："尝尝你的血甜不甜。"

"你……"顾见骊咬唇，向后退了一步。她恼了，丢下一句"不管你了"，转身回屋。

顾见骊刚迈出两步，就看见姬月明带着一个丫鬟从影壁处转进了院子里。顾见骊收起了表情。

姬月明扯下毛茸茸的兜帽，屈膝喊了一声："五叔、五婶。"

姬无镜冰冷的目光在她的兜帽上瞥了一眼。

没人理姬月明，姬月明便主动开口道："我是来找五婶的。有位友人托我带一封信给五婶。"姬月明从袖中取出一封信来。

顾见骊瞧着信封上的并蒂莲花纹，没接，问："何人的信？"

姬月明轻轻翘起嘴角，说："自然是仰慕五婶的人。"

如何在不牵连姬玄恪的情况下，让姬无镜厌恶顾见骊？那当然是把她的名声搞臭，让她跟别人不清不楚的。

姬月明微笑着说："对了，今天是小年，祖母让我给五叔、五婶带话，今晚一起用膳。"

她朝顾见骊迈出一步，压低了声音说："五婶，今晚的家宴上兴许有您的熟人。"姬月明说完退了两步，捻着手中的信封，笑着说，"说起来，这封信应该在三个月前就交给五婶。只可惜那时五婶家中出了事，我找不到五婶。原本我以为这封信要一直放在我手里，没想到阴错阳差，咱们成了一家人。现在，我终于有机会把这封信亲手交给五婶了。"

姬月明捏着信封，将其递到顾见骊面前。

信封上的并蒂莲花纹让顾见骊觉得似曾相识。昔日闺中韶光浮现，她便想起了这信的主人。她隐约想到，自年初，便时常能收到带有这样图案的信。寄信的人姓江，是一位颇有才学的学子。江公子自知这样的信是无法光明正大地送进王府里的，便托各路人马送到顾见骊手中。

顾见骊见过很多次这样的信，每一次都没有收下，原样退回。

江公子叨扰了顾见骊的好几位友人，这曾让顾见骊觉得困扰。她犹豫了很久，刚打算将此事说与父亲听，让父亲阻止江公子的行为，父亲便出事了。

顾见骊没接姬月明递过来的信，抬眼看着姬月明，问："这就是明姐儿不喜欢五婶的缘由？"

"什么？"姬月明愣住了。

姬月明脸上的神情证实了顾见骊的猜测。

顾见骊盈盈的眸子里显出了"安京双骊"的从容气度，她缓缓地道："明姐儿，你我自小便认识。你是知道的，在我父亲出事前，我沾了父亲权势的光，又侥幸承了母亲的颜，媒人时常登门说亲。我又十分惭愧地得了某些学子的谬赞。"

姬月明听得一愣一愣的。这是什么意思？怎么有人可以这么不要脸地夸自己有钱有权又有貌，所以追求者众多？

顾见骊稍顿，语气加重了一些，说："可是我现在已经成了你五婶，你再来给那些学子做信差便不合时宜了。明姐儿，你年纪也不小了，什么事当做，什么事不当做，心里该有些分寸。你喊我一声五婶，我便是你的长辈，自然不与你计较这些，可若是旁人，定会恼你，怨你挑拨离间。"顾见骊轻轻抿唇，带出一分浅笑，又放柔了语气说，"我是不会与你这孩子计较的。"

姬月明被顾见骊十足的长辈架子堵得胸口憋了一口气。孩子？她分明与顾见骊同岁，甚至比顾见骊年长三个月。姬月明深吸一口气，嘴角扯起笑，说道："依五婶的意思，今天是我多管闲事。可谁知道五婶这话是不是心甘情愿的呢？江郎满腹诗书，五婶当真不想领略这信中的缱绻深情？"

"明姐儿怎知这信中写了什么？"顾见骊反问。

"我……"

顾见骊微微垂眼,一丝似有若无的轻视之意流露出来。她用随意的口吻说:"再言,明姐儿实在不必觉得这位江郎满腹诗书,这位只是一个读了几年书的泛泛之辈罢了。不过明姐儿待字闺中,不能识得谁家男儿有真才实学也是正常的。反正将来你的亲事自有家人参谋,他们不会让你误入歧途的。"

"你!"姬月明脸色涨红,也不知是羞的还是恼的。

姬月明心心念念的江郎居然被顾见骊说成泛泛之辈。她努力地压制着快要从天灵盖里冲出来的恼怒情绪,咬着牙质问道:"泛泛之辈?那依五婶看来,何人才有真才实学?"

顾见骊一本正经地说:"你五叔啊。"

饶有趣味地看着两个小姑娘吵嘴的姬无镜一下子轻笑出声。

姬无镜朝姬月明招了招手。姬月明犹豫了一下,才小心翼翼地走到姬无镜的面前,道:"五叔!"

姬无镜指了指她身上的红色斗篷,说:"把这个脱下来。"

姬月明愣了一下,心想:五叔要她新做的斗篷做什么?

虽然不解,她还是照做了。

斗篷是鲜艳的红色,唯有兜帽的边上围了一圈毛茸茸的雪白兔毛。姬无镜接过红斗篷,撑着轮椅的扶手起身。顾见骊急忙两步赶过去,扶住他。

姬无镜抖了一下斗篷,在姬月明震惊的目光中将这件斗篷披在了顾见骊的身上。不仅姬月明是震惊的,就连顾见骊也十分意外。

姬无镜将兜帽戴在顾见骊的头上。毛茸茸的雪白绒毛垂下来,贴着顾见骊的额头及脸侧,越发衬得顾见骊肤如凝脂、妍姿艳质。

"嗯,好看,比她穿好看。"姬无镜认真地道。

"五叔……"姬月明的眼圈一瞬间红了,她不想再留在这里受委屈,跺了跺脚,转身往外跑去。

顾见骊将兜帽扯下来,说:"这是明姐儿的衣裳!"

姬无镜又将兜帽给她戴上,嗤笑了一声,道:"我抢来的就是我的,何况是她双手送给我的。"

"你太不讲理了……"顾见骊声音低了下去,碎碎念着转身。

姬无镜懒散地站着,瞧着顾见骊身上红斗篷的衣角,心想:嗯,好看,真好看。

姬月明直接去了二夫人那儿。她刚进屋，喊了一声"二婶"，便伏在二夫人的腿上哭了。

"怎么了这是？怎么连身上的新斗篷都没穿着？"

听二夫人提到她的新斗篷，姬月明哭得更凶了。姬月明哭了好一会儿，等心里憋的那口气顺了些，才愤愤地道："那个顾见骊平时不言不语，说起话来专往人的心窝子里扎，气死我了！"

二夫人知道侄女这是在顾见骊那里吃了亏，劝道："不必逞一时口舌之快。婶娘比你还烦那一屋子的人，想我奉贤就这么枉死……"

听二夫人提到赵奉贤，姬月明目光微闪，问："二婶打算怎么办？就这么算了吗？"

"能怎么办？"二夫人叹了一口气，"你祖母已经劝过我了，你五叔手里有玄杀令，即使是亲王也能先斩后奏。我将他送去大理寺，大理寺的那群人哪个敢碰他一下？不被他反杀就不错了！比起奉贤，我现在更忧心玄恪。"

"三哥还不知道顾见骊嫁给了五叔吧？他没几日就要回来了。"

二夫人点头，沉默了一会儿，才说："叶家那个姑娘会一起过来。"

"叶姐姐？"姬月明蒙了，"她当初吵着毁了跟五叔的婚约，闹得整个安京的人都知道了，怎么还敢再来咱家？"

"听说她婚后过得不顺心，主动和离了……"

"那她这回来打算做什么？当初嫌弃五叔，现在五叔比当年的情况还惨呢，她总不可能再来找五叔。"姬月明摇头。

二夫人没说话。她猜不透叶家这个姑娘这回为什么跟过来，但是她知道叶云月是个有手段的人，十个姬月明也比不过一个叶云月。

到了用晚膳的时辰，顾见骊找出一件大氅给姬无镜穿上，推着他去正厅吃小团圆饭。姬星漏和姬星澜穿了小棉袄，跟在后面。雪地路滑，林嬷嬷要抱着他们，被两个小孩子拒绝了。他们乖乖地跟在姬无镜身侧，目不斜视。

按常理，一大家子人聚在一起吃团圆饭，应当是男女分桌的，而且还要按辈分坐。顾见骊没想到广平伯府这边不是如此，而是每房单独坐一桌。顾见骊、姬无镜和两个孩子坐一桌，倒也乐得清净。

别桌的人有说有笑，顾见骊则安心地给两个孩子布菜。姬无镜更是懒得理任何人，一入座就开始专注地吃鱼。

"见骊，老五喜静，可下人是不是不太够用？"老夫人忽然开口。

一屋子的人都看向角落里的那一桌人。

顾见骊明白，老夫人想塞人，定然是有目的的。她放下筷子，规矩地答话："人手是不太够，不过这都怪我，前几日过门的时候陪嫁丫鬟家里有事，我便让她先把家里的事处理好，等过了年再过来。"

老夫人笑着说："这样也好。不过屋里伺候的人够了，院子里的小厮只有长生一个也不够。我给你拨一个。这人你也认得，听说昔日你落难时，他对你也多有照拂。如今他在你身边伺候着，你也能安心。"

一个人走进来，低头弯腰地停在了顾见骊身旁。他虽然低着头，那双小斗眼却转来转去——原来是爬墙头的地痞赵二旺。

老夫人笑着说："对了，他以前的名字不好听，你给重新起一个。"

顾见骊算是弄明白了，下午的江郎、眼前的赵二旺，这家人是铁了心要给她泼脏水。顾见骊几乎要被气笑了。广平伯府的人居然连这种地痞流氓都能招进府里，这做派真是常人不能理解的。

顾见骊嫁过来四日，日日绷着神经，处处提防，此时忽然觉得有些疲惫。

"吧嗒"，筷子落地的声音响起。顾见骊抬眼，惊愕地看见姬无镜脸色苍白地靠在椅背上，合着眼，面露痛苦之色。

"五爷！"顾见骊慌忙站起来。屋中其他人也迅速起身，看向姬无镜。

姬无镜声音沙哑地说："推我回去。"

顾见骊应着，不理厅中其他人，推着姬无镜匆匆离开。她心里想着，姬无镜这样定然是因为下午吹了风，等回了院子得立刻让长生请大夫过来。

可他们刚回去，姬无镜就扶着轮椅的扶手起身，径自走向床榻。顾见骊愣愣地看着姬无镜，没反应过来。

姬无镜懒洋洋地靠着床头，抬起眼皮道："再去给我要一盘鱼来。"他脸色依旧苍白，可脸上哪里还有半分痛苦之色？

顾见骊双唇翕动："你……"

"装的。"姬无镜嗤笑一声，道，"如此良辰美景，和那些蠢物打交道实在无趣，不如做些好玩的事情。"

大抵是因为被骗了，顾见骊有点儿生气，闷声问："什么好玩的事情？"

姬无镜挑眉，眼角勾勒出几许笑意，说："比如……圆房？"

顾见骊指甲上的伤处又隐隐地疼了，被她攥的。无处可逃的慌张感席卷而来，像是保护着自己的壳忽然被剥开，她就这么赤裸裸地展露着，连个遮挡物都没有。

顾见骊脱口而出："五爷的身子恐怕不行。"

姬无镜的脸色瞬间冷了。他的眼尾、唇角仍挂着三分笑意，可那股冷意还是渗了出来，令人脊背生寒。

顾见骊惊觉自己失言，想要弥补，刚向前迈出一步，就被姬无镜身上的寒意逼得再也迈不出第二步，反而惊慌地向后退了两步。她眼里一片慌乱之色，抿了抿唇，转身跑出了房间。

今日的雪时落时停，此时又开始纷纷扬扬地下了起来。她提裙跑在大雪中，踩得雪地"咯吱"地响。

姬无镜歪着头，从窗户往外看，看着她在雪中纤细娇小的背影，在大雪中翻飞的浅红色裙摆，以及雪地上一串小小的脚印。

顾见骊没多久就跑了回来，手里端着一盘鱼。她偷偷看了一眼姬无镜的神色，瞧不出什么来，便咬了咬牙，将鱼放到桌上。

顾见骊挽起袖子，露出雪白的手腕，拿起一旁的筷子，弯腰站在桌旁，小心翼翼地剔起了鱼刺。她担心一会儿鱼肉凉了，动作很快，仔仔细细地将鱼刺剔得干干净净的，放在另外一个小碟上。弄完后，顾见骊稍微做了些心理准备，才硬着头皮端着剔好鱼刺的鱼块走向姬无镜，心想：这盘鱼的样子不太好看了。

顾见骊来到床榻前，将鱼放在床头的小几上，小声说："五爷，快些用才好，等一下鱼要凉了……"

姬无镜没说话。

顾见骊双手交握，忐忑地站在那里，一时没敢再开口。

姬无镜的视线正对着顾见骊的手。顾见骊的拇指指甲断了一截，伤了指尖的嫩肉，留下一道红通通的口子。虽然已经过去了三四日，她的伤口仍旧没有长好。

姬无镜用冰凉的手握住顾见骊的手腕，将她的拇指放进口中，用舌尖舔过她的伤口。

阴寒并着酥麻的感觉从顾见骊的指尖蔓延开，迅速蔓延至全身，最后在她的头顶炸开。她的身子随之一颤。

残存的理智让顾见骊没有抽回自己的手，她深深地吸了一口气，胸口随之鼓了起来。

她慢慢地蹲下身，微微抬起下巴，看着姬无镜，声音小小的："五爷，我刚刚说错话了……"

姬无镜瞧着她的脸，神色喜怒难辨。他松了手，顾见骊将手缩回去收进袖中，规矩地搭在膝上。

气氛逐渐变得压抑，顾见骊檀口微张，声音软软地道："五爷，见骊年纪小，您不会跟我计较的，对不对？我其实不是那个意思……"

姬无镜缓缓弯下腰，凑近看顾见骊的脸，与她的鼻尖相抵。

他的鼻尖很凉，可是他靠得这么近，顾见骊双颊发热。

冷与热的感觉交织在一起，使她心中惴惴不安。顾见骊盯着姬无镜的眸子，惊恐地觉得他的眸子好似无底洞，引她不断下坠。

姬无镜轻笑。

在不停下坠的慌乱中，她觉得姬无镜眼尾下的泪痣像黑暗中唯一的一抹光，让人目眩神迷。顾见骊身形一晃，慌乱地伸手，将手搭在姬无镜的肩上。她微微喘息，眼睫轻颤，滑过姬无镜的脸颊。

姬无镜"嗯"了一声，诧异地重新看向顾见骊的眼睛，新奇地用手指拨弄她的眼睫。

顾见骊想要后退，姬无镜却捏住她的下巴，将她的脸抬起来，认真地问："你说，我和你谁好看？"

"五……五爷好看……"顾见骊听见了自己发颤的声音。

姬无镜反复地摸着顾见骊的脸，冰凉的手掌沿着顾见骊的玉颈往下滑，掌下的肌肤那般柔软细腻。但很快，他便从顾见骊的眸子里看见了自己那凹陷的双颊，一瞬间变得神情恹恹。

"说谎。"他松开手，懒懒地靠着床头，端起那盘鱼悠闲地吃了起来。

顾见骊合眼，松了一口气，心想：这真是……炼狱一般的折磨。

纵使心里再慌乱、恐惧，顾见骊仍旧努力地保持从容，起身站到一旁，等姬无镜吃完,将东西收了出去。

出了门,周围没有姬无镜的气息了,顾见骊觉得呼吸都顺畅了许多。她站在门口,望着皑皑白雪,想起家里的情况。这样冷的天,不知道父亲的身子能否扛得住。姐姐的小月子还没过去,身体也是不能受寒的。

顾见骊不能多想,一想这些事,很快就红了眼眶。她望着纷飞的大雪,盼着父亲早日康复,盼着父亲洗刷一切冤屈,一家人能团聚,也盼着自己能早些离开广平伯府。

晚些时,顾见骊让栗子打来热水。栗子人虽然傻了些,不过做事挺利索的。不一会儿,栗子就将西间的浴桶里灌满了热水,而且因为惧怕姬无镜,她提着两桶热水走路竟然又快又安静。

顾见骊偷偷观察床榻上的姬无镜,见他已经睡着了,这才转身去了西间沐浴。

她进了西间,发现门没有门闩。她犹豫片刻,觉得姬无镜嗜睡,应当醒不来,才忐忑地脱了衣裳进入浴桶中。

热水将她包裹起来,舒服的感觉蔓延至四肢百骸。顾见骊这几日疲惫的身子终于得到些舒缓,整个人放松下来。

姬无镜忽然推门进来,顾见骊一惊,迅速蹲下身子,口鼻一并没在水下,水上只留一双眼睛怯生生地看着姬无镜。

听见水声,姬无镜也愣了一下。他不知道顾见骊在里面。不过他很快收起惊讶的表情,勾着嘴角朝浴桶走去。

"五……"顾见骊想要阻止姬无镜,刚刚说出一个字,就呛了一大口水,剧烈地咳嗽起来。她将口鼻露出水面,双手搭在浴桶上,胸口紧紧地贴着浴桶,面色难看地咳嗽着。她咳着咳着,眼泪便下来了。

姬无镜停下脚步,觉得这个小姑娘实在不经吓。她的眼睛里永远露着提防的神色,好像他随时都能弄死她似的。

也是,这世间之人大抵都是这么看他的。

算了。

姬无镜觉得无趣,转身朝衣橱走去。他从衣橱中取出一套寝衣,缓缓地走了出去。

姬无镜离开许久,水中的顾见骊仍旧一动不动,神情紧绷,生怕姬无镜再进来。直到浴桶里的水逐渐变凉，她耸着的双肩才慢慢地放松下来。她悄悄松了一口气，从浴桶中起身，激得水面一片涟漪。

擦干身上的水渍，顾见骊将手指搭在桌上脱下的寝衣上，有些迟疑。

她一共只带来两套寝衣，另外一套因为沾了血迹已经被扔了。

身上的水渐干，冷得顾见骊打了个哆嗦。犹豫片刻之后，她狠了狠心，从衣橱里翻出一身姬无镜的寝衣，硬着头皮穿上了。

姬无镜懒散地坐在圈椅里。他的腿上放着一个长盒子，里面是渔具。他觉得今日吃的鱼不够美味，打算明天亲自去钓鱼。

当顾见骊从西间出来时，姬无镜没怎么在意，只是随意一瞥。可这一瞥就让他不由得怔住了。

姬无镜瘦弱，身量却极高。他雪色的寝衣穿在顾见骊的身上，松松垮垮的，裤腿堆在顾见骊小巧的鞋面上，大袖子一甩一甩的，就像小孩子穿大人的衣裳。

顾见骊感受到姬无镜的目光，脸和脖子红得不像话。衣领太宽，她担心胸口露出太多，把双手压在了胸口上。

顾见骊发烧的脸上写满了窘迫与难堪之意。她打出生起便是金枝玉叶，集万千宠爱于一身，锦衣玉食，极尽奢华。无衣可穿的处境，折辱了她这十五年的骄傲。

裤子实在是太长了，她慌神儿地往前走去，一个不注意，踩了裤子，身形踉跄，堪堪扶住墙才没有摔倒。她垂眼看着堆着的裤腿，忽然生出一种破罐子破摔的勇气，咬了咬唇，大步走向柜子，找出剪子。而后她坐在罗汉床上，踢了鞋子，屈膝踩着罗汉床。雪白的裤腿下，她小小的脚若隐若现。

顾见骊握着剪子将裤子剪短，一圈又一圈，白色的布料顺着罗汉床落在地面上。长长的裤腿被剪去好长一截，终于能露出她纤细的脚踝与莹白的玉足。

她又开始剪袖子，剪完左袖，将剪子换到左手上，去剪右袖。她不习惯用左手握剪子，剪了几下都没成功，剪子尖反而戳到了腕上娇嫩的肌肤。她疼得"啊"了一声，蹙起了眉。

姬无镜终于看不下去了，随意地丢下手里的鱼竿，道："顾见骊。"

顾见骊心虚地颤了颤双肩，说："算我买的，我会再赔你一件的！"

姬无镜眸中的亮色逐渐被点燃，他扯起嘴角笑得幸灾乐祸："顾见骊，你怎么混得这么惨……"

顾见骊看着姬无镜，清亮的眸子逐渐湿润。她已经够难堪了，这个人还这样直白地说出来……那股委屈感窝在心口，又酸又胀。

顾见骊咬唇，将眼里的湿意一点点逼回去，这双眼睛又变得干干净净了。她不自觉地微微抬着下巴，一副执拗又骄傲的样子。

姬无镜推开窗户，探头朝外喊了一声："长生！"

蹲在小院门口瑟瑟发抖的长生应了一声，立刻跑到窗前，抖落了一肩的雪，笑着道："五爷，什么事？"

"挨个房间敲一下门，让每房的女眷拿十套新衣服过来，一刻钟之内送来。"

"啊？"长生张大了嘴。

姬无镜瞥了长生一眼，长生立刻收回视线，应了一声"好嘞"，就撒腿往外跑去。

握着剪子的顾见骊怔怔的，刚刚对姬无镜的气不由得消了，甚至因为误会姬无镜笑话她而愧疚起来。她垂着眼睛，目光落在手中的剪子上，心里逐渐生出几分感动。

其实……五爷也没怎么欺负她，甚至三番五次帮了她。虽然顾见骊认为姬无镜并不是刻意帮她的，只是闲得无聊或一时兴起。可他到底帮了她啊。

人啊，一旦想起一个人的好来，就会顺着思路把人越想越好。顾见骊低着头胡思乱想，心里的感动慢慢膨胀。

然而，这种感动只保持了一刻钟。

姬无镜跷着二郎腿舒服地坐在圈椅里，各房送来的厚厚的新衣服堆成高高的两摞放在桌上。他将手肘压在衣服上，不怀好意地笑道："叫一声好叔叔，便能拿走一件。"

顾见骊娇嫩的唇瓣都快被她咬破了。

姬无镜扯起嘴角，笑得实在欠揍，说："不叫的话，我就把这些衣服都裁了做地毯，花花绿绿的，一定好看。"

顾见骊愤愤地起身，疾步往西间走去。

她将门一关，脱了身上的寝衣，握着剪子干净利落地将多余的布剪下来，并且寻了针线，将腰侧也收了收。虽然难看了些，但这件寝衣至少合身了。

她板着脸回到寝屋里，连看都不看姬无镜一眼，径自上了床。她是真傻才放着舒舒服服的大床不睡，忍着寒意睡罗汉床。

　　她钻进被子里，面朝墙壁而眠。哼，反正他也不能把她怎么样，而且，如果他真的想对她做些什么，那她就……就……

　　哼，反正她不会对他客气的。

　　顾见骊生气了，软软的雪腮鼓了起来。

　　她因赌气爬上了床，原以为自己会睡不着，可不知道是不是晚膳后吃的那碗风寒药里加了助眠的成分，她看着白墙生闷气，气着气着竟然睡着了，连姬无镜是什么时候熄灯上床的都不知道。

第六章 『被一只猫吵醒了』

就差三天,您体内的毒就可以彻底逼出去,怎的前功尽弃了?

顾见骊第二日醒来时时辰已经不早了，姬无镜并不在身边。顾见骊喊来栗子，才听说姬无镜命人砸了府里湖面上的一处冰，一早就过去钓鱼了。

"外间是什么声音？"顾见骊揉着额角，声音懒倦地问道。

她云鬓散落，身上的雪色寝衣向一侧滑下，露出一大片锁骨。刚睡醒的困倦之感让她秀眸惺忪，她看着瑰姿艳逸，盛颜仙姿。

栗子看呆了，好一会儿才回过神来，道："地毯，做地毯！"

顾见骊行至外间，就见两个面生的丫鬟坐在地上，正裁剪着昨日从各房女眷那儿送过来的衣裳。他们竟然真的把这些衣裳都拿去做地毯了。

顾见骊胸口一窒，睡了一觉后已经消了的气又"噌噌噌"地升了上来。

"五夫人在屋里不？"宋嬷嬷站在院子里喊人。

顾见骊令栗子将人请进来。进来的不止宋嬷嬷，她身后还跟了两个绣娘。宋嬷嬷一进屋，目光扫了一眼缝制地毯的两个丫鬟，又冲顾见骊摆出笑脸，说道："最近府里忙着准备过年，竟然把裁新衣的事情耽误下来了。老夫人一早就吩咐老奴带锦绣坊的绣娘过来给五夫人量尺寸。"

顾见骊任由两个绣娘给她量尺寸，转过身时，望着那些准备被缝成地毯的衣裳，心里忽然有了个猜测。

昨夜姬无镜要衣裳要得仓促，各房女眷送过来的衣裳必然是旧的。姬无镜的举动自然传遍府中，今日就有绣娘来给她量体裁衣……难道他向各房要衣裳是假，要给她裁新衣是真？不……顾见骊皱着眉头，微微摇头，姬无镜这样的人才不会花这个心思，估计又是巧合。

"夫人，您抬抬手。"绣娘说。

顾见骊依言抬手，目光随意一瞟，注意到自己的右手。她将拇指递到自己眼前，诧异地看着指尖，发现折断指甲处的伤口竟然长好了。

一夜之间，怎么会……？

昨夜姬无镜在昏暗的光线里将她的指尖含入口中舔吮的一幕忽然跳入眼前，她顿时觉得指尖一片滚烫，连着脸颊也有些发热。

量尺寸的绣娘离开后，顾见骊坐在里间也能听见外间剪子的"咔嚓"声。她嫌吵，起身去了后院，打算看看两个孩子。

她刚跨过宝葫芦门，就看见姬星漏一瘸一拐地走在雪地里。林嬷嬷跟在姬星漏旁边，不停地说着要抱他的话，他满口"走开"地拒绝了。

顾见骊诧异地跟过去时,姬星漏刚走到门槛处。门槛有些高,姬星漏用两只小手抬起一条小腿迈过门槛,因为疼痛,五官揪了起来。他跨坐在门槛上,缓了一口气,才将后面那条小短腿挪了进去。

"林嬷嬷,六郎怎么了?"顾见骊问。

听见顾见骊的声音,姬星漏充满敌意地瞪了她一眼,一瘸一拐地进了屋里。

林嬷嬷说:"昨儿六郎又犯事了,被罚在佛堂里跪了一宿,刚回来。"

"什么?"顾见骊惊了,"你昨晚为什么没说?"

林嬷嬷蒙了。她愣愣地看着顾见骊,心里揣测:难道五夫人要管这些事?

瞧着林嬷嬷的表情,顾见骊忽然明白了。姬无镜这些年一直卧病在床,根本没怎么管过这两个孩子。顾见骊又回忆了一遍上次他们一起用膳时的场景,姬无镜似乎没有看过这两个孩子一眼。想来,府里的人都知道姬无镜不管这两个孩子,两个孩子在别的地方受了罚,林嬷嬷也不会说。

"星漏为什么被罚?"顾见骊一边问,一边迈步进了屋里。

"昨儿您和五爷离开之后,六郎闹脾气掀了桌子。"林嬷嬷小声解释。

"掀桌子?他为什么掀桌子?"顾见骊诧异地追问。

"这就不知道了。六郎自小就这样,时常闯祸,被罚了也不吭声。不管老夫人怎么罚他,他下次仍旧依着性子乱来……"

姬星漏躺在床上,用被子蒙了头不算,还一双小手堵了耳朵,不想听顾见骊和林嬷嬷的对话。

被子忽然被掀开,姬星漏一下子坐起来,瞪着眼睛吼道:"你干吗?"

顾见骊在床边坐下,去挽姬星漏的裤腿。

"你走!"姬星漏乱踢起来。

别看他才四岁,乱踢起来,顾见骊根本抓不住。顾见骊沉着声音道:"林嬷嬷,你把他压住。"

林嬷嬷应了一声,犹豫之后,压住了姬星漏乱扭的身子。

顾见骊挽起姬星漏的裤子,看见他的膝盖上一片瘀青。顾见骊看着红着眼睛憋泪、大喊大叫的姬星漏,忽然就想到了弟弟。

"再乱动乱叫,我便请你父亲过来压着你。"

姬星漏的哭喊声瞬间消失,他一动不动了。

顾见骊收回目光,拿了止疼化瘀的药,慢慢涂抹在姬星漏的膝盖上。她一边涂抹，一边温声问："你为什么要掀桌子？"

"我乐意！"姬星漏咬牙切齿地道。

顾见骊也不恼，只是与林嬷嬷说："下次再有这种事，和我说一声。"

林嬷嬷连忙应了。

顾见骊嘱咐林嬷嬷仔细照看姬星漏，便起身去了隔壁看姬星澜。

姬星澜踩着一个小杌子，手里握着笔正写字。她写得很认真，只是握笔的姿势不大对，临摹的那首诗瞧着也是孩子的笔迹。

顾见骊走近，问："星澜懂这首诗的意思吗？"

姬星澜脸上的笑容一滞，有些不好意思地说："我不认识这些字……"

她不认识字，只是临摹？

顾见骊用温柔的声音问："不认识也没关系，咱们星澜识得多少字啦？"

姬星澜的声音低了下去："我只认识两个字……"

顾见骊瞧着姬星澜握笔的姿势，猜到府里的人定然没让这两个孩子启蒙，笑着说："哪两个字啊？星澜写给我看好不好？"

姬星澜点点头，重新拿了一张纸，一笔一画地写起来。

顾见骊原以为这两个字应当笔画简单，没想到白纸上的字笔画渐多，最后成了两个歪歪扭扭的字。

"姬昭！"姬星澜弯着眼睛道，"父亲的名字。"

望着这双干净的眸子，顾见骊忽然觉得无措。缓了缓，顾见骊语气温柔地说："从明天开始，我教星澜写字好不好？"

姬星澜的眼睛一瞬间被点亮。

顾见骊在姬星澜这儿待了一上午，才脚步匆匆地回前院。一路上，她鼓起勇气，打算和姬无镜谈一谈关于这两个孩子的事。虽然有点多管闲事，可她实在不忍心。还没走到门口，顾见骊便听见屋中传出陌生男子的声音。

"门主，就差三天，您体内的毒就可以彻底逼出去，怎的……怎的前功尽弃，反而让毒素噬尽五脏六腑，病情日益加重了……？"

姬无镜用一贯懒散的声音说："被一只猫吵醒了。"

顾见骊站在门外，凉风拂面。忽然又落了雪，雪打过顾见骊的眼睫。顾见骊缓慢地眨眨眼，雪瓣翩翩飘落。

姬无镜懒散地坐在圈椅里，手里把玩着一把小刀。他看向门口的方向，眼尾轻挑，狐狸眼中有几分狡猾之意。

纪敬意还想再开口，姬无镜将食指搭在了唇前，阻止他说话。纪敬意愣了一下，转头望向门口的方向，心下了然。

顾见骊的第一反应是难以置信，她心中惶惶，一时竟说不出是什么滋味儿。屋中的人沉默着，她再也没听到声音。不过不管怎么说偷听都是不对的，她无意间听到两句已是冒失、失仪。她担心被发现，转身悄然走开，径直去了小厨房。

"刚刚……"纪敬意有些担忧地道。

"无事。"姬无镜一副不甚在意的表情。

纪敬意点点头，将一个白瓷小碗递给姬无镜，碗中盛着月牙白的汤药，散发出一种类似檀香的香气。

姬无镜划破左手食指，鲜血滴落在碗中，随之一只小小的蛊虫裹着血珠从姬无镜的指腹中跌入碗中。月牙白的水面忽然沸腾，蛊虫迅速胀大，"砰"的一声炸裂，它体内黑色的血液丝丝缕缕地在碗中游走。

纪敬意松了一口气，将碗盖上，道："如此只能再植一蛊。不过门主如今体虚，需要养一段时日方可再植。"纪敬意又道，"门主，这以毒攻毒的法子十分凶险，您体内已有两种剧毒相互制约，绝不可再莽撞地半路中止蛊虫逼毒，否则蛊虫将在您体内反噬，华佗再世也于事无补。"

姬无镜点头，神色随意，像毫不当回事似的，看得纪敬意眉头紧皱。不过纪敬意又想：门主性情乖戾，做事毫无章法，为了一时高兴，向来不管不顾，根本就不是个惜命的人。也是，门主若是个惜命的人，也不会自己饮下尚未研制出解药的毒。

接下来的两日，姬无镜发现顾见骊出奇地安静。她白日会去教姬星澜写字，回了屋也是悄无声息的，尤其是他睡着的时候，这个女人几乎不会发出一丁点声音。她睡在他身边的时候也是安静乖巧地缩成一团，睡时面朝里侧蜷缩着，醒来时还是一样的姿势。

腊月二十七的清晨，姬无镜睁开眼睛，转头望向顾见骊。

顾见骊双手拎着鞋子，一手一只，踮着脚走在花花绿绿的地毯上。屋内没有点灯，光线昏暗，将她裤腿下露出的纤细脚踝衬得越发莹白。姬无镜的视线从她踩在地毯上的赤足上逐渐上移，落在她翘起的小手指上。她的手细细小小的，好像很好咬的样子。姬无镜舔唇。

顾见骊悄声走出去，松了一口气。她尽量不发出声音地梳洗、换衣，随后去后院教姬星澜识字。

姬星澜是个贪睡的小姑娘，可是自从顾见骊教她写字后，她每天一大早就会起床，乖乖巧巧地坐在床边。她时常困得小脑袋一点一点的，却又在顾见骊进屋的一瞬间灿烂地笑起来，精神得不像话。

顾见骊揉了揉她的头："星澜不用起这么早，时间多的是。"

"好！"姬星澜乖巧地应着，可是第二天依然早起。

顾见骊手把手地教姬星澜写她的名字，教得有些无奈。姬星澜这三个字中有两个字笔画不少，幸好姬星澜先前就会写"姬"字。

当姬星澜终于能把自己的名字写得工工整整时，顾见骊微笑着夸道："星澜写得很好。"

姬星澜弯着眼睛问："你的名字怎么写？"

"你想写我的名字？"

"嗯嗯！"

顾见骊便教她写。

姬星澜并不喊顾见骊母亲，顾见骊觉得这样挺好。若是按年龄算，顾见骊觉得这个小姑娘喊她姐姐才更合适。

一道小小的人影在窗外一闪而过，顾见骊收起思绪。她知道，外面的人是姬星漏。

姬星澜小心翼翼地去瞧顾见骊的脸色，怯怯地开口："可不可以也教哥哥写字？澜澜会看着哥哥，不让哥哥闯祸的……"小姑娘低着头，小手紧张地乱摸，摸了一手墨汁。

顾见骊拿来帕子，仔细地给姬星澜擦手，一边擦一边说："我瞧着你哥哥也不太想学的样子，如果他跟我说想学，我就教他。"

蹲在窗外的姬星漏翻了个白眼，嗤笑一声跑开了。

栗子跑到窗前，大声说："有人找！叫季夏！"

顾见骊目光一亮，一下子站起身来，提裙赶到前院。

季夏比顾见骊大两岁，不算漂亮，一双眼睛却黑亮黑亮的。她不笑的时候，脸色偏冷，一看就精明厉害。可是当看见顾见骊时，她脸上立刻露出了笑，高兴地迎上去，哽声喊了一句"主子"，便屈膝下跪。

顾见骊赶忙扶住了她，眼睛里亦染上了几分湿意，说："你怎么今日就过来了？我不是让你年后再赶来？"

"接了您送的信，季夏一日也不想耽搁，只想早点赶来您身边！"季夏红着眼睛拉住顾见骊的手腕，"主子，您受委屈了！"说着，她的眼泪便落了下来。

顾见骊弯起唇角，轻轻拥着季夏，温声说："没什么，都挺好的。不哭了。"

顾见骊被人捧在云端十五年，一朝跌入泥里，尝遍了人情冷暖。曾经在她身边伺候的有老妈子二人、小厮四人、丫鬟六人，这十二个人中，最后只剩一个季夏对她忠心不移，愿舍命相陪。

顾见骊顾虑可能吵到姬无镜，便拉着季夏去了后院的厅屋里说话。

"你来之前可回我家里看过？"顾见骊担忧地问。

"看过的！"季夏点头，"对了，他们已经搬了家，不住在原来的地方了。"

顾见骊有些惊讶。

季夏连忙说："没搬得太远，就在原来那个小院子的隔壁。新院子比原来的院子大了两三倍。"

顾见骊回忆了一下，却不太记得隔壁那处院落。她想了想，问："是姐姐买下的？姐姐身子可好？"

这几日，顾在骊喝下堕胎药的场景时常浮现在顾见骊眼前。最近又天寒，顾见骊总是挂念姐姐。

"好着呢！大姑娘一气之下回家，将和离书托秦嬷嬷送了回去，大姑爷第二天就追来了，被夫人骂得可惨了。夫人和大姑娘押着大姑爷回了陈家，把当初的嫁妆一件不缺地要了回来。大姑娘手里有了钱，立刻换了大院子。因为王爷身子还是那个样子，不宜颠簸，所以他们就近买了隔壁的宅院。大姑娘还租了处铺子，最近正整理着，等过了年就开始做买卖。"

"姐姐……"顾见骊怔怔的。

听季夏说姐夫第二日便赶了过去，顾见骊还以为姐姐和姐夫有重归于好的可能，没想到……顾见骊无奈地笑了，倒也释然。

也对，她的姐姐本来就是坚强果敢，眼睛里容不得沙子的人。

季夏在一旁道："以前大姑娘和夫人不亲近，和小少爷也生疏，如今奴婢瞧着大姑娘和夫人一起筹备着铺子的事，关系是越来越好了。小少爷也懂事了许多，知道读书了。大姑娘亲自教小少爷，他学得不好大姑娘罚他，他也一声不吭。对了，大姑娘让奴婢给您带了傍身的钱银，夫人还亲手做了身衣裳给您。还有……还有……小少爷给您写了封信……"

永平城紧挨着永安城,永平城的福华客栈里,叶云月从睡梦中惊醒,一身冷汗。她抬手,看着自己仍旧娇嫩的双手,微微发颤。

过去的三个月,她一直在做同样一个噩梦,反反复复。

梦里,她给自己谋着未来。那姬无镜是什么人?他阴鸷狠辣,身中剧毒,病弱昏迷,随时可能没命,还有两个奸生子。这样的人,她为什么要嫁?她悔婚为自己谋未来有什么错?她没错,不后悔。她勇敢地悔婚,嫁给了样样都比姬无镜强一百倍的裴文觉。

裴文觉对她是真的好,可是这种好,随着他的发达而消失。她怎么也想不到陌上人如玉的佳公子,日后会变成那般模样。

她失了曾经的体面,被困在后宅里,看着他纳了一房又一房妾室。娇媚的小妾仗着裴文觉的宠爱,嘲讽她,陷害她,更害死了她的孩子。她失去了自己的孩子,那般痛苦,裴文觉竟踩着她的脸,告诉她他从未喜欢过她,他之所以娶她,不过是因为她家中的权势有助于他的仕途。

他居高临下,满眼厌恶之色:"叶云月,我一看见你就恶心。"

她被关了起来,病死三日之后尸体才被发现。

眼泪滴落,落在叶云月的掌心中。

她花了很久才明白或许那并不是梦,而是上苍可怜她,给了她提示。

这一年,是她嫁给裴文觉的第四年,他还没有暴露丑陋的嘴脸。叶云月立刻与他和离——报仇可以推到以后,最先要做的就是从火坑里跳出来。

"姬无镜……"叶云月喃喃自语,神色恍惚。

梦里是她选错了。当年,有人故意骗她那两个孩子是姬无镜的奸生子,骗她姬无镜快死了。现在的她却知道,姬无镜不仅不会病死,还将在不久的未来扶幼帝、振朝堂、扩四疆,位居国父之位。

"顾见骊应该已经嫁给他了吧?"叶云月皱眉。

顾见骊这个女人一生尊宠,九天酿、云中月、四海歌,只要是她想要的,姬无镜都捧来送给了她。

她活成了天下女子忌妒的模样。

"可是这一切本该是我的啊……"叶云月攥紧被子,忌妒得发疯。

第七章 侄儿求您放了她

他向来想要什么就去抢什么，这还是头一遭有人跟他要东西，微妙，有趣！

姬无镜瞧着顾见骊的笑脸，觉得新奇，这还是他头一次看见顾见骊笑得这么开心。

她已经在窗前坐了许久，反反复复读着她弟弟写给她的信。她的丫鬟回来了，带了弟弟的信给她，她就能开心成这样？

烛光摇曳，照着她的侧脸，将她的轮廓映在窗户上。她的眼睫被拉长，随着她弯起眼睛的动作，如蝶翼轻颤。

姬无镜的视线从映在窗户上的影子上移到她的脸上。

顾见骊的母亲是骊族第一美人，姬无镜没有见过，可是他觉得顾见骊应该更美些。

顾见骊刚看见信笺上的"阿姊"两个字，便弯起了眼睛。顾川幼时不爱读书写字，字迹难看，可这封信上的字写得工工整整的，像是誊了无数遍般。

顾川写给顾见骊的信只有一句话："阿姊，你再等等弟。"

就是这样简单的一句话，顾见骊看了一遍又一遍。

季夏从西间走出来，说："姑……夫人，热水已经准备好了。"

顾见骊点点头，将顾川的信郑重地收好，便转身往里间去了。

经过拔步床的时候，季夏低着头不敢乱看。顾见骊提前嘱咐过她，姬无镜不喜下人进屋，她尽量不进里屋，若要进去，则动作轻些，千万别吵到姬无镜。

顾见骊沐浴后，刚从浴桶里出来，就打了个喷嚏。

"怎么了这是？奴婢听您今天说话的嗓音就觉得不太对，这是染风寒了。"季夏急忙用宽大的棉巾裹住顾见骊，给她擦身上的水渍。

"已经几日了，快好了。"顾见骊拿起桌上粉嫩的寝衣。

看着这身寝衣，顾见骊不由得笑了。陶氏给她做的寝衣竟然是荷粉色的。她从小就喜欢粉粉嫩嫩的颜色，只是姐姐说粉色俗气，她长大些就不再碰粉色的东西了。

季夏招呼栗子进来，二人一起收拾好西间。离开前，季夏望着顾见骊的目光中满是心疼之意，心疼她的小主子如今在别人的屋檐下忍气吞声。

拔步床中，姬无镜已经睡着了。

顾见骊踮着脚走到床尾，小心翼翼地进了里侧。床榻"吱呀"一声，她骇得不敢动，去看姬无镜。见姬无镜没反应，她才轻手轻脚地躺下，面朝里侧蜷缩着，拉起被子把自己裹起来。

她离姬无镜远远的，两个人各盖各的被子。

夜间，顾见骊的嗓子像是着了火一样，火辣辣地疼，疼不说，还痒得厉害。她眉头紧皱，双手压在自己的咽喉上。

她想咳，但是又担心咳嗽声吵醒姬无镜，便这样将双手压在咽喉上，努力地克制着不要咳出来。

她憋得厉害，整张小脸都憋红了。

"抖什么？"身后传来姬无镜沙哑低沉的声音。

顾见骊身子一颤，刚说了一个"我"字，就是一阵咳嗽。她迅速用双手捂住了自己的嘴，胸口起伏着，努力地平息下来。

她听着身后的姬无镜转过身来，紧挨着她，他的大手摸到了她的脸，覆在她的额头上。也不知道是顾见骊太烫，还是他的手太冰，冷与热碰撞，她打了个哆嗦。

姬无镜用小臂支撑着起身，喊人去请大夫。

顾见骊连忙坐了起来，小声说："都下半夜了，不要折腾了。"

姬无镜瞥了她一眼，道："你想得痨病，咳个十来年直到咳死？"

顾见骊缩了一下脖子，不敢吭声了。

姬无镜这才注意到她穿了一身粉衣，她低着头缩在角落里的样子像个小花苞。

苏大夫很快便赶了过来，给顾见骊开了新方子，加大了药量，让季夏去煎。

顾见骊低着头，倚靠在床侧，觉得头痛欲裂，难受地闭起了眼睛。

季夏很快将煎好的汤药送过来。幸好如今天寒，汤药在外面放了一会儿就已经温了。

季夏弯着腰，用一种哄小孩的口吻道："您可不能再使小性子了，乖乖地喝药才好。今儿个太晚了，明儿个奴婢就去十香阁给您买糖果吃。"

一旁的姬无镜听得惊讶，顾见骊这两天喝药不是挺乖的？原来她以前是会闹脾气的。

因为姬无镜在旁边,季夏没敢再说什么。

顾见骊硬着头皮把药喝了,季夏收拾了一下便退了出去。顾见骊和姬无镜重新歇下。

然而过了半个时辰,顾见骊又开始咳嗽了,不仅头痛、眼睛痛、嗓子痛,胃也开始不舒服。她小心翼翼地转了个身,猛地对上了姬无镜的眼睛。一片漆黑里,睁着眼睛的姬无镜吓了她一跳。

她撑着身体坐起来,十分虚弱地道:"我去厢房睡,喀喀喀……"

姬无镜抬手在她的额头上摸了一把,摸了一手心的汗。

顾见骊掀开被子,准备下床。

"在床上待着,别乱动。"姬无镜拉住顾见骊的手腕,往回一带,娇小的顾见骊轻易就被他拉了回来,伏在他的胸口处。

"我……"顾见骊刚痛苦地说出来一个字,便觉胃中绞痛,一下子将喝下的汤药全吐了出来,吐了姬无镜一身。瞧着姬无镜雪色寝衣上的脏东西,顾见骊连咳嗽都忘了,吓白了脸。

姬无镜脸色微变,捏着顾见骊的脸,咬牙切齿地道:"你等着!"

他这么一说,顾见骊更怕了。天下谁不知道姬五爷最记仇?顾见骊一下子哭了出来,珠子似的泪一瞬间落了下来,刚好落在姬无镜的手背上。

手一顿,姬无镜瞥了她一眼,指腹抹过她的唇角,沾了一丝她吐出来的药汁,送到唇边舔了一口。顾见骊看见后,直接愣住了。她眼里还有泪,将落不落,楚楚可怜。

"臭的。"姬无镜嫌弃地起身下了床。

顾见骊低下头,心想:姬无镜就是一个有病的人,而且病得不轻。

姬无镜让长生去请纪敬意。

先是苏大夫,后是纪敬意,消息很快传到了各房。各房的人以为姬无镜的身体又不好了,深更半夜的,一个个从暖乎乎的被窝里钻出来。有的还没出门,有的走到半路了,听说病的是顾见骊,一个个又咒骂了两句,回去了。

顾见骊身上裹着被子,将一只手从被子里探出来,又隔了一层锦帕,由纪敬意诊脉。

季夏在一旁心急火燎地问:"大夫,这风寒怎么这么重啊?主子年幼时体虚,日日吃补药,后来身子才好起来。"

姬无镜换了身衣服从西间出来，听着季夏的话，看了一眼被子里的顾见骊，问："只是风寒？"

顾见骊目光闪了闪，终于抬起头来。她知道，广平伯府里的人可是盼着她死的，难道是有人害她？

纪敬意明白姬无镜的意思，连忙说："门主多虑了。夫人半年内应该染过一次风寒，当时表面上好了，却留下了病根。再加上这几个月来，夫人心中郁结，这次着凉后症状才格外严重，要好好调养一番才可痊愈。夫人出生时应该未足月吧？"

顾见骊怔了一下，点点头。

"我开一道药方，再开一道膳食调理的方子，再运针逼一下夫人体内的寒气。"

"啊？"顾见骊把手缩了回来，身子不由自主地向后退。

季夏知晓顾见骊怕疼，连忙问："非下针不可吗？"

纪敬意笑眯眯地点头，说："运针是调理夫人体虚的根本。当然了，夫人不必担心。这下针穴位之处众多，属下多有不便，由门主给夫人下针即可。"

顾见骊猛地抬头看向姬无镜，觉得更害怕了。她不由得想起姬无镜咬牙切齿的那句"你等着"，他报仇的机会这么快就来了？

"还……还是不用了……"顾见骊拒绝道。

姬无镜似笑非笑地看了顾见骊一眼，走到桌前，翻了翻纪敬意药匣中的针包。他脸色苍白，对着烛光细瞧银针。顾见骊看见他这样，只觉得毛骨悚然。

他这双杀了无数人的手还会下针治病？顾见骊一百个不相信。

纪敬意离开后，季夏也退了出去。姬无镜走到床边，在顾见骊面前弯下腰，凑到她的耳边，语气开心地说："顾见骊，你是不是怕我借机报仇？"

顾见骊咬唇："我没有……"

"你猜得没错。"姬无镜笑得很是开怀。

"姬无镜！"顾见骊终于恼了，红着眼睛瞪他，说，"你能不能不要欺负病人？"

姬无镜"噫"了一声，阴阳怪气地道："我病得比你重。"

顾见骊气得推了姬无镜一把，姬无镜脚步一虚，跌坐在地上。顾见骊吓傻了，慌忙解释道："我……我不是有意的……"

她立刻起身去扶姬无镜，姬无镜忽然勾唇，故意绊了她一下，然后心满意足地看着这朵粉色的花苞跌进他的怀里，让他抱了个满怀。

姬无镜吸了吸鼻子，没有闻到花香，只闻到淡淡的美人香。

"怕疼，我可以把你敲昏了再下针。"姬无镜说。

顾见骊骇得连忙反驳："才不是！"

姬无镜笑道："那是害羞？"

"也不是……"顾见骊的声音低了下去。

姬无镜去解顾见骊寝衣腰侧的系带，顾见骊慌乱地将双手搭在胸口，眸中满是不安之色。

姬无镜看着她，说："躲什么躲，又不往你的胸上下针。"

顾见骊还没被扎，胸就开始疼了。

姬无镜颇为无奈，说："我不扎胸，只是扎后背。"

她真的不是害羞，只是怕疼……

她见姬无镜伸手去拿针，慌忙拉住姬无镜的手腕，声音发颤地道："叔叔……"

姬无镜动作一顿，回头看顾见骊，对上一双湿漉漉的眼。

顾见骊双手紧紧地抓住姬无镜的手腕，小声说："我好好喝药，每天都喝，喝一段时间就能养好的，真的能……"

姬无镜视线下移，落在顾见骊的手上。她粉色的袖子往下滑，露出一小截莹白的皓腕。

见姬无镜不说话，顾见骊心里更慌了。她声音更轻，带上几分央求之意，道："真的能养好，我小时候就是慢慢养的。我真的不想扎针，很吓人……"她声若蚊蚋，垂下眼睛，粘在眼睫上的泪珠便落了下来。她心里委屈，又有几分恼意。

她向来不喜在人前落泪，这段时间不管有多不痛快，不管夜里再怎么泪浸枕褥，在人前总是骄傲体面，不落泪的。偏偏她最狼狈的样子都被姬无镜看见了，她在他面前流了那么多次眼泪。

她泄气地松了手，双手捂住自己的脸，觉得非常丢人。

"那就不扎了。"姬无镜说。

顾见骊手指轻颤，怀疑自己听错了。她从手指缝里偷偷去看姬无镜，看见姬无镜在对她笑。她吓得一怔，立刻闭上眼睛，不敢再乱看了。

姬无镜觉得有趣，扯开她捂着脸的双手。顾见骊迅速低下头，不想让姬无镜看见她沾满眼泪的脸。

姬无镜用掌心抹去她脸上的泪，又将手贴在她的额上试了试温度——她没有之前那么烧了。

他低下头，将顾见骊腰侧解了一半的系带重新系好。两条长长的带子穿插而过，被系成蝴蝶结，他扯着两条带子，让蝴蝶翅膀对称。他动作不紧不慢，一边整理一边说："明天让纪敬意给你重新开药，开一服比运针还有效的药。他研制不出来，我就敲断他的腿。"

顾见骊有些难以置信，却下意识地说："别敲断腿……"

"睡觉。"姬无镜说着站了起来。折腾了一晚上，姬无镜的身体不太受得住。

顾见骊看向窗户。她这一晚上都迷迷糊糊的，已分不清现在是什么时辰，但总觉得天快亮了。

顾见骊又看向姬无镜，道："真的不扎了？"她不敢相信姬无镜这么快就改变了主意，明明她想讲的道理还没讲完。姬无镜会不会在她睡着的时候下手啊？

姬无镜忽然一笑，引来一阵轻咳。他弯下腰来，拍了拍顾见骊的头，说："叔叔不骗小孩子。"

顾见骊躲开姬无镜的手，表情不太自然地低下头。

姬无镜坐在床沿上，说："还发呆？"

顾见骊急忙爬起来，从姬无镜身侧爬上床，蜷缩着面朝里侧。她脑袋昏昏沉沉的，可是一点都睡不着，睡不着就容易胡思乱想。

她想起在闺中的时候，偶尔会听见院子里的嬷嬷笑嘻嘻地讲着御夫之道。她是偶然听到的，但只听见了几句，觉得有些失礼，便没再多听。她唯独听到的那几句话埋在记忆深处，现在她忽然又想了起来。

"这男人嘛，得哄。都说女人不讲理，其实男人才不讲理。你撒撒娇哄哄他，他能把天上的星星摘了给你。百炼钢成绕指柔，有数的！"

顾见骊悄悄伸手摸了摸自己的后肩，原来自己真的逃过了一劫。

林嬷嬷养在后院里的鸡开始扯着嗓子打鸣，顾见骊知道真的快天亮了。

"五爷，你睡着了吗？"顾见骊小心翼翼地问。

"睡着了。"

顾见骊咬了一下唇，动作极轻地转过身去，在昏暗里去看姬无镜的轮廓。她犹豫了好一会儿，把手从大红的鸳鸯喜被里探出来，小心翼翼地朝姬无镜的手移去，最后用拇指和食指轻轻捏住姬无镜的小手指，晃了晃。

顾见骊试探着开口："我最近在教星澜写字，可以吧？"

姬无镜没吱声。

顾见骊等了等又说："你管一管星漏吧，他快学坏了。"

姬无镜还是没吱声。

顾见骊鼓起勇气，硬着头皮继续说："星漏做了很多不太好的事情，但是我觉得他好像是在故意学你……"

姬无镜终于嗓音沙哑地开口道："星漏学我学坏了，所以我是坏的。"

"我不是那个意思！"顾见骊吓得立刻松了手，嗓子一痒，又是一阵咳嗽。

姬无镜忽然转过身来，将身上的被子一拉，盖在顾见骊的身上，又扯开顾见骊身上的被子，钻进去。他将长腿搭在顾见骊的腿上，手臂搭在顾见骊的腰侧，甚至将顾见骊的身子朝他搂过来一些。两个人一起盖着两床被子。

这样过分亲密的接触让顾见骊整个身子都僵了。她反应过来的时候，终于小小地抗议了，身子一点点地往后挪。

始终合着眼的姬无镜皱了皱眉，反而将顾见骊整个人捞进怀里，用又冷又低沉的声音说："再躲，便把你的衣服也扒了。"

顾见骊不敢动了。

姬无镜没有睁开眼，眼前却浮现顾见骊掉眼泪的样子。他沉默了一会儿，又懒洋洋地说："冷，给叔叔暖暖。"

顾见骊怔了怔，无处可放的手试探地搭在姬无镜的腰侧。

隔着一层寝衣，她也能感受到姬无镜身上的寒意。姬无镜的身体似乎永远都是冰的。他很冷吗？因为她发烧了，他把她当成暖炉了？

顾见骊想：明天要让季夏翻翻库房，给姬无镜翻出几个暖手炉、暖脚炉，夜里给他塞进被子里才好。

药终于发挥作用了，顾见骊眼皮沉沉的，以一种别扭的姿势在姬无镜的怀里睡着了。

天亮了，屋子里的两个病人却睡得沉沉的，任窗外大雪纷飞，北风肆虐。

季夏几次悄声走进来，见自家主子睡在姬无镜的怀里，眸色微变，又惊又惧。

顾见骊和姬无镜一直睡到第二天傍晚。顾见骊醒来时迷迷糊糊的，蒙眬地睁开眼，看着姬无镜近在咫尺的眉眼，好半天没反应过来。

胸口有些凉，顾见骊低头，瞧见自己的衣襟被扯开了一些，露出大片锁骨。她下意识地抬手整理着。

睡梦中的姬无镜被吵到了，发出一声带着困倦的鼻音。

顾见骊动作一顿，抬眼去看姬无镜。

姬无镜脸色苍白，眼底一片青色。是她折腾了一晚上，累到他了吗？他的身体明明那么差……

顾见骊捂在胸口处的手缓缓松开。

天下人皆说姬无镜不是好人，人人都怕他，顾见骊也怕他。可是比起那一张张落井下石的丑陋嘴脸，姬无镜却并没有欺负她，甚至帮过她。

顾见骊小心翼翼地抬手，用指尖摸了一下姬无镜的脸，他的脸那么凉。顾见骊将手心贴在他的脸上，给他暖着。

虽然她铁了心要离开广平伯府，可是广平伯府那些人的下等手段和姬无镜无关。她已经嫁给了姬无镜，是他的妻子，不应该抵触他的碰触，那样太矫情了。他既然活不久了，那她就陪他到死。等他死了，她会依礼制给他守丧三年。这与情爱无关。情爱之上，是良知。嗯，就三年，多了不守，顾见骊如是想。

顾见骊本该起来的，可是想着想着，又沉沉地睡着了。

当顾见骊依偎在姬无镜的怀里睡着的时候，姬玄恪踩着厚厚的积雪，提前一天回家了。

他这次去接的亲戚是老夫人的亲妹妹所嫁的赵家一大家子人。赵家人口凋零，三年前，男丁尽数死在战场上。

三年丧期结束，老夫人与老伯爷商量了一番，将妹妹一家子接到安京，也方便照顾他们。如今赶上过年，老夫人和老伯爷便让姬玄恪把赵家女眷接到府中一起过年。赵家也慢慢挑着宅院，待天暖了，再搬出去。

叶云月是赵家的表姑娘。当初老夫人瞧她乖巧，想要亲上加亲，在她小的时候，就将她定给了姬无镜。

"回来了？"二夫人端茶的手抖了抖。

她立刻放下茶盏，疾步迎出去。

天地之间一片白色，姬玄恪披着一件鹤氅，里面是一件石青色暗云纹直裰，上面系着玉带，腰间坠着一枚玉扣。那是顾见骊送给他的。

他走在一侧，和赵家女眷保持距离。在一众女眷的衬托下，他越发显得身量高大。他有着少年的清俊无双，又有着卓于他人的俊美秀顾，美如冠玉、风度翩翩。

大夫人和老夫人身边的宋嬷嬷亲切地接了赵家人，引着众人往老夫人的正屋走去。

姬玄恪停下来，微微侧身，向赵老夫人颔首，解释了两句。赵老夫人连连点头。姬玄恪退到一侧，等赵家女眷随着大夫人离开，才提步，往二夫人的住处走去。

二夫人站在檐下，看着器宇轩昂的儿子大步走来，不由自主地露出满意的笑容。她这辈子最大的成就就是有这样一个出色的儿子。

可随着姬玄恪走近，二夫人的眸中又闪过一丝愁色。

"母亲，怎么在外面站着？"姬玄恪站在台阶下看着母亲，笑了。他一笑，清俊的面容带出几分四月暖阳般的温润。

二夫人向后退了两步，连忙说："这样寒的天，我儿辛苦，快进屋里暖和暖和！"

姬玄恪抬步踩上第一级台阶，系在他腰间的玉扣忽然掉了下来，落在雪地上。姬玄恪弯下腰来，将玉扣捡起，用指腹仔细地抹过玉扣上的雪渍。

他看着这枚玉扣，目光不由得变得温柔，说："幸好没摔坏，要不然囡囡又要使小性子了。"

一声"囡囡"戳得二夫人心里忐忑，她看着自己的儿子，张了张嘴，不知道怎么开口。

姬玄恪已经走了上来："母亲！"

二夫人回过神来，尴尬地低着头笑了笑。

因为这回赵家来的除了孩子都是女眷，所以广平伯府也没让男丁出面，全由老夫人接待。一大家子人聚在堂厅里说话，晚膳更是聚在一起用。

宋嬷嬷请示老夫人要不要请五爷那一屋的人。老夫人便以姬无镜和顾见骊两个人都生病为由拒了，连姬星澜和姬星漏也没让人带过来。

晚膳过后，老夫人念着妹妹一家长途跋涉，没留她们说话，让宋嬷嬷安排着早些歇息。家常闲话，她们可以明日再说。

叶云月回了住处梳洗，换了身衣裳，又折了回来。

"找我这老婆子有什么事？"老夫人靠着罗汉床上的小几，手里握着一个暖手炉，连头都没抬，表情冷淡。

"月儿知道错了，不该一时任性，置两家的情谊于不顾……"叶云月低着头，落下泪来，"月儿知道您不想看见我，可我死皮赖脸地求了舅母带我过来，就为了给您赔不是。您一直很疼我，我还那么不懂事地让您难做……"叶云月擦去眼泪，在老夫人身侧蹲下来，将手搭在老夫人的膝上，仰着一张哭脸央求道，"您别生月儿的气了好不好？月儿已经受到惩罚了，再也不敢任性了。"

老夫人皱眉，终于看了她一眼，问："裴文觉欺负你了？不是说他对你很好？你怎么突然任性地闹和离？"

叶云月目光微闪。是，到目前为止裴文觉对她是不错，可他对她的好都是假的。她不能告诉老夫人真相，只是伏在老夫人的膝上哭。

她与老夫人的亲戚关系本很远，偏偏老夫人很喜欢她，将她当成小女儿一样疼。当初叶云月闹退婚，广平伯府作为被退婚的一方，自是脸上无光。自从那件事发生之后，两家几乎断了联系。

到底是看着她长大的，老夫人瞧她哭得梨花带雨，不由得软了心肠。老夫人叹了一口气，无奈地道："罢了，我和你这孩子置什么气？当时你年纪小，我想把你放在身边，而那时府里只有老五没婚配，我就把你指给了他。如今看看，你没嫁给他也好，要不然也是守寡的下场……"

叶云月沉默。若她说后悔没嫁给姬无镜显得太莫名其妙，若她说这次就是奔着姬无镜来的，更是惹人生疑。她只能沉默着，悄声朝目标一步步走去。

叶云月目光坚定。

晚膳的时辰，季夏终于走近拔步床，轻轻拍了拍顾见骊的肩。季夏吓坏了，觉得主子实在睡得太久了，而且主子一整天没吃东西，身体肯定受不了。

顾见骊本就睡得不沉，季夏拍她她便醒了。她轻轻去抬姬无镜搭在她腰上的手，轻手轻脚地下了床，转身为姬无镜掖好了被角，扶着季夏的手走到了外间。

到了外间，季夏问："不喊五爷起来吗？胃里不能一直空着啊！"

顾见骊摇摇头，说："他卧床这几年，昏迷时以粥润胃，而且一日只吃两顿，加起来也不过一碗的量……"

这是顾见骊从林嬷嬷那里知道的。当日听林嬷嬷说时，她只觉得每日少喂姬无镜一次饭挺好的，省事。如今亲口说出来，她才觉出他的羸弱。

"澜澜，慢些……"林嬷嬷压低了声音说。

顾见骊抬头，便看见姬星澜小小的身子迈过门槛。姬星澜抬起头来，见顾见骊站在屋子里，愣了一下，小脸蛋儿上逐渐漾出灿烂的笑容，开心地说："醒啦！"

季夏连忙在一旁给顾见骊解释："澜姐儿听说您病了，今日过来了很多次。"

还没等季夏说完，姬星澜已经张开双臂，扭着小身子朝顾见骊跑过来。

顾见骊身上没什么力气，抱不动她，便蹲下来，轻轻抱了一下小姑娘，然后很快退开些距离，免得把病传染给小姑娘。

姬星澜低着头，去解自己的小袄。她从小棉袄里翻出一个暖手炉，塞给顾见骊，软着嗓子道："喏，你日日抱着它，暖暖，就不冷不生病啦！"

林嬷嬷在一旁笑得慈祥，说："我都和四姐儿说了，这暖手炉一时半会儿凉不了，她还是担心夫人没醒东西就降了温，非要藏在肚子里。"

顾见骊双手捧着暖手炉，顺着小姑娘的话，语气温柔地说："好，我一直捧着它就不会冷啦。"

"嗯！"姬星澜弯着月牙眼说，"你很快就会好啦！"

顾见骊觉得她笑起来十分可爱，不由得揉了揉她的头。小姑娘的头发非常柔软。

一阵咳嗽声从里间传来。姬星澜脸上的笑容一僵，变得拘谨起来。

姬无镜走得很慢，站在门口时手扶在门框上，低头看着姬星澜，声音沙哑地说："我没有？"

姬星澜骇得向后退了两步，畏惧地望着姬无镜。她张了张小嘴，想解释，一个字还没说出来呢，先吸了吸鼻子，哭了。

顾见骊急忙起身，走到姬无镜面前，把手里的暖手炉塞给他，然后垂着眉眼，去整理他的衣襟和袖子。睡了太久，他身上的寝衣松松垮垮的。

她回头吩咐季夏给姬无镜拿一件外衣来，然后对姬无镜说："我是着凉得的病，和你不一样。"她看了姬无镜一眼，带着一丝嗔意，说，"你别吓澜澜了……"

季夏有眼力见儿地开口："现在开膳吧？东西一直在锅里热着，随时能用！"

顾见骊点头，又问了林嬷嬷，得知两个孩子都没吃东西，便吩咐林嬷嬷回去把姬星漏抱过来。

姬无镜扯起嘴角笑了笑，把暖手炉还给了顾见骊，扶着一侧的墙壁，动作缓慢地走过去在椅子上坐下，朝姬星澜招了招手。

姬星澜已经懂事地把眼泪憋回去了，虽然害怕，还是鼓起勇气朝姬无镜走了过去。

姬无镜口气随意地问："听说最近有人教你识字？都会写什么字了？"

顾见骊尚不知道姬星澜不是姬无镜的女儿，只想着促进他们父女的感情，连忙说："澜澜把父亲的名字写得很好了。"又对姬星澜道："写给你父亲瞧瞧。"

姬星澜左看看右看看——找纸笔。

姬无镜摊开掌心，把手递到她面前："写吧。"

写在父亲的掌心上吗？姬星澜眨眨眼，转头去看顾见骊。顾见骊笑着对她点头。

像是受到了鼓舞一样，姬星澜踮起脚来，小小的手指在姬无镜的掌心上一笔一画地写着字。

顾见骊觉得姬星澜踮着脚的样子怪可怜的，说："你抱着她就是了。"

姬无镜古怪地看了顾见骊一眼。

顾见骊看不懂姬无镜这个眼神是什么意思，但没深究，索性走过去挨着姬无镜坐下，顺便将姬星澜抱在了腿上。她凑过去在姬星澜奶香的脸蛋儿上亲了一口，温柔地说："现在写吧。"

"嗯！"

姬星澜坐在顾见骊的腿上，开心地在姬无镜的手掌上写字。虽然她早就会写父亲的名字了，可是这回和以前不一样。她皱着小眉头，只想写出最好看的字！

顾见骊含笑看着认真的姬星澜，似乎明白了姬无镜那古怪眼神的含义……

姬无镜该不会从来没抱过小孩子吧？顾见骊不由得蹙眉，心想：姬无镜这父亲可真不称职。

姬星漏跑进来时看见的，便是妹妹被顾见骊抱着，在父亲的手掌上写字的一幕。他皱着眉，装作什么也没看见，爬上凳子，吃饭。

姬无镜吃得很少，只喝了半碗鱼粥，看上去不太精神。顾见骊觉得是昨晚累到他了，不由得生出几分自责。

两个孩子很乖，安静地吃着饭。

晚膳后，孩子被林嬷嬷带回了后院。顾见骊则扶着姬无镜去了西间。

"你出去吧。"姬无镜有些疲惫，没什么精力逗弄顾见骊。

"可是……"顾见骊本来是想留下来照顾他的，可到底有些怕他，只好退了出去。

季夏正在铺床，见顾见骊出来，急忙将她拉到外间去，压低了声音说："傍晚的时候，三郎回府了。"

顾见骊怔住了。

姬玄恪。

她已经很久没想起这个人了。

季夏拉了顾见骊一把，低声道："明儿个遇见了……"

顾见骊轻轻呼出一口气，打断季夏的话："不要说了，去铺床。"

"可是五爷这边……是，奴婢知道了。"

在烧了他的信时，顾见骊便不怨了。人都要为自己筹谋，他舍弃他们的婚约，她不恨；他躲避不见，她也不怨了。

她转身进了里屋，从衣橱里翻出她与姬无镜明日要穿的衣服。

大姬习俗，将要过年的这几日，一大家子人得日日吃团圆饭。明日是腊月二十九，她定然是要和姬无镜去正厅的。

待姬无镜沐浴出来后，季夏和栗子又换了热水让顾见骊洗漱了一遍。等顾见骊换好寝衣，熄灯爬上床时，姬无镜已经睡了。顾见骊转过身来，在一片昏暗里看着姬无镜的轮廓。

姬无镜知不知道她与他的侄子幼年相识且有婚约？

顾见骊几次想开口，又几次开不了口。一片漆黑里，时间变得更为难熬。

罢了。顾见骊不想解释什么了，明日顺其自然就好。

她蹙着眉，尽量缓慢地转身，面朝里侧。姬无镜也转过身来，探手摸了一下她的额头，用沙哑的嗓音问："又难受得想吐？"

"没有……"

一阵长久的沉默，久到顾见骊以为姬无镜睡着了，姬无镜忽然又开口："有话跟我说？"

"我……"顾见骊放在脸侧的手不由得攥紧了锦褥，"我以前有过一门亲事……"

姬无镜不太确定地说："我好像也有过吧？"

"不是的，不太一样，我以前的那门亲事……"

姬无镜用冰凉的手捂住了顾见骊的嘴，语气不耐烦地道："顾见骊，你能不能让我睡个安稳觉？腊月二十、二十一、二十二……今天是二十八。"他每数一次，手指就在顾见骊的脸颊上点一下，"这几天，你自己数数看，你让我睡了几个安稳觉，嗯？"

顾见骊抿起唇来。

姬无镜的手指偏偏抹过她的唇，沿着她樱唇的轮廓轻捻，他声音低沉地道："再吵我，我就把你这张嘴缝上。"

顾见骊蹙眉，嘴巴抿得更紧了。

姬无镜知道自己又把这个小姑娘吓着了，最终睁开眼睛。拔步床里光线晦暗，背对着他的顾见骊露在被子外的脖子莹白如雪。

姬无镜的目光落在她的后颈上。他看了一会儿，没忍住，忽然凑过去，咬在她的脖子上。

顾见骊吓了一跳，"啊"的一声叫了出来，下意识地想躲。姬无镜用捂着她的嘴的大手禁锢着她，让她无法逃走。

后颈处一阵刺痛，清晰的啃咬感传遍全身，顾见骊打了个寒战，嘴里呜咽着喊了一声。

姬无镜松了口，重新合上眼，朝顾见骊凑过去，将脸贴在她的后颈处，温热的气息拂过她的肌肤。

他懒懒地问："你刚刚呜咽着喊了什么？"

顾见骊悄悄捂住自己的嘴，她才不要告诉姬无镜，她刚刚以为他要咬死她，不由自主地喊了一句"爹爹救我"。

姬无镜显然很疲惫，并不想深究，没再追问。

他似乎觉察到了温香软玉抱满怀有多舒适，大手搭在顾见骊的小腹上，将娇娇软软的她推进怀里拥着。

姬无镜心满意足，懒洋洋地说："又软又暖和。"

顾见骊五官揪了起来，将铺床时放在被子里的暖手炉塞给姬无镜，小声说："这个更暖和……"

姬无镜看也没看，接过来之后直接扔到了地上。

暖手炉落地，一直滚到墙角，"哗啦啦"的响声在夜里异常响亮，把在外间守夜的季夏都惊醒了。

姬无镜"咦"了一声，搭在顾见骊小腹上的手摸索起来，沿着她的腰线拢了一圈。

她的腰这么细吗？好像他随手一折，就能把她的腰折断似的。

顾见骊整个身子都绷住了，似乎下一瞬就能发起抖来。

姬无镜摸索中不经意间将她的寝衣下摆扯开了些，手滑进她的寝衣内，拇指在她微陷的肚脐上拨弄了一下。

"五爷！"顾见骊拉住姬无镜的手，声音发颤地道。

终于绷不住了，顾见骊软软的身子开始发抖。

姬无镜疲惫地打了个哈欠，手掌贴在她光滑柔腻的小腹上没松开，轻嗤一声，道："摸个肚子怎么了？"

顾见骊慢慢松开手。她不敢吭声，一动不动。半晌，她用口型无声地道：流氓。

她暗暗告诉自己，她已经嫁给姬无镜了，不管将来是否要离开广平伯府，现在都不应该矫情地拒绝他的碰触。

可是，她很难做到。

姬无镜逐渐睡着了，呼吸均匀，将顾见骊当枕头似的抱在怀里，没松开。

顾见骊松了一口气。

他手掌微凉，掌心还有薄薄的茧，这让她无法忽略他的存在。

长夜漫漫，他睡得很沉，她却目光涣散地望着暗处，怎么也睡不着。原本嫁过来时早就做了各种准备，如今她却茫然了。

外面，季夏又听了听，没听见别的声音，重新睡下了。

顾见骊睡着的时候已经很晚了，第二天醒来时时辰亦不早了。她悄声下了床，没敢吵醒姬无镜。

换衣裳的时候，她低下头看了自己的小腹好一会儿。直到季夏出声提醒，她才绯红了脸颊回过神来。

顾见骊昨日刚得知姬玄恪回府的消息，本打算跟姬无镜坦白她和姬玄恪的事，可没说成。如今她却改了主意，不想说了。

她有什么可说的呢？那件事又不是她故意隐瞒的。她明明是被逼着嫁给姬无镜的。

"要不要喊五爷赶过去请安，一起用早膳？"季夏问。

"不用。"顾见骊摇头道，"让他睡吧，午膳时过去就行了。五爷身体不好，大家不会怪的。"

顾见骊猜得不错，这种全家都到的场面缺了姬无镜是常事，大家都习惯了。

一大家子人在正厅里用完午膳，男人们先后离开，留下一屋子女眷闲话家常。老夫人看了一眼愁眉苦脸的二夫人，问道："你这是怎么了？玄恪怪你了不成？"

二夫人连忙说："这孩子还不知道呢。昨儿他去了我那儿，没待多久就去见他父亲了，然后又去找了二郎和四郎，我还没跟他说呢……"

"他还不知道？"老夫人皱起眉道。

二夫人点头。

老夫人也烦着呢。她知道二夫人是担心母子离心，而她担忧的是姬无镜知道那件事之后的反应。老夫人原以为姬无镜昏睡个七八日就会死，没想到他竟醒了。

老夫人是打算提前跟姬无镜说顾家的事的，可姬无镜闭门不见。再说了，老夫人怀疑就算自己跟姬无镜说了也没用……她昨晚没睡好，就是担心今日用早膳时，姬无镜会跟玄恪撞见。姬无镜没过来，她松了一口气，可又觉得午膳时躲不过了……

躲有什么用呢？她躲得了初一，躲不了十五啊！这件事，他们一开始就办得不漂亮！

老夫人叹了一口气。

"老夫人，您喝杯热茶。俗话说得好——船到桥头自然直，车到山前必有路，没有什么过不去的坎儿。"叶云月温声细语，规规矩矩地将一盏茶递给老夫人。

老夫人接过茶，看着叶云月温顺贤淑的模样，心想：当初若姬无镜娶了叶云月，岂不是没有今儿的糟心事了？

她转念一想：姬无镜那个身体，也没几日可活了，哪能让叶云月嫁过来做寡妇？虽然当初叶云月让广平伯府没脸，可老夫人也觉得叶云月不嫁给姬无镜那等浑物挺好的。

老夫人又怪起顾敬元来，如果他没有干出那样的龌龊事，宫里也不会暗中指使他们在圣旨上做手脚。

这一琢磨，老夫人不由得想得更多了。

姬无镜的妻子曾是其侄子的未婚妻，这件事也够让人戳脊梁骨的。老夫人又怪起姬无镜来，怪他怎么不死了算了。他若是能早点死，这叔侄夺妻的事很快就能揭过去……

另一边，顾见骊推着姬无镜赶去正厅，姬星漏和姬星澜跟在他们两侧。

堂厅里本来欢声笑语，他们一进屋，屋子里瞬间静了。

顾见骊带着两个孩子见了礼，在丫鬟的指引下入座，对忽然变了的气氛装作什么都不知道。

只是有一道过于直白的目光让顾见骊无法忽略。

最初的时候，她以为是广平伯府里的人，后来忍不住抬眼去看，发现是个陌生的女人。女人梳着妇人髻，年岁不大，面容姣好，温婉娴雅。

顾见骊后知后觉地发现这个女人不是在看她，而是在看姬无镜。

叶云月也看向顾见骊，二人四目相对，叶云月浅浅地笑着，友好地点头。

顾见骊只当她是府里的表亲，随意地颔首回应。

姬玄恪和府里年龄相仿的二郎姬玄悯、四郎姬玄恒一道往正厅走来。路上，姬玄恪说："对了，听说我南下时五叔娶了妻？"

姬玄悯和姬玄恒对视一眼，说："是……"

姬玄恪皱眉道："五叔的身体如此，倒是辛苦五婶了。"

姬玄悯和姬玄恒沉默着。

"我好像听小厮说了一嘴冲喜，莫不是咱们家里的人逼着人家来给五叔冲喜吧？"姬玄恪问。

姬玄悯和姬玄恒连连摆手："不是，不是，不是……"

瞧着马上到正厅，几个人也不再说这个了。

"二郎、三郎和四郎过来了！"宋嬷嬷笑盈盈地说。

顾见骊正在给姬星澜挽袖子，闻言动作顿了一下。她低着头，听见姬玄恪用她熟悉的声音与广平伯、老夫人说话。

老夫人喊了"开膳"，厅中伺候的丫鬟们活动起来。

姬月明忽然说："三哥，你还没见过新五婶呢。"

厅中的气氛忽然变得尴尬起来。偏偏姬玄恪浑然不觉，笑着起身，说："是，是姬绍失礼。五婶莫怪。"

姬玄恪望向角落里的一桌人，顾见骊背对着他。他一边走过去，一边看向姬无镜说道："五叔，侄儿瞧您精神了许多，定是五婶照顾得很好。"

他说完时，已经走到了顾见骊身后，目光扫过顾见骊的背影，忽然觉得熟悉。姬玄恪的眉峰慢慢拢起来。

"暂且没死罢了。"姬无镜口气随意地应了一句。

姬月明抿了一口茶，语气愉悦地道："五婶，三哥给您见礼，您可准备有送晚辈的见面礼呀？"

一旁的姬月真不赞赏地瞪了姬月明一眼。

顾见骊捏着筷子的手指关节发白。她吸了一口气，努力地用平静的语气道："不知三郎今日在，改日定补上红包。"

姬玄恪脸上的笑僵在那里，而后脸上的血色一丝一丝地退去，彻骨的寒意铺天盖地而来。

懒散地挑着鱼刺的姬无镜隐约听出不对劲，抬起眼皮，扫了一眼姬玄恪，而后将目光落在顾见骊的脸上。

事到如今，顾见骊心里忽然坦荡起来。她一手提袖，一手将姬无镜面前的那碟鱼放在自己面前，一边盛了一小碗鱼肉粥递给姬无镜，一边温声说："五爷，您先用这个。我来剔吧。"

她温声细语，可因染了风寒，嗓音有些沙哑，还带着丝鼻音。这听在姬玄恪的耳中，就像他的囡囡哭哑了嗓子，委屈得不得了。

广平伯开口道："玄恪啊，过来坐。"

姬玄恪站在原地，一动不动，眼睛死死地盯着顾见骊的后背，看着她腰背挺直，仔细地剔着鱼刺。

堂厅内，众人的目光十分微妙，几个眼神流转，已不知交流了多少八卦消息。

二爷和二夫人觉得脸上无光，尴尬起来。一大家子人聚在一起，纵使兄弟之间感情再好，也有个比较，不想让别房的人看笑话。

二夫人给小女儿姬月真使了个眼色。

姬月真连忙起身，挽住姬玄恪的胳膊，撒娇道："哥哥，你一去两个多月，昨日回来见了父亲、母亲，今日上午又和二哥、四哥出去，心里是一点都没有我这个亲妹妹呢！"

她搭在姬玄恪的臂弯上的手微微用力地捏了一下。

姬玄恪仍凝视着顾见骊，没有看姬月真一眼。他将姬月真的手缓缓推开，开口道："月真，回你的座位上去。"

"哥哥……"姬月真瞧着姬玄恪的脸色，看出哥哥是真的动了怒。她不由得向后退了一步，却没回座位上，扫了一眼姬无镜和顾见骊，又回头望向二夫人。二夫人担忧地望着姬玄恪，没看小女儿。

姬月真咬咬牙，向姬玄悯和姬玄恒这两个堂兄投去求助的目光。

广平伯府中，姬玄恪这一辈一共有五个郎君。大房的大郎姬玄慎为人死板，已经娶妻生子，也是五兄弟里唯一娶了妻的。三房的五郎姬玄悦刚十四岁，平日里不和几个兄长一处。大房的二郎姬玄悯与姬玄恪同岁，都是十七岁，三房的四郎姬玄恒十六岁，三兄弟年龄相仿，从小一起读书，总是在一起。

姬玄悯和姬玄恒立刻起身，走到姬玄恪身边。姬玄恒将胳膊肘搭在姬玄恪的肩上，笑嘻嘻地说："三哥，快来。我都快饿死了，你不来，我这做弟弟的不敢动筷啊！"

姬玄悯也拉住姬玄恪的小臂，笑着说："不是说好了下午一起去看望刘先生吗？咱们动作得快些。"

两兄弟暗中使力，想要将姬玄恪拉走。

"松手。"姬玄恪声音平缓，却带着坚决之意，说道。

姬玄悯和姬玄恒对视一眼，压低了声音，加重语气道："老三，这还没开始喝酒，你怎么就醉了？"

姬玄恪不管别人的警告，深吸了一口气，望着顾见骊的背影，终于一字一顿地问了出来："是他们逼你的？"

顾见骊指尖轻颤，手中的筷子跌落在地上，发出清脆的声响。她低着头，望着白瓷盘里被剔得糜烂的鱼肉，心"怦怦怦"直跳。

他……不知道？

她鼓起勇气做了好些准备，自以为已经可以面无表情地面对他的背弃行为，如今相见，方知他竟是不知道此事的……

她背对着他，却感觉得到他的目光。她听着他的声音，似乎能看见他的眉目。

一瞬间，山前马上、元夕花朝，幕幕如在眼前。那一声"在下姬绍"忽然入耳，阳春暖煦拂过柳下少年郎。

眼前的画面忽然有火苗跳动，被她反复念了千遍的信笺在跳跃的火苗中被烧成了一捧灰。

所有过往的画面戛然而止。

顾见骊的眼睫缓缓地忽闪了一下。她弯下腰，将筷子捡起来，递给一脸担忧之色的季夏，而后终于转过身来，坦然地对上姬玄恪的眼。

望着那熟悉的星眸朗目，她脸上挂着得体的浅笑，开口道："如今天寒，三郎再不入座，我们都要跟着吃凉饭了。"

所有人都劝不了姬玄恪，可是望着顾见骊的那双眼，他就这么动摇了。他的目光逐渐黯淡下去。因她疏离的目光，他一败涂地。

姬玄悯松了一口气，再次去拉姬玄恪。

姬无镜忽然嗤笑了一声。

堂厅内的众人刚刚松的那口气，又提了起来。

顾见骊的心也跟着紧了一瞬，她规矩地放在膝上的手轻颤。姬玄恪注意到顾见骊指尖的细微动作，眉峰再次聚拢。

老夫人给广平伯使了个眼色，广平伯轻咳了一声，再次开口："大家别干坐着了，都动筷吧。"

姬无镜神情懒散，一只手托腮，另一只手握着两根筷子，有一下没一下地敲着碗。

"噔噔、噔、噔噔……"

赵家的姑娘本想要夹菜，听见声音后僵在那里，左看看右看看，看见所有人都一动不敢动的样子，又讪讪地缩回手。看来今天这午膳肯定得凉着吃了，那她就先认真地看好戏……

姬星澜眨了眨眼，有点害怕。姬星漏看看这个又看看那个，隐约明白了什么，眉头皱起，脸上带着几分不符合年纪的凶狠之色。

姬无镜垂着眼，让人看不见他那双狐狸眼里的情绪，只能看见他眼尾处近妖的泪痣。他脸色苍白，嘴角噙着似有似无的笑，神情傲慢又倦怠。这样的表情若是换一张脸，恐怕只能让人觉得扭曲、难看，偏偏被他天生的好容貌撑起来，成了另一种异样的美。

叶云月看呆了，她之前怎么没发现姬无镜有这般俊美的容颜？

一直沉默的大爷姬无铮开口，努力地转移话题："五弟，看着你身体日益变好，兄长甚是开心！"

姬无镜抬起眼皮看了姬无铮一眼，姬无铮脸上一红，讪讪地移开视线。姬无镜懒洋洋地开口道："我原以为顾敬元那老东西遭了什么事，你们捡便宜娶了他的小女儿给我冲喜。啧，原来那老东西犯的不是小事，你们这是担心娶了这么个孙媳妇受牵连。"他侧过脸轻咳了两声，继续说，"我没死，你们很失望吧？"他扯起嘴角阴森森地笑了，盛着莫测笑意的眸子缓缓地看向堂厅中的每一个人。

被大少奶奶抱在腿上的三岁小少爷吓坏了，"哇"的一声哭了出来。姬玄慎瞪了自己的媳妇一眼，大少奶奶急忙捂住儿子的嘴。

姬无镜一瞬间冷了脸，丢了筷子，道："回。"

顾见骊望着被姬无镜扔开的筷子，身子颤了一下。她急忙起身，走到姬无镜身后，去推他坐着的轮椅。候在不远处的林嬷嬷和季夏急忙过来，牵起姬星漏和姬星澜。

顾见骊推着姬无镜经过姬玄恪的时候，低着头，不去看姬玄恪，却意外地看见了姬玄恪系在腰上的玉扣。看着那枚她千挑万选送给他做生辰礼物的雪色玉扣，顾见骊忽然红了眼眶。她暗暗咬唇，将眼眶里的所有湿意一点点地逼了回去。

姬玄恪极力克制，垂在身侧的手才没有去拉顾见骊。然而，当顾见骊经过他身边时，他看见了顾见骊的后颈，眼里一片错愕。

先前顾见骊挺胸抬头，如今她低着头，露出了莹白玉颈上的咬痕，还有那一大圈乌青的痕迹。

姬玄恪僵在那里，不敢想他的囡囡都经历了什么。五叔是怎样凶狠阴鸷的人，他知道。他的囡囡才十五岁，就算自己娶了她，也不舍得伤她一丝一毫，打算好好娇养她两年！

从家中落难，到委屈地被逼婚，再到嫁给姬无镜受虐待，他的囡囡到底受了多大的委屈？他为何如此愚蠢地离开了？

利刃剜心，姬玄恪心痛得无法喘息。

丫鬟将堂厅的门打开，一股寒风猛地灌进屋里。他们来时晴空万里，此时外面又飘起了纷纷扬扬的大雪。

刚出去，姬无镜被凉风一吹，忍不住一阵咳嗽。本就受了风寒的顾见骊打了个哆嗦，握紧轮椅的扶手，垂眼推着姬无镜离开。不管是因为这样尴尬的场面，还是因为恶劣的天气，她都想快些回去。

叶云月拿起早就准备好的薄毯追了出去，小碎步跑到姬无镜面前，蹲下来，将薄毯仔细地盖在姬无镜的腿上，关心地道："五爷可千万别受寒。"

姬无镜歪着头，打量着叶云月。叶云月脸上一红，略矜持地抬眼对上姬无镜的视线，温柔地笑了起来。

"你是谁？"姬无镜沙哑着嗓子问。

叶云月脸上的笑容一僵，她来不及胡思乱想，连忙笑着说："五爷，您不记得我了？我是叶……"

姬无镜一脸嫌弃地用两根手指捏着毯子的一角，朝叶云月扔了过去。毯子被扔到了她的头上。

叶云月一惊，急忙去扯毯子。

姬无镜目光阴鸷，口气阴森地道："我院子里已经有个傻子了，不想再看见傻子。"

叶云月动作一僵，臊得满脸通红。

叶云月没将自己的名字说完，可是那个"叶"字让顾见骊隐约猜出了她的身份。顾见骊觉得有些不可思议，难道这个女人就是当初主动悔婚且将事情闹得沸沸扬扬的叶家姑娘？

身后忽然响起一阵惊呼声，打断了顾见骊的思绪。她诧异地转头望去。

"五叔——"姬玄恪掀开茶白的长衫前摆，跪在雪地里。

大雪纷纷扬扬，隔了千山万水，隔了姬玄恪与顾见骊之间再也跨不过的沟壑。

姬玄恪含着热泪的眼睛遥遥地望着顾见骊，他哽咽着高声道："五叔，侄儿求您放了她……"

顾见骊怔在那里，看着矮了半截的姬玄恪，半天没反应过来。在她的记忆里，姬玄恪从来不求人。顾见骊难掩心中的震惊，完全想不到他会为了她做出这等举动，然而短暂震惊之后，是更长久的难堪之感。

她面上不显，握着轮椅扶手的手攥得越发紧。

"玄恪，你犯了什么魔怔？"二爷姬无钩暴怒道。

二夫人和姬月真急忙跑过来拉姬玄恪。二夫人朝着姬玄恪的肩膀狠狠地给了一巴掌，恨铁不成钢地道："赶紧给我起来，丢人不丢人？！你不要脸面，你爹你娘还要！"二夫人的声音在发颤，她最怕的事还是发生了。她不由得怨恨起顾见骊，这个女人一脸的媚相，勾了她儿子的魂。

其他人或从堂厅里出来，或围在门口朝外张望着。

姬无镜转动轮椅，慢慢转过方向。他看着跪在地上的姬玄恪，眼里浮现一丝亮色，那丝亮色越来越浓，逐渐变成兴趣满满。

他向来想要什么就去抢什么，这还是头一遭有人跟他要东西，微妙，有趣。

姬无镜勾起一侧嘴角，笑得不怀好意又斗志昂扬。他不经意间一瞥，瞥见了站在身侧的顾见骊。

顾见骊安安静静地站在雪地里。因为是新妇，又是将过年的时节，她选了一身得体的红色襦装，暗白的小袄，肩上和袖口绣着零星的红梅，胸口的鸦色长带压着艳红的长裙。寒风猎猎，吹动她红色的裙角，裙摆曳过雪地，亦有碎雪落在上面。

她娇小柔弱，纤腰易折。

面对这样尴尬的场面，她脸上没有什么表情，从容而立，保持着骄傲和体面。

该说她端庄抑或坚强？可姬无镜瞧着，只觉得她形单影只，怪可怜的。姬无镜眼中的亮色略收，多了几分深思。

不顾二夫人和姬月真拉扯，姬玄恪顶天立地地跪在那里，直视姬无镜，语气坚决："五叔，见骊年纪还小，家里遭了难，是被逼进府里的。我与她，早有婚约……"

"三郎！"老夫人扶着宋嬷嬷的手走了出来，"你想清楚你到底在说什么，你五婶的名讳亦不是你能无礼直呼的！你母亲惯着你、哄着你，把你支开，可你这套跪法在我这里没用！你就算跪到老婆子我闭了眼，我也决不会押上一大家子人的荣辱陪你胡闹！"

姬玄恪没想到老夫人会这么说，难道他所做的事在长辈眼中只是胡闹？他只觉心里更沉重了，像是十七年的繁华美好忽然被撕破，只剩满目疮痍。

老夫人是老伯爷的继室，只生了个女儿，连这些继子的死活都不在意，又怎么会在意这个跟她没什么关系的孙子？

老伯爷觉得老夫人话说得有些重，可看了一眼不像话的姬玄恪，默许了。

二夫人看见儿子绝望的样子，心疼得不得了。

她迅速红了眼眶，一边拉姬玄恪，一边愤愤地说："大过年的，你这孩子是打算把我气死吗？她已经是你五婶了，就算你五叔休了她，你还能再娶她过门让人看笑话不成？"

"怎的不能？"姬玄恪怒而反驳。

二夫人一巴掌甩在姬玄恪的脸上，气得胸口起伏。明明是一年中最冷的时节，她却气得全身上下热血沸腾。

姬玄恪将脸偏到一侧，整个人忽然冷静了下来。他是被宠着长大的，这一巴掌是他这十七年里唯一一次挨打。

姬月明本来是想看顾见骊出丑的，怀着看热闹的心故意捅破窗户纸。可姬月明看着表情平静立如傲梅的顾见骊，心里忽然不是滋味儿。

那么出色的姬玄恪竟然为了这个女人发疯。顾见骊凭什么让男人为她这样？就凭第一美人的名号？她不就是长得好看而已，有什么了不起的？

姬月明阴阳怪气地道："三哥，你可别那么没出息，好好跟五婶讨红包才是正事。"

"你说话注意些！"姬玄恪怒目而视。

姬无镜忽然漫不经心地道:"大嫂,月明也该嫁人了,是没合适的?我有一权贵之友,正打算说亲,我来做媒可好?对了,那个人你们也认识,就是西厂的陈河。"

姬月明吓得脸色一瞬间变得惨白。

陈河……是个太监。

大夫人吓了一跳,连忙从堂厅里出来,把姬月明拉到身后,赔着笑脸说:"烦劳五弟记挂,只是我和你大哥已经给月明看好了一门亲事,定下了!"

姬无镜"哦"了一声,扯了扯嘴角,懒洋洋地说:"早些嫁出去,夜长梦多啊……"

"是是是……"大夫人急忙笑着说。

姬无镜将目光落在狼狈的姬玄恪身上。

二夫人急忙往前走了几步,用自己的身体挡住姬无镜的视线,如大夫人那般赔着笑脸道:"五弟,你别跟玄恪计较……"

二爷也开口道:"五弟,这都是宫里的意思,咱们家里只不过是按旨意办事罢了……"

"不计较啊,小孩子嘛。"姬无镜说。

二爷和二夫人都仔细去看姬无镜的神色,似乎不敢相信向来睚眦必报的姬无镜会真的不计较。

姬星澜忽然打了个喷嚏。姬无镜看了她一眼,摸了摸她的头,说:"这就回去。"

姬星澜懵懵懂懂地看着姬无镜,父亲难得对她笑。

可是她不敢笑。

虽然不懂发生了什么事,可是她知道大家的心情都不太好。三哥还挨了一巴掌呢,好可怕!

顾见骊平静地让季夏和林嬷嬷把姬星澜和姬星漏抱起来,自己推着姬无镜的轮椅转身。这一回,她不再低着头,微微抬着下巴,望着被大雪覆着的层叠的远山。

姬玄恪跪在那里,看着顾见骊的背影逐渐走远。

他合上眼,压下眼里的泪,曾经青涩的少年郎似乎在一瞬间看破人间真相,忽然成长了许多。

第八章 觉得委屈就哭

「五爷,我有些话想跟你说……」

「先抱抱,再说。」

回了院子，顾见骊一脸平静地吩咐季夏去小厨房重新做一顿简单的饭菜，又吩咐林嬷嬷去熬了一服风寒药。不仅是姬星澜打了个喷嚏，几个人在雪地里站了那么久，都喝一碗药才妥当。她又让栗子去烧了热水，然后亲自找来干净的鞋袜给姬星澜和姬星漏换上。

姬无镜冷眼瞧着她，她像什么事都没发生过的样子。

吃过东西，每人都喝了一碗风寒药，姬星澜和姬星漏被林嬷嬷带了下去。季夏和栗子收拾着碗筷。季夏几次偷偷观察顾见骊，满眼担忧之色。

两个孩子回了后院，厅中安静下来。顾见骊做了些思想准备，才主动对姬无镜道："五爷，我已经让栗子烧了热水。你是先泡个热水澡，还是先睡一会儿？"

姬无镜每日睡着的时候比醒着的时候多，起得很晚，用过午膳之后时常又睡一下午。

姬无镜懒散地托腮，"嗯"了一声，说："不洗，回床上睡。"说着，他撑着轮椅的扶手站了起来。

顾见骊犹豫了一下，硬着头皮走过去，扶着他走入里间。

里间的门被关上，季夏望着门，眉头紧皱，担心得不得了。

里间的光线一直很暗，不如外间明亮，给人一种压抑感。顾见骊搀扶着姬无镜朝拔步床走去，脑子里却在想该与姬无镜说些什么。她已经想了一路，仍不知所措。

姬无镜用狭长的狐狸眼看着顾见骊的脸，几不可见地扯起嘴角，忽然朝顾见骊的屁股狠狠地拍了一巴掌。

惊吓和疼痛让顾见骊一下子叫了出来，她怔怔地看着姬无镜，眼泪一瞬间落了下来，也不知道是被吓的，还是疼的。

"疼吗？"姬无镜笑着问。

顾见骊睁大了泪眼望着他，下意识地摇头。

姬无镜皱眉，"哦"了一声，握着顾见骊的细腰，又在她的屁股上狠狠地打了一巴掌。

顾见骊目光呆呆的，脚步踉跄了两下，双腿忽然一软，跌坐在花花绿绿的地毯上。她仰头看着姬无镜，觉得不可思议，又觉得有些委屈。而且，他打人真的很疼……

眼泪簌簌落下，一颗接着一颗，她不出声，就这样看着姬无镜，无声地哭泣。她哭了好些时候，才后知后觉地用双手捂住自己的脸，任由抑制不住的眼泪打湿手心。

姬无镜扶着一旁的桌子蹲下来，又懒散地盘腿坐在地毯上，扯起嘴角笑着说："小姑娘家家的，心事那么重干吗？纪敬意不是都说了，心中郁郁是要得病的。你若再敢吐我一身，叫什么都没用，我如论如何也得给你扎针。"

顾见骊身子一僵，喉间微哽，由无声落泪变成呜咽。

"对，觉得委屈就哭，憋个鬼啊。"姬无镜用手指在顾见骊的额头上戳了一下。

顾见骊忽然放声大哭。

她从未这样不体面地哭过。

顾见骊哭了很久。虽然是姬无镜让她哭的，可是他耐心有限……

"行了，叔叔抱，不哭。"耐心耗尽后，姬无镜将她拉进怀中，像哄小孩子那般轻轻地拍着她。

顾见骊哭得迷迷糊糊的，身子软着，没有半分抵触之意。

许久之后，顾见骊终于止了哭，合着眼安静地依偎在姬无镜的怀里。

姬无镜拍了拍她的脸，笑道："你这是哭睡了，还是哭昏了？"

顾见骊一无所觉。

姬无镜"咦"了一声，俯下身，把耳朵凑到顾见骊的鼻前，感觉到了她均匀的呼吸。

哦，她原来是哭着睡着了。

姬无镜刚要抬头，酣睡的顾见骊"哼"了一声，迷迷糊糊地转头，湿软的唇擦过姬无镜的耳朵。

姬无镜皱眉，摸了摸自己的耳朵，目光落在顾见骊的唇上。她粉粉嫩嫩的唇因为哭时轻咬，红彤彤的，唇上沾了泪。

蹭到他的耳朵上的东西是她唇上的泪吗？姬无镜用指腹捻过顾见骊的唇，沾了些她的泪，尝了尝。

咸的。

舌尖舔过牙齿，咸味儿里又带出点甜味儿。

姬无镜低着头，审视怀里酣眠的顾见骊。她脸上泪痕未干，纤长浓密的眼睫完全被泪水打湿，乌压压地粘连在一起。

姬无镜忽然想起她坐在窗前时，影子映在窗上，眼睫放大了忽闪如蝶翼的模样来。他用指尖拨了拨顾见骊的眼睫，将粘连的眼睫拨弄开，一不小心将顾见骊弄疼了，她嘤咛了一声，眉心轻轻蹙起，将脸偏到一侧，埋在姬无镜的衣襟上。

姬无镜的目光又落在顾见骊耳垂上的那个小小的耳洞上。她不是很怕疼吗？在耳朵上扎个洞出来，不疼吗？她是怎么扎的，直接用针吗？这可比在后背的穴位上运针疼多了。

姬无镜歪着头，用耳朵蹭了蹭肩膀。

他忽然也很想扎一个耳洞出来玩玩。

姬无镜捏住顾见骊的耳垂，想将耳洞扯大一点，却真的把顾见骊扯疼了。她不安分地胡乱抬手推着，一巴掌拍在他的脸上。

姬无镜龇了龇牙，反手就是一巴掌。巴掌将要落在顾见骊的脸上时，他又停下了——他没下去手。瞧着顾见骊那张皮肤吹弹可破的脸，他真怕这一巴掌直接将她的脸像豆腐一样打成豆腐花。

算了，他跟一个孩子计较什么？

姬无镜重新看向顾见骊没有佩戴耳珰的耳垂，后知后觉顾见骊全身上下只在发间戴着一支鲜红色的海棠簪，再没别的首饰。姬无镜拆了她的海棠簪，将她绾起的长发放了下来。

她的眼泪打湿了她鬓角的发，姬无镜用修长的手指挑起那绺湿发，舔了舔发上的泪。她的头发上不仅有眼泪的咸，还有淡淡的香。

玩够了，姬无镜审视着顾见骊轮廓美好的侧脸，陷入沉思。

这几年，他借助长眠式的休养让体内的蛊虫吞噬两种毒，放任自己的意识时有时无。只要不影响到他的生命安全，身边发生了什么，他都不太在意。

家里的人要给他娶一个媳妇的事，长生在他耳边说了一嘴。彼时他半睡半醒，没当回事，也没在意。

他娶了就娶了——她若是个安生的人，就留着；若是实在烦人了，就处理了，多大点事？一个女人不值得他从沉眠状态里醒过来拒绝婚事，这会影响他解毒。

可姬无镜没想到这个媳妇这么麻烦。

他第一回醒过来是被赵奉贤的"撒尿"论气醒的。赵奉贤之后，左一个送信江学子，右一个地痞赵二旺，如今连他侄子都不要脸不要皮地光明正大地跟他要人。

啧，她不就是长了一张祸水的脸，有那么抢手吗？

姬无镜不屑地瞥着顾见骊的脸。

她有那么好看吗？比他还好看吗？

姬无镜嗤笑了一声，生气了。他直接站了起来，依偎在他怀里的顾见骊滑落在地毯上，屁股磕到地上，疼得醒了过来。她半眯着眼，迷茫地看着姬无镜，不知身在何处。

鸦色云鬟散落，衬得她肤白如雪，她哭过的脸水润莹红，半眯着的凤目迷离如醉，暗白色的小袄向一侧滑落，露出漂亮的锁骨，还有些许奶白色的肩。

姬无镜愣了一瞬，重新俯下身，将她抱了起来，一步步往拔步床走去。

顾见骊迷茫地望着他。他对上她的眼，狠戾地瞪了她一眼，声音沙哑地斥道："闭眼！"

顾见骊骇得身子轻颤，本能地闭上了眼睛。

姬无镜又瞥了她一眼，将她放上了床。他站在床边一阵轻咳，胸腹内微微痒痛。他皱眉，狐狸眼里流露出几分厌烦之色。

顾见骊不安地睁眼看着他。

姬无镜冷声道："睡觉。"他转身放下钩起的床幔，床幔遮了光，架子床里漆黑如夜。

顾见骊慢慢合上眼，脑袋里很沉，意识也有些迷糊。

她隐约看见立在床侧的姬无镜也上了床，他的身影罩了下来，将她揽进了怀里。顾见骊蹙眉，不喜欢被姬无镜当成枕头抱着。可是她又不敢直白地拒绝姬无镜。她心里想着，等姬无镜睡着了，再把他推开。然而没等到他睡着，她便先睡着了。

顾见骊醒过来的时候已经是第二天早上了。她是饿醒的，昨日中午满怀心事吃得很少，下午被姬无镜抱上了床，一直睡着没吃上晚饭，此时肚子里"叽里咕噜"的。

姬无镜并不在旁边。

她起身下床，刚刚站起来，便发觉屁股好疼。她揉了揉屁股，想起昨天的事，眉头皱了起来。

后来都发生了什么？

她隐约记得自己失了分寸，依偎在姬无镜的怀里任性地哭了一场，再后来便被姬无镜抱到床上去了，其他的倒是不记得了。

她低下头检查了身上的衣裳，皱皱的，不过仍旧是昨日的那身。她匆匆换了身衣服，往外走去。

推开房门，她不由得被外面的大晴天惊艳到了。最近几日阴雪沉沉，难得有这么个艳阳天。

院子里没有人。

顾见骊诧异地绕过宝葫芦门，走到后院去。

姬无镜懒洋洋地坐在后院正中央晒太阳，姬星澜规规矩矩地站在他面前，摇头晃脑地背着诗。

一阵"噼里啪啦"的响声传来，姬星漏正跑着，手里拿着一挂小鞭。

认真背诗的姬星澜吓了一跳，姬无镜大笑着捂住她的耳朵。姬星澜忽然就不怕了，仰着小脸望着父亲，傻乎乎地笑了起来。

姬星漏没想到吓到了妹妹，停下来，不好意思地看向姬无镜。

姬无镜点了点头，说："玩你的。"

姬星漏挠了挠头，开心地跑去一旁的石桌边，又拿了一挂小鞭，"噼里啪啦"地放了起来。

听着爆竹声，顾见骊慢慢反应过来，原来今天是大年三十，是今岁的最后一天。

姬无镜转过头，看见了顾见骊，懒洋洋地对她道："醒了啊——"

顾见骊怔了一下，对上姬无镜似笑非笑的狐狸眼，她的屁股又疼了起来，脸上迅速攀上绯红颜色，扭头就走。

"父亲……"姬星漏鼓起勇气站在姬无镜面前说，"我听说她要跟别人跑了。"

"她要是敢跑，我便敲断她的腿。"姬无镜嬉皮笑脸地道。

傍晚，顾见骊慢悠悠地对镜理云鬓。今晚要守岁，她肯定又要到堂厅去。不过好在她平时并不需要请安，只需要在过年这几天硬着头皮应付。她由衷地希望这个年快些过去，可又一想，过了年，宫里可能要重新降罪，又不由得担心起父亲。

顾见骊因想起父亲，情绪低落下去，晚上和广平伯府其他人聚在一起吃团圆饭时，仍旧如此。

管家请了戏班子回府,"咿咿呀呀"地唱戏。

几房的人聚在一起听戏,只要是没成家的人今日都成了孩子,由着性子嬉闹。小郎君们放着鞭炮,引得小姑娘们娇笑连连。

顾见骊听着整个永安城几乎没有停过的鞭炮声,不由得有些想家。她并不想留在这里和一大群陌生人一起守岁。她多想回家去,和家人在一起。

旁人越是喧闹,她心里越是凄苦,对家的想念渐浓。

一阵风吹过,将顾见骊的思绪吹回来。她回过神,侧首望向一侧的姬无镜。姬无镜一直看着在远处独自玩鞭炮的姬星漏,一副若有所思的模样。

白天暖和,夜里却有些凉。看着姬无镜身上单薄的衣裳,顾见骊想吩咐人回去拿一件披风来。

林嬷嬷寸步不离地跟着姬星漏,季夏则跟在姬星澜身边。顾见骊于是道:"五爷,我回去拿件衣裳。"

姬无镜以为她冷,随意地应了一声。

顾见骊起身,避开玩闹的孩童,匆匆往回走去。

她穿过抄手游廊,刚下了台阶,忽然从暗处跳出一个人影。顾见骊吓了一跳,不由得向后退了一步。身后是台阶,她险些被绊倒,还好手腕被人拉住了。

"当心些。"姬玄恪压低了声音道。

顾见骊一怔,见来人是姬玄恪,连忙挣扎起来。然而姬玄恪牢牢握着她的手腕,没松开。

"放手!"顾见骊亦压低了声音,语气里带着警告之意。

姬玄恪看了一眼远处的下人,移开视线,紧紧地握住顾见骊的手腕,拉着她走过拐角,进了门房。

门房是下人夜里守门时住的,如今府里的人都在外面守岁,里面没人,漆黑一片。

"请三郎注意些分寸!"顾见骊终于挣开姬玄恪的手,疾步往外走去。

"囡囡……"姬玄恪轻声道。

听见这个称呼,顾见骊推门的手僵在那里。

姬玄恪慢慢转身,望着顾见骊的背影,红了眼眶,喉间微哽,语气里带着祈求之意:"就几句话……"

叶云月轻手轻脚地走到门外,小心翼翼地闩上门,嘴角露出得逞的微笑。

姬月明心情不太好,不喜欢听戏,又觉得弟弟、妹妹还有赵家的几个孩子闹腾得太凶,耳朵都疼了。可等一下还要守岁,她离不开,只好带了一个丫鬟远离吵闹的地方,沿着树下的小路散步,无聊地瞧着夜空中时不时出现的烟花。

远离人群没多久,她隐约看见前面有两个争执的身影。

她转过头,问身边的丫鬟:"那两个人是谁?"

她话音刚落,那两个人中有一个人朝另一个人甩了一巴掌,被打的人立刻跪了下来。

小丫鬟眯着眼睛看了一会儿,说:"好像是叶姑娘和她的丫鬟。"

姬月明点了点头,心里有些诧异,印象里叶云月温柔和善,很少对下人动手。叶云月干过的最不和善的事,就是当初气势汹汹地要退婚。难道叶云月人前人后两个模样,还会苛待下人?姬月明最喜欢看热闹了,当然得走过去挖苦一番。

姬月明带着丫鬟走过去,隐约听见叶云月训斥道:"谁让你擅作主张的?我们如今是什么境况你知不知道?你怎能干出这样糊涂的事来?如果事情闹大了,你这蠢奴让我如何自处?"

"叶姐姐,你这是怎么了?小丫鬟做了什么事把你气成这样啊?"姬月明皱着眉,装出一副关心的样子。

叶云月吓得哆嗦了一下,向后退了两步,目光有些躲闪。

姬月明察觉不对劲,笑着朝叶云月走去,亲昵地拉住叶云月的手,说:"叶姐姐,如今正好过年,各房的人都忙着呢,若是有什么怠慢的地方,你可得多包涵,家里绝没有轻视之意。如果你有什么难处,又不方便与长辈说,与我说说就好。"

叶云月目光闪动,有些犹豫。

瞧着叶云月这个样子,姬月明更好奇了。这一看就是有秘密啊。像有一只爪子在姬月明的心上挠了一下,真是让她心痒难耐。

叶云月终于下定了决心,反握住姬月明的手,言辞恳切地说:"月明,你可得帮帮我啊!"

"什么事?你快说啊!"姬月明急不可耐。

叶云月埋怨地瞥了一眼跪地啜泣的丫鬟,终于道:"我这丫鬟瞧见三郎和五夫人鬼鬼祟祟地去了门房。"

"什么？"姬月明一下子变了脸色，有几分窃喜。

叶云月皱眉点头，叹了一口气，发愁地说道："你知道的，我年纪小的时候做了一回浑事，居然在五爷病重时悔婚，真真是不讲道义。后来，我虽嫁到了裴家，心里却一直愧对五爷。可我到底嫁了人，不方便再和五爷有一丝一毫的牵连了。"叶云月又叹了一口气，继续说，"婚后这几年我才知道自己嫁错了，主动和离这是亡羊补牢，没了为人妇的身份，这次才敢跟着舅母过来。为了幼时不体面的莽撞之举，我郑重地给五爷、给你们家里人赔不是。"

姬月明表面上认真地听着，心里却焦急得不得了。等叶云月说完，她连忙开口问起最关心的事："你刚刚说我三哥和五婶……？"

叶云月点头，说："这几年我将心里的愧疚藏起来，别人不知道，可我这丫鬟知道。刚刚她无意间撞见府上三郎和五夫人进了门房，觉得五爷如今已经这么惨了，五夫人此举实在对不起五爷，所以悄悄将门闩横上了，想要为五爷出一口气。"

"门闩上了？"姬月明的眼睛亮了起来，她就差高呼一声"太好了"。

"这丫鬟糊涂啊！是，我是觉得对不起五爷，想找一个机会跟五爷赔不是，但除此之外，并没别的想法了。她这般做，让外人瞧见了，竟像是我还想着五爷似的。"叶云月脸色尴尬，"我主动退了和五爷的婚事，又将事情闹得那么大，更是嫁过人的，怎么还敢胡思乱想呢？再说了，五爷如今身体那般差，若是让他知道五夫人对他不忠贞，身体怎么受得住？"

叶云月悄悄看了一眼姬月明的脸色，停顿了一下，才继续说："所以我打算折回去将门闩打开，这事啊，我们就当不知道，也不敢参与！"

叶云月说完便转身要走，姬月明急忙拉住叶云月的手腕阻止了她，说："叶姐姐，这就是你的不对了。你既然知道顾见骊是那样不要脸的货色，对不起我五叔，怎么能装成什么都不知道？"

"我……"叶云月神色慌张，"月明，我的身份实在是尴尬，我不能管啊！"

姬月明笑了，拍了拍叶云月的手，笑着说："叶姐姐说得也对，若让五叔知道了，他的身体可承受不住。只不过我刚刚过来的时候见祖母正四处找你，你若再往门房那边跑一次，被下人瞧见了，难免被人怀疑。顾见骊竟然敢干这样的事，说不定那周围有望风的丫鬟。"

"这……这……"叶云月更慌张了。

姬月明语气和善地说:"这样吧,你赶紧回席,我替你悄悄将闩上的门打开。我在自己家里散步,肯定没人怀疑!"

叶云月有些犹豫,但还是信了,感激地抓紧姬月明的手,说:"那真的要谢谢你了。你可千万要小心,别被人发现啊!"

"放心吧,就算被人发现了,我也不会把叶姐姐供出来!"姬月明十分讲义气地说。

"嗯!"叶云月重重点头,露出万分感激的笑容。

姬月明带着丫鬟急匆匆地往门房走去。

跪地的丫鬟站了起来,脸上早已没了哭相,压低了声音说:"主子,大姑娘可真是一把好刀。"

叶云月勾唇,神情悠闲地往戏台子的方向走去。如今,她才不会做冲动的刀,而是学会了做递刀的人。

姬月明脚步匆匆,在可以看见门房的地方停下了脚步。她身边的丫鬟小声说:"门闩的确被带上了,奴婢回去喊人?"

姬月明冷笑道:"捉奸有什么好玩的?"

小丫鬟愣住了,问:"姑娘,您的意思是……?"

"你带火折子了吗?"姬月明眯起眼睛,口气悠悠地道。

昏暗的门房内,顾见骊背对着姬玄恪,垂着眼睛,难掩眼底的湿意。她曾像所有待嫁的女儿一样,期待过嫁给身后的这个人。她也曾花前月下,畅想过平安顺遂的未来。在她的畅想中,总是有身后这个人的身影。

不过三个多月,已物是人非。

姬玄恪红着眼睛看着顾见骊的背影,低声问:"为什么不等我回来?"

顾见骊心中苦涩,却笑了。

等他回来?她倒是想问问他为何离开。

不过她没问,因为没有必要问了。

姬玄恪向顾见骊迈出一步,再问:"跟我走好不好?丢下这里的一切,跟我走……"姬玄恪心中钝痛,完全无法忍受他的囡囡成了他的婶娘。他做不到看着他心心念念的囡囡总是站在他五叔的身旁。

眼泪滑落，姬玄恪声音哽咽地道："我给你带了十锦阁新做的糖，也在锦绣坊给你裁了嫁衣……"他再迈出一步，继续道，"囡囡，丢下这里的一切，跟我走！"

顾见骊将姬玄恪的手一点点地推开，错开两步，问："三郎是要与我私奔？"

"是。"姬玄恪口气坚决。

她垂下眉眼，说："我不会跟你走的。你可以丢下你的一切，我却不能。我如今已经嫁给了你五叔，请你日后多注意些分寸。你五叔不在的时候，烦请你不要与我说话。"

她的语气越来越疏离，眼泪慢慢落下。

"五叔……"姬玄恪脚步踉跄，"我做不到眼睁睁地看着你站在他身边！"

顾见骊自嘲地笑了。她无声地轻叹，随后温声道："三郎满腹诗书，亦是年少有为之人，不可将心思置于儿女情长之上。三郎如今不过是一时没想明白，再过十年，方懂今日的行为着实莽撞草率。"

姬玄恪只听懂了她的拒绝。他抬眼，苦涩地问："囡囡，我知道你是迫不得已的。你心里还是有我的，真的不愿意和我走？"

"去哪里？"顾见骊终于转过来，直视姬玄恪，"敢问三郎没了家中供给，可会赚钱养家？以奸淫乱伦之罪被人捉回来时，三郎又当如何自处？"

姬玄恪怔怔的，竟不敢直视顾见骊那双明亮的眼睛。

顾见骊朝姬玄恪迈出一步，忍着心中疼痛，狠心道："你口口声声说要带我走，可你有什么东西能与你的家人抗衡？你又有什么本事保护我，甚至是保护你自己？"

姬玄恪再向后退，俊秀的面容上一片狼狈之色。

见他如此，顾见骊心里难受，可她必须狠下心来。

顾见骊努力忍住眼泪，说："见骊相信三郎只是年幼，再过十年，必然羽翼丰满不再受制于人，彼时定然可以护住你的妻儿。祝三郎早日高升，夫妻和睦。"

顾见骊决然转身。

"见骊！"姬玄恪抱着最后一丝希望喊住她，"如果我等你呢？如果日后五叔病故……"

"姬绍！"顾见骊愤然打断他的话，"你知道你在说什么吗？"

姬玄恪惶惶惊觉自己失言，刚刚竟在心里盼着五叔快些死了算了……他这是怎么了？他怎么可以这般想？姬玄恪被自己心中一时生出的恶念惊醒，犹如被一盆凉水当头浇下，脸色煞白。他好像在一瞬间从梦中醒了过来。

"我只当你一时失言，这种话莫要再提！"顾见骊不再耽搁，转身去推门。

然而，她没推开。

"门被锁了……"顾见骊一惊，心中微沉。

她再推，木门仍旧没能被推开。

外面，火焰悄悄燃烧。

"去吧。"姬月明勾起嘴角。

"嗯！"小丫鬟眼冒兴奋的光芒，小跑到院门旁的树下等着。而姬月明看了一眼逐渐燃起来的火，悠闲地转身离开了。

叶云月不想惹麻烦，她姬月明就想了？如果门房里的男人不是三哥，而是别人，不管是一把火把这对狗男女烧死，还是喊人来捉奸都好。可里面的男人是三哥啊……

如果她做了这个出头鸟，将来三哥和二婶肯定恨死她了，家里的人也会怪她不懂分寸，甚至会因此责罚她。而如果她直接去揭发此事，长辈顾及三哥和五叔的面子，很有可能将事情压下来。

她并不想烧死姬玄恪，也不想大大咧咧地做那个揭发丑事的人，所以放了火。前几日一直在下雪，屋檐、地面上的积雪还没消，这火烧不起来。

可是总会有下人看见浓烟，赶过来救火。到时候，根本不用她去喊人，一大群人就会亲眼看见那两个私会的人。

除夕，处处都在放鞭炮、烟火，起了火不是很寻常的事情吗？不会有人怀疑是谁故意放火的。至于闩上的房门？届时所有人都会谩骂不知廉耻的狗男女，谁会在意门是被谁闩上的？

姬月明很开心，几乎快要唱小曲儿了。

前院戏台子处。

姬星澜平时没什么玩伴，今日碰上赵家的小孩儿，几个人一起玩得很开心。姬星澜玩得又累又渴，小跑到姬无镜身前，踮起脚去拿桌子上的水。

姬无镜看了她一眼，将杯子递给她。

小姑娘欣喜若狂，翘着嘴角"咕咚咕咚"地把一整杯水都喝了。

她将杯子放在桌子上，歪着小脑袋看向姬无镜身侧的空椅子，小声问："她去哪里啦？"

姬无镜看了一眼空椅子，皱眉，还没来得及说话，就听见远处家仆高呼着"救火"。

姬无镜将手搭在轮椅的扶手上，回首望向浓烟滚滚的地方，忽然扯起嘴角笑了。

"怎的起火了？这大过年的，可有把火扑灭？"老夫人急忙起身赶过去，一大家子的人跟着。

府邸中木质建筑多，这样寒冷的天气，虽然不太容易起大火，可她到底有些担忧。

姬星漏伸长了脖子张望，也想跑过去，姬星澜急忙拉住他的手阻止他。姬星漏怒道："找你的奶妈子去，我要去救火！"

姬星澜却吓得脸色发白，不肯松手，小声地对哥哥说："那边有危险，哥哥别去！"

姬星漏睁圆了眼睛瞪着她。姬星澜撇了撇嘴，可还是没松手，又小声说："真的危险呀，哥哥……"

话音刚落，她的小身子就被姬无镜拎了起来。

姬星澜怔怔地坐在姬无镜的腿上，扭头呆呆地望着姬无镜，这还是爹爹第一次抱她呢。

"我和你哥哥去看一场戏，你若害怕，就让林嬷嬷留下来陪着你。"姬无镜说。

姬星澜眨眨眼，使劲地摇头，说："若爹爹也在，澜澜就不怕了！"

姬无镜笑了笑，转动车轮。

姬星澜喜欢被爹爹抱着，可是不想爹爹那么辛苦，便挪了挪小身子，执拗地说："澜澜自己能走，不用爹爹抱！"

姬无镜听了，把姬星澜放了下去。

往前走的时候，姬星漏回头看了一眼妹妹，见她在黑夜里走得磕磕绊绊，抱怨了一句"麻烦"，但还是折了回去，表情不耐烦地牵起了妹妹的手。

姬无镜审视着姬星漏的动作，若有所思。

姬无镜慢悠悠地推着轮椅，跟着两个小孩子，几乎是最后到的。他到时，大火已经被扑灭了，只是还浓烟滚滚，瞧着有些骇人。

人群里，叶云月眼中流露出惊讶的神色。姬月明居然直接放了火？对上姬月明的视线时，她立刻扮成一副惊慌、恐惧的样子。姬月明微微一笑，给了她一个放心的眼神。

"里面应该没人吧？住在这里的老张在前头啊。"

"我怎么听见里面有女人的哭声？"

家仆抱着一根横木，努力将门闩撞开，直接将两扇门撞得晃动起来。其中一扇门"轰"的一声被撞倒，露出了门房里的情景。

顾见骊蜷缩着坐在地上，正小声地哭着。门被撞开的瞬间，她抬头望向门外，月光打在她沾满眼泪的脸上，泪渍盈睫，美目盼兮，梨花带雨，娇媚如画。她这一哭，退下了十五岁的稚嫩，天资绝色尽显。鲜血从她雪白的玉颈上流下，洒落在茶白的短袄上，血痕点缀，更添几分凄美感。

她抬头的那一瞬间，众人竟被她的绝色之容惊得呼吸一滞。

很快，顾见骊跌跌撞撞地站起来，在一片狼藉的废墟里提裙跑了出来，石榴红的裙角翻飞。她直接扑进姬无镜的怀里，素手攥紧姬无镜的衣襟，颤声哽咽道："五爷救我，有人要杀我！"

姬无镜愣了一下才伸出手臂抱住了她，又在她轻颤的纤背上拍了拍。他瞥了一眼她脖子上的伤口，笑着说："救你救你，又是哪个驴蹄子欺负你了？"

"我回去拿衣服，有人从暗处蹿出来，将匕首抵在我的脖子上逼我进了门房。我想喊人，可是他用刀子划伤了我。我好怕……那个人将我推进门房里，然后锁了门。然后……然后就起火了！有人要烧死我！"她呜咽着，声音颤抖，带着哭腔，偏偏每个字都说得清清楚楚。

姬月明蒙了。

"五婶……"姬月明向前迈出一步，刚要说话，叶云月悄悄拽了她一把。姬月明一愣，立刻冷静下来，道："太可怕了，居然有人想杀人。五婶，你可有看见那个人是谁？"

"他在我背后，又蒙了脸，我看不见他。"顾见骊望向姬月明，凄然一笑，"知道是谁又能怎么样呢？反正很多人想我死。"顾见骊慢慢转过头来，用盈着泪的眼眸望过每一个人，神色黯然。

老夫人隐约觉得不对劲，看了老伯爷一眼。

老伯爷轻咳了一声，终于开口道："这大过年的，最后没出事就是不幸中的万幸。至于是谁起了歹念，总会查出来的！"

姬无镜慢悠悠地开口："是啊，父亲最有本事，三日内总能查出来。"他忽然一笑，嬉皮笑脸又阴森森地说，"查不出来，我就把府里的可疑男人都杀光。'砰'的一声……啧。"

他指了指夜幕中刚好散开的烟火，微眯了一下眼，嗜血地舔唇。

在这个年三十的夜晚，远处爆竹声不断，在场的所有人却觉得脊背生寒。

顾见骊目光闪烁，被吓得不轻。

老夫人硬着头皮说："老五啊，你还是先和见骊回去吧。我瞧着她脖子上的伤，得好好处理一下。"

"好啊，那你们就好好过年，也好好给我抓凶手。"姬无镜懒洋洋地转动轮椅，又说："星漏，把你妹妹牵好了。"

姬星漏重重地应了一声，回头才发现姬星澜居然被吓哭了，不禁翻了一个白眼。

顾见骊慌忙起身，垂着眉眼，给姬无镜推轮椅。

她没敢回头去看门房里狭小的衣橱，一眼都没敢看。

狭小的衣橱里，姬玄恪以一种极不舒服的姿势藏着。他目光空洞，听着外面顾见骊的哭声，心里的痛竟变成麻木。

顾见骊对他说的话一遍遍在耳畔回响，让养尊处优十七年的他第一次意识到了自己的失败和无能。

她委婉地说着他年幼，劝他努力地拼前程。

十七岁年幼吗？可她也不过十五岁而已。而五叔十七岁时早已入了玄镜门，十八岁时已手持玄杀令，成为令人闻风丧胆的玄镜门门主。

姬玄恪缓缓闭上眼。

这场闹剧该歇了。

他忽然谁也不怪，谁也不怨了，唯独怪自己无能。倘若他有能力庇护家族，说一不二，这一切都不会发生。

他空洞的目光逐渐聚焦，手指捻过雪色玉扣，将所有的深情暂时藏了起来。

顾见骊回到自己的院子里，季夏心疼不已。季夏忍着眼泪找出外伤药，仔细地给顾见骊涂抹伤口。她紧紧地咬着嘴唇，才没有哭出来。

林嬷嬷在一旁说："可得好好料理着，别落了疤！"

顾见骊说："林嬷嬷，你带着他们先回后院，别吓着两个孩子。"

姬星澜在腰间的小包包里翻了翻，翻出一块糖。她爬上了凳子，才将糖块塞进顾见骊的嘴里，笑着说："吃了糖就不疼啦！"

顾见骊本是冷静的，可糖的甜味儿在口中蔓延时，忽然心中发堵，热了眼眶。她轻轻抱了一下姬星澜，说："嗯，不疼的，一点都不疼的，澜澜乖乖回去睡觉好不好？"

"好！"

林嬷嬷把姬星澜抱起来，带着姬星漏退了出去。

姬无镜一双大长腿交叠，懒洋洋地靠在椅背上。他含笑看着顾见骊，说："顾见骊，你还记得我以前是做什么的吗？"

玄镜门的刽子手啊。

顾见骊心里"咯噔"一声。

"我玩匕首的时候还没星漏的年纪大。"姬无镜拂袖，将桌子上的一个碗拂到地上，打碎。

他捡起其中一片，在手中把玩，说道："你脖子上的伤是碗划破的，而且还是碗这个部位的碎片。"

姬无镜抬起眼皮，用手指了指她，说："你骗我。"

顾见骊一惊，站了起来。她努力保持冷静，开口道："季夏，你先出去。"

季夏被吓到了，放心不下顾见骊，可还是听话地退了出去。

"我厌恶别人骗我。"姬无镜沙哑着嗓子说。

可是她飞扑进了他的怀里，他倒是可以勉强原谅她的欺骗行为吧——姬无镜如是想。

顾见骊鼓起勇气道："五爷，我有些话想跟你说……"

姬无镜回味了一遍顾见骊扑进自己怀中的滋味儿，嬉皮笑脸地张开双臂，道："先抱抱，再说。"

第九章 姬昭的女人

我姬昭名声不好,
你若名声也不好,
别人只会说咱们天生一对。

顾见骊微怔，眉头慢慢皱起来，小声说："你知道我骗你了，都不听解释吗？"

姬无镜无所谓地笑笑，问："三郎藏在哪儿？柜子里还是米缸里？"

顾见骊心里一惊，脊背有些发凉，并拢立着的双腿也微微发软。她捏着袖子，低下头，小声说："衣橱……"

"被看见就看见了呗，划自己那么一下疼不疼？"姬无镜懒洋洋地问。

本来不觉得，他这么一说，顾见骊才觉得脖子上的伤口隐隐作痛。

"我……"顾见骊眼睫颤了颤，声音越来越低，"被看见了不好，会被误会的……"

姬无镜嘴角扯起一丝带着嘲讽的笑，说："我姬昭名声不好，你若名声也不好，别人只会说咱们天生一对，说不定还会有人感慨——嘿，不愧是姬昭的女人。"

顾见骊不可思议地抬头望向姬无镜，漂亮的明眸里一片错愕之色。

她没听错吧？这是什么话？这是什么人啊！

姬无镜收了脸上的笑，表情冷了下来，说："你再不过来让我抱抱，我要生气的。"

顾见骊愣了愣，轻咬樱唇，虽然抵触，但仍旧硬着头皮朝姬无镜挪过去，像舍生取义上战场似的。

她每挪一步，姬无镜嘴角的笑意就露出一丝，当顾见骊走到姬无镜面前时，姬无镜已摆出灿烂的笑脸。他抓住顾见骊的手腕用力一拉，就将顾见骊拉到了自己的腿上。

坐在姬无镜的怀中，顾见骊下意识地吸了一口凉气，把贴着姬无镜的大腿的屁股挪了挪。

姬无镜看了一眼她身上的石榴裙，诧异地问："屁股还疼？"

顾见骊听了这句话，想起那日被打的情形，脸立刻红了。

"我下手有那么重吗？"姬无镜摸了摸鼻子，去掀顾见骊的红裙，问，"留伤了？我看看。"

顾见骊吓得脸都白了："不用，不用，不疼的！"她慌慌张张地去压自己的裙子。

一拉一扯，顾见骊雪白的纤纤玉腿在石榴红的裙摆中若隐若现。

两个人正僵持着，外面忽然响起一阵敲门声。

栗子站在门外，还没开口说话，先"咯咯"笑了两声，才说："送药啦！"

"该喝药了！"顾见骊心中一喜，急忙从姬无镜的腿上起身，像逃避洪水猛兽般小跑着过去开门。

栗子端着一个托盘，上面放着两碗汤药，一碗是姬无镜的，另一碗是顾见骊的。姬无镜每日睡前都要喝一碗药，顾见骊则是因为最近几日染了风寒，也得日日睡前喝药。

姬无镜看着顾见骊一副"逃离火海"的样子，有点不爽。

"送了药便赶紧下去！"他冷着声音道。

栗子吓了一跳，哪里还管什么汤药，把托盘往桌子上一放，转身就跑。她一股脑儿跑到院子里才想起来忘了关门，又闷头跑回来把门带上。

姬无镜端起药碗，将药一口饮尽，没什么好脸色地把空碗随手扔开。

顾见骊努力降低自己的存在感，乖巧地坐在桌前，端起药碗小口小口地喝着。

姬无镜看着顾见骊，觉得她真的很蠢。汤药这么苦的东西就该一口饮尽，像她这么一小口一小口地喝，那得多苦。

不过，姬无镜很快便不再想这个，因为他被顾见骊的纤纤素指吸引了注意力。她捧着藏蓝色的碗，更衬得她的手指纤细雪白，而且像是罩了一层柔和的光，看上去就软软的，很好捏的样子。

姬无镜摊开自己的手掌，低头去看，只看见自己掌心里的茧。

他缓慢起身，走到顾见骊身边说："屁股不行，那把手给我玩玩？"

"咯咯咯……"顾见骊一阵剧烈咳嗽，不仅捧着的碗跌落，更是被苦涩的汤药呛着了，呛得她眼泪都出来了。

"姬无镜！"她臊红了脸，恼意上头，竟难得有了几分十五岁小姑娘的娇态。

她跺了跺脚，气恼地推了姬无镜一把。姬无镜脚步虚浮，向后退了两步，慢悠悠地跌坐在地上。

顾见骊微怔，站起身来。

大抵因为不是第一次被顾见骊推倒，姬无镜没多意外，将手递给她，等着她扶自己起来。

顾见骊向前迈出一步，又停下脚步，刚刚抬了一半的手也缩了回去，垂在身侧，警惕地看着姬无镜。

姬无镜挑眉。

顾见骊脸色绯红，仍旧微微抬着下巴，装出点气势来，说："谁知道你是不是又要绊我。"

姬无镜"啧"了一声，收回手，动作缓慢地在花花绿绿的地毯上盘腿坐起。他慢慢笑了起来，狐狸眼眼尾轻挑。

顾见骊的目光落在他眼尾下的泪痣上。

姬无镜轻轻吹了一口气，顾见骊"呀"了一声，双腿忽然失去了知觉，整个身子失控般地朝前跌去，稳稳地跌进姬无镜的怀里。

姬无镜把她抱了个满怀，也笑了个开怀。

"你……"顾见骊"你"了半天，挤出一句，"五爷，你怎么能跟小孩子似的，玩心那么重？玩玩玩……就知道玩……"

姬无镜沉默了一会儿，才怅怅地道："如果你被困在一间屋子里四年，你也会想办法给自己找乐子。"

顾见骊怔了怔，原本抵在姬无镜肩上的手慢慢软了下来。她看着姬无镜的侧脸，心里生出一种异样的感觉。

外面忽然响起鞭炮声，吓了顾见骊一跳，她娇小的身子跟着轻颤了一下。

姬无镜捂住了她的耳朵。

顾见骊望向窗户的方向，外面烟火的光影映在窗上。

子时，现在是新的一年了。

姬无镜抱着顾见骊站了起来，往拔步床走去。顾见骊吓了一跳，担心摔下去，急忙搂住姬无镜的脖子，惊慌地道："五爷，你居然有力气……"她说了一半惊觉失言，把后半句话咽了回去。

"不然呢？"姬无镜奇怪地看了她一眼，狐狸眼中露出些许莫测的笑意，继续说，"抱你的力气还是有的，要是你多喊几声好叔叔，同房的力气也是有的。"

顾见骊张了张嘴，刚想说什么，忽然想起他刚刚说他被困在一间屋子里四年，只能自己找乐子时神情怅怅的样子。顾见骊缓慢地眨了一下眼睛，心想：姬无镜这个老流氓就是故意气她、逗她，她可再也不要上当了。通过近十日的相处，顾见骊终于弄明白了，对付姬无镜这种人，就是要脸皮厚，装傻充愣不理他。

姬无镜等了半天，没等到小姑娘气恼的举动，不由得看了她一眼，忽然撞见一双澄澈灵动的眼眸。她璀璨的眸子里眼波荡漾。

姬无镜的视线落在顾见骊脖子上的伤口上，他敛了笑，严肃地说："上次教你防身时已经让你少动刀了，你以后别为了这点小事自残，不值。"

顾见骊反驳："怎能是小事？"

姬无镜笑得不羁："名声或风评都是扯淡。"

顾见骊仍旧不赞同，接着说："分明不仅是名声、风评的事，依我现在的处境，一旦被抓住把柄，我是连命都保不住的。"

姬无镜古怪地看了她一眼，最后只说了一句："算了，随你。"

人与人的想法不同，他并不想强求顾见骊按照他的想法做事。她想怎么做就怎么做吧。

其实，姬无镜原本想说——老子还活着，谁敢要你的命？就算哪天你真的干了什么蠢事，也只能老子亲手弄死你，别人休想。

大年初一，顾见骊是被外面的吵闹声吵醒的。她隐约听出外面是二夫人的声音。姬无镜还没醒，顾见骊轻手轻脚地下了床，换下寝衣，又披上暖和的斗篷，走了出去。

"怎么了这是？"顾见骊问。

见顾见骊出来，二夫人一下子冲了过来："你这个狐媚坏子勾了我儿子的魂不算，还要勾他的命哪！"

二夫人想打顾见骊，季夏直接将人拦住，使蛮力把她推下了台阶，怒道："二夫人，大年初一您怎么就跑来骂人？小心沾了一年的霉运！"季夏已经忍很久了。

姬玄恪？顾见骊有些蒙。难道昨天她离开之后，姬玄恪出了什么事？她压下担心的情绪，语气寻常地问："二嫂这话我怎么听不懂？三郎怎么了？"

二夫人骂骂咧咧的，根本不回顾见骊的话。

季夏凑到顾见骊耳边，低声解释道："今日一早，三郎留了一封信，去边疆了。"

顾见骊有些意外。

若是平时，老夫人才不会管二夫人上门骂顾见骊这种事，可今日是大年初一，来府上拜年的宾客不断，哪里能闹得太难看？老夫人带着人匆匆赶过来，让两个老妈子拉住了二夫人。

二夫人哭号道："母亲，您可得给玄恪做主啊！我的儿十五岁高中状元，前途似锦。他竟忽然弃文从武，定然是这个狐媚坯子教唆的！"

"成何体统！"老夫人吼了二夫人一句，让她安静，而后黑着脸上上下下地打量着顾见骊，语气不善地说："可是你让三郎去边疆的？"

顾见骊对这一家子人不讲理的举动已经麻木了，平静地说："不是。"

老夫人不太相信，再次开口道："可是……"

"老夫人！"宋嬷嬷一路小跑进院中，表情焦急，像受了惊似的。

"武贤王来了！"

"谁？"老夫人问。

顾见骊猛地抬头，难以置信。

宋嬷嬷看了一眼顾见骊，重复道："武贤王，顾敬元！"

"父亲……"顾见骊险些没站稳，季夏急忙扶了她一把。顾见骊推开季夏，提裙往外跑。

父亲醒了！

老夫人看着顾见骊跑起来时带飞的浅红斗篷，一时间有些心慌，不过这种惊慌的情绪很快就被压了下去。她皱着眉，语气不太好地问："武贤王，哪里还有武贤王？只剩下等着年后处置的庶民顾敬元罢了！你再乱喊，可是要被降罪的！"

"是……是老奴失言了！"宋嬷嬷低着头向后退了一步。

顾敬元作为大姬唯一的异姓王，震慑力不容小觑。宋嬷嬷瞧着他手提重刀冲进府里的样子，吓得把什么都忘了。

顾见骊提裙跑在甬路上，两侧覆雪的景飞快地向后退，冬日凉爽的风拂面，哈出白气来。

她好像回到了小时候。每次父亲出征，她总是盼着父亲平安归来，而当父亲归家时，她就和姐姐手拉着手跑去迎接父亲，跑得石板路"嗒嗒"响。

母亲起先会拦住她和姐姐，摇头告诉她们这样不成体统，没个正经样子，是要被人看笑话的。父亲则大笑着说:"本王的女儿岂是别人能置喙的?别说是抛头露面,即使骑马、赌钱、上战场,谁敢说半个'不'字?"

顾见骊飞快地跑着,耳畔只有自己的脚步声,思绪是往昔父亲一次又一次得胜归来时的场景,直到视线里终于出现父亲的身影。

一身粗布素袍完全遮不住父亲的器宇轩昂,即使牢狱之中的折磨为他带来那般重的伤病,也未能磨去他身上一丝一毫的锋芒。他手握长刀,不苟言笑,行动间是久经沙场二十余年上将的威慑力。

高大的顾敬元每一步都迈得很大,却也很稳。广平伯府的男丁们跟在顾敬元身后,脚步匆匆。在顾敬元的衬托下,广平伯府里这些有头有脸的皇家宗亲,即使衣着华丽,也各个晦暗无光,宛若顾敬元的侍从。

顾见骊的脚步慢了下来,她真的看见了父亲,反倒怀疑起来,怀疑自己看错了,怀疑自己只是在做梦。垂在身侧的手紧紧攥着,她努力地克制着,但仍旧让热泪盈满了眼眶,似乎只要她轻轻眨一下眼睛,那一汪泪便会落下来。

顾川跑过来,紧紧地拉住了顾见骊的手。他带着姐姐,一边朝顾敬元跑去,一边说:"走,咱们回家!"

顾见骊来到顾敬元面前,千言万语只剩下近似呢喃的一声:"父亲……"

顾敬元看着明明想哭却努力地憋眼泪的小女儿,动作僵硬地点了点头,宽大的手掌拍了拍顾见骊的肩。

"你这是何意?"跟在后面的广平伯这才跟上来,"大年初一,你带着刀闯入我府中……"

顾敬元手腕转动,那柄重刀发出闷重的鸣音。他冷笑,声如洪钟地说道:"此刀为先帝所赐,本王出入宫中时亦可佩带。你区区伯府,莫不是想让本王卸刀?"

顾敬元不用发怒,多年领兵征战的经历让他不怒自威,何况他今日就是带着怒意来的。

"这……"广平伯张了张嘴,什么反驳的话也说不出来,最后只从牙缝里挤出一句,"不敢。"

他嘴上这般说着,心里却有些不忿,觉得憋屈得很。这个顾敬元前途未卜,如今竟然还敢拿出昔日的做派!

广平伯想拿出皇家宗亲的气派来,可是抬头对上顾敬元想要杀人的表情,愣是没硬气起来，只是问："你今日是来做客的？"

"带小女回家！"顾敬元握住顾见骊的手腕道。

广平伯被顾敬元的态度气到了，脱口而出："她已经嫁了过来，是我们家的人了！"

顾敬元口气坚决地驳斥道："两姓之好首遵父母之命，这婚事本王从未应允过，便不作数了。不管是没什么用的姬绍，还是半死不活的老怪物姬昭，都配不上本王的女儿！"

"你……"广平伯气得吹胡子瞪眼。

顾敬元看也不看他，拉着顾见骊就走。顾见骊微怔，犹豫了一瞬。

顾敬元觉察到了，回头看向顾见骊。顾见骊抿唇，神色有些迷茫，讷讷地说道："我……我去收拾东西。"

"不必收拾了！"

"有些东西是要带走的……"顾见骊的声音低了下去。

顾敬元看了女儿一眼，松手，说道："快去快回！"

"嗯！"顾见骊应了一声，转身小步往回跑去。

其实父亲说得没错，她的确没什么东西可收拾的。她不过是寻个借口回来与姬无镜说一声。

顾见骊吩咐季夏将陶氏亲手给自己做的衣裳收拾好。随后，顾见骊站在外间，低着头，看着脚下花花绿绿的地毯，犹豫了一瞬，推门进了里间。

比起外面的晴空万里，里间永远是灰暗的。

姬无镜已经起来了，低着头，靠坐在床头，听见顾见骊进来的声音，沙哑着嗓子问："外面又在吵什么？"

"是我父亲来了……"顾见骊停下脚步，没有再往前走。

姬无镜惊讶地挑眉，问："那老东西活过来了？"

顾见骊蹙眉，不喜欢他这样说，在心里默默回了一句——你都能活过来，我父亲怎么不能？

姬无镜抬起眼皮瞧着站在远处的顾见骊，问："他过来做什么？"

顾见骊藏在袖子里的手微微攥紧，小声说："父亲要带我回家……"

姬无镜重新扫过顾见骊的脸，看见了她眼角的湿意，也看见了她眼里泛着少见的欢喜之色。

他口气随意地"哦"了一声,说:"走就走呗。"他懒散地打了个哈欠,接了一句,"走了好,我可是少了个大麻烦。"

顾见骊沉默片刻,轻轻地"哦"了一声。

"砰砰砰——"顾川在外面敲门,道:"阿姊,季夏已经把东西收好了,快点走吧!"

顾见骊转身走到门口,打开房门。她一只手扶在门上,另一只手提裙迈过门槛,下意识地回头望去。

顾川抓住她的手腕,迫不及待地说:"父亲说了,要快点离开这破地方!"

别看顾川年纪小,力气倒是不小,顾见骊被他拽得身形晃了晃,回头一瞥,只来得及看见姬无镜衣襟的一角。

顾见骊被顾川拉着跑出小院,迎面遇见了从外面回来的姬星澜。姬星澜被林嬷嬷抱在怀里,眨了眨眼,问:"你要去哪里呀?"

顾见骊弯起眼睛,说:"回我自己的家。"

姬星澜不懂,声音软软地问:"这里不是你的家吗?"

顾见骊微笑着摇头。

"哦……"姬星澜拉长声音点头,认真地说,"那你要多穿一些衣服,别再着凉了。"

"阿姊,我们快走,父亲还等着咱们呢!"顾川又拽顾见骊。

顾见骊胡乱地点头,任由顾川拽着离开。

姬星澜忽然扭过头,伸长脖子朝顾见骊的背影奶声奶气地喊道:"要早点回来呀!"

顾见骊脚步微顿,狠了狠心,没回头。

她一步一步朝前走着,耳边是自己和弟弟的脚步声。可是她有些迷茫,脚步也有些虚,像是没踩在实地上似的。

这一切都是真的?她真的要跟父亲回家去了?分明她从进府之日起便盼着这一日,当这一日真的到来时,她却觉得不甚真切。

姬星澜让林嬷嬷把她放下来,小跑着进了屋,躲在里屋门口探头探脑地朝里张望。

"鬼鬼祟祟的,要做什么?"姬无镜问。

姬星澜扭着小身子跑到姬无镜面前,表情天真地问:"爹爹,你不陪她回门吗?"

"回门?"姬无镜一脸古怪地看着小姑娘。

"嗯嗯!"姬星澜重重地点头,"我听嬷嬷说初二要回娘家。咦,可今天是初一呀……"小姑娘皱起眉,想不明白了。

但她也不纠结,拉住姬无镜的手道:"爹爹,你不能陪她回去,可一定要接她回来哟!"

姬无镜看着姬星澜的小胖手,没说话,嘴角勾起一丝神秘的笑。

先前老伯爷实在是被顾敬元的态度气糊涂了,才会说出"她已经嫁了过来,是我们家的人了"这般话。最初的冲动之后,老伯爷巴不得顾敬元赶紧带着顾见骊离开,巴不得和顾敬元撇清关系,免得年后被顾敬元牵连。

广平伯府的人都躲开了,任由顾敬元带着顾见骊离开。

今日是大年初一,拜年走动的人和车辆很多。广平伯府正门前不远处的积雪被车轮碾成了烂泥。

顾敬元往前迈出一步,在顾见骊面前蹲了下来。

顾见骊愣了一下,才慌忙地摇头,说道:"爹爹,不用这样,我能自己走,您背弟弟就……"

"我不用!"顾川跳进雪泥里,毫不在意地道,"我才不像阿姊那样怕脏!"

顾见骊咬咬唇,像小时候那样趴在父亲的背上。

顾敬元站了起来,背着女儿一步一步稳稳地往前走去。对着两个女儿向来寡言的他闷声开口,道:"囡囡,爹爹没能护着你,让你受委屈了。"

"女儿很好,不委屈……"顾见骊忍了很久的泪瞬间落了下来,正好滴在顾敬元的颈上。

女儿的泪让顾敬元的胸口泛起一阵灼热的痛。他停了下来,转身望向广平伯府的方向,目光凶狠。

欺女之仇不可忘,他早晚要平了陈家和广平伯府,鸡犬不留。管你什么皇亲国戚,他顾敬元既能辅帝,亦能斩龙,改了国姓又如何?

父亲的背上一点都不颠簸,永远那样稳稳当当的。他像是永远不会倒下去的靠山。顾见骊抬头看着远处层叠的山峦,望着天幕中的暖阳,慢慢笑了起来。

一切都在朝更好的方向发展,即使他们现在的处境仍旧不好,可父亲已经醒过来了,他们一家人又可以在一起了。

只要一家人在一起,便没有什么过不去的坎儿。

走过那片脏乱之地,顾敬元也没有把小女儿放下来,仍旧背着她,稳步往前走着。

他昏迷时偶尔能听见身边的人与他说话。他听见小女儿贴在他的耳边说她要嫁人了,还说有人抢了她的嫁衣。昏迷中的他气得不轻。

想要醒来给女儿撑腰的念头支撑着他,他终于在响彻除夕夜的鞭炮声中睁开了眼睛。他记得他的两个囡囡小时候都怕鞭炮声,要他陪着才会笑。

他醒来时,并不意外亲朋避散,也不意外会看见一张张落井下石的丑陋嘴脸。可是当得知两个女儿的经历时,他怒不可遏,恨不得立刻将这些人通通杀光。

陶氏和顾在骊站在小院门口张望着,一看见顾见骊他们,便立刻迎了上去。

顾见骊连忙说:"父亲,我自己走。"

顾敬元没吭声,继续背着顾见骊,直接将她背到家中才放下。

顾在骊连忙将顾见骊拉进怀里拥着,轻轻拍着妹妹的后背,温声细语:"都过去了,回家了就好……"

"嗯。"顾见骊轻声应着,用脸蹭了蹭姐姐的肩。

陶氏急忙去扶顾敬元,顾敬元一瘸一拐地在太师椅中坐了下来。

顾见骊惊讶地看着父亲走路的样子。父亲刚才分明每一步都走得很稳,只是比以前慢了些……

陶氏蹲在顾敬元面前,掀开他的长衫前摆,又将他的裤腿挽起来。顾见骊这才看见父亲腿上的伤痕。父亲定然是不想让外人瞧见他一瘸一拐的狼狈样子,才忍着腿上的伤痛……

顾见骊心中一沉,愧疚不已。父亲在狱中受尽折磨,身上的伤定然没有痊愈。她竟然让父亲背了一路,着实太不懂事了。她心疼得不得了,可是她不能哭,得笑。父亲喜欢她笑。

顾敬元由着陶氏给他换药,抬头看向顾见骊,沉声道:"姬昭那个狗东西……"话说到一半,他便没有再说下去了。

顾敬元脸色微沉,将手中的长刀重重地放到桌上,震得桌上的茶器一阵碰撞，发出脆响，杯盏中的茶水也溅出来一些。

他不想问了，因为觉得姬昭定然会欺负他的女儿！姬昭从小和西厂的一群阉贼混在一起，染了一身疯病。他的女儿和姬昭那样的人共处一室，肯定被吓坏了！

顾见骊悄悄拉了拉斗篷的领子，遮住脖子上的伤口，然后拿帕子去擦桌上的茶渍。她一边擦，一边温声说："父亲，您不用太担心女儿。您也瞧见了，女儿现在好好的呢。"

顾敬元上上下下地打量顾见骊，没吭声。

顾见骊了解父亲，知道父亲不会因为她的几句话就相信了。她蹲下来，从陶氏的手里接过伤药，说："母亲，我来吧。"

顾敬元惊讶地看着顾见骊和陶氏，对顾见骊称呼陶氏为母亲这件事大感意外。意外之余，他没有太多欢喜，甚至想起了两个女儿的生母。

在骊，她在哪儿，他便在哪儿。

见骊……可惜他们今生再也不得见了。

夜里，顾见骊像小时候那样钻进姐姐的被子里。姐妹两个手拉着手，谁也没睡，望着床顶的幔帐发呆。

"父亲……"

"父亲……"

姐妹俩同时开口，又同时住了口，相视一笑。

"姐姐，你可问过父亲了？"顾见骊问。

顾在骊摇头："没有。不仅我没问，陶氏也没问。父亲的脾气你又不是不知道，就算我们问了，他也什么都不会说。"

顾敬元虽然宠爱两个女儿，可的确是严父，面对两个女儿时寡言少语，更何况这次他犯的是奸淫之罪。这样的罪名，她们做女儿的不太方便问。

顾见骊转过身来，抱着姐姐的胳膊，眉宇之间露出几分愁色，低声说："父亲不希望我们管他的事情，可是我替父亲委屈，想替父亲洗刷冤屈，查出陷害父亲的人。"

"从小到大，我一直觉得父亲是无所不能的，如今才知道……"顾在骊叹了一口气，"见骊，你有没有想过陷害父亲的人兴许是我们动不得的人？"

顾见骊没反驳，沉默地听姐姐说。家里出事前，她藏身闺中，对朝堂的事情知晓得不多。可顾在骊出嫁三年，见到的人和事多些。

顾在骊侧过身，动作轻柔地将妹妹鬓边柔软的头发别到耳后，继续说："君心难测，父亲手中兵权太重。前太子篡位，几位皇子争权的事已经发生四五年了，那时候你还小，不知道。"

顾见骊说："我知道的。前太子篡位，谋害陛下，被二皇子亲手斩杀。后来二皇子和三皇子又争权，如今都被陛下除去了实权……可这和父亲有什么关系？姐姐是说父亲的事情和几位皇子争权有关？"

"其实我也只是猜测。"

两姐妹沉默起来。

许久之后，顾在骊说："别想了，先睡吧。"

顾见骊却忽然说："我想见见姨母，听说姨母被打入冷宫，日子一定也很艰难……"

姐妹两个与姨母感情极好，亲如母女。

顾在骊只是说："今非昔比，我们哪里还能进宫？"

顾见骊不再说话了，可是没有睡着，胡思乱想了许久。后来，她慢慢地睡着了，做了好些乱七八糟的梦。她梦见了昔日舒心的日子，梦见了这段时日遭遇的冷眼，梦见了未来父亲沉冤得雪，也梦见了阴森森的姬无镜。

睡梦中的顾见骊迷迷糊糊地将枕头压在头上，使劲闭着眼睛——她才不想看见姬无镜呢。她回家了，再也不要和他有关系。

接下来的日子，顾见骊能和家人在一起，很是开心，只是偶尔想到父亲的冤情，还是觉得心烦。

顾在骊买下了一处酒楼，到了正月初八这一日，酒楼正式开业。

顾敬元是不会阻止两个女儿抛头露面的，顾见骊、顾在骊、陶氏也的确花了好些心思。到了酒楼真正开业的时候，她们聘用了一些人手，并没有让自己太操劳。

顾见骊坐在二楼的窗边，望向楼下客人坐得满满当当的大厅，不由得翘起了嘴角。如今虽比不上曾经在王府里的锦衣玉食，可这般和家人一起忙碌的日子，她过得很开心。

"听说了吗？姬昭还没死。"

顾见骊听见有人提到姬无镜，怔了怔，忍不住挪了挪椅子，凑过去仔细听了听。

"这个人的命可真硬啊。宫里头的太医几次诊脉说他只能活到哪天，最后他还是没死。不过也没什么，他中的可是无药可解的毒，早死晚死的事罢了。你怎么忽然提到这个人？"

"我也就是顺嘴一说。我有个亲戚在广平伯府里当差，听说前天宫里来了帖子，今年十五的元宵宫宴请了姬昭过去。我这才知道他又没死。"

另一个人笑了笑，口气随意地道："去年不是也请了，他去了吗？"

"那我不记得了。他那身体，应该去不了吧。啧，可惜了，他中了那么厉害的毒。想当初，他多受陛下器重啊……"

两个人又说了两句，随后换了话题。

顾见骊缓慢地眨了一下眼睛，茫然的目光一点点地亮起来。每年宴请满朝文武的元宵宫宴，姬无镜也可以去？那如果她以照顾姬无镜之名进了宫，岂不是就可以见到姨母了？

顾见骊的心"怦怦"乱跳着，她一下子站了起来。

可是，她的眼神很快又黯了下去。她真是急糊涂了，才会想找姬无镜帮忙。那个人怎么可能帮自己？她也开不了口，还是应该另想法子。

想到这里，她又缓缓地坐了下来。

第十章　买糖吃

我让你在我屋里住了十一日，现在我去你家住一日都不行？

广平伯府中，姬无镜正懒洋洋地坐在院子正中央晒太阳。他眯了一下眼，抬头去看太阳，今天可真是个好天气。

院子里，姬星漏和姬星澜正在追着玩。

姬星漏和姬星澜跑累了，便停下来歇一歇。姬星澜扭头看了姬无镜好一会儿，鼓起勇气走到他面前，奶声奶气地问："她怎么还不回来？她教我的诗我都会背了……"

姬无镜瞥了一眼面前的小姑娘，口气随意地说："她玩野了，不想回来了呗。"

姬星漏跑过来，问："可是你不是说她要是敢跑，你就敲断她的腿吗？"

姬无镜"咦"了一声，问："我有说过？"

姬星漏刚想说"有"，瞧着姬无镜危险的表情，心虚地向后退了一步，扯了一把姬星澜，问："你说父亲有没有说过？"

姬星澜不知道哥哥把麻烦推给了她，重重地点头，十分认真地说："说啦！那天哥哥听说她要跟人跑了，爹爹说'她要是敢跑，我便敲断她的腿'。哥哥没撒谎。"

姬无镜懒散地靠在椅背上，十分有耐心地听完姬星澜的话。小姑娘奶声奶气说话的样子很是可爱，他想捏一捏她的脸，甚至想在她软软白白的脸蛋儿上咬一口。

可惜，这不是他自己的闺女啊。要是他有个自己的闺女就好了。

姬无镜问："你想不想出去玩？"

"去哪儿？前头的湖边还是后面的小林子里？"姬星澜问。

"不，出府，去街市上转转。"

"哇——"姬星澜往前小跑了两步，将一双小手搭在姬无镜的膝上，仰着小脸望向姬无镜，一脸难以置信的表情，"出去玩？出府去玩？我还没有出过府哩！"

"那明天要不要去？"姬无镜问。

"嗯嗯，去！"姬星澜开心得不得了。

一旁的姬星漏伸长了脖子，想说话，又闭了嘴，把头扭到一旁，装成毫不在意的样子。

姬星澜回头看了一眼哥哥，想了想，问："哥哥也去对不对？"

姬无镜打量着姬星漏，慢悠悠地开口："你哥哥好像不感兴趣。"

姬星漏张了张嘴，什么都没说，小脖子梗得很硬气。

姬星澜歪着小脑袋想了想，去摇姬星漏的手，笑着说："哥哥陪我去好不好呀？妹妹害怕！"

姬星漏假装勉为其难地说："你们小姑娘真麻烦！"

他又偷偷去看姬无镜，怕父亲不让自己去，等了又等，发现父亲没拒绝，才悄悄松了一口气。

一整天，姬星漏都一本正经地装出寻常的样子。可是晚上睡觉时，他在梦里乐弯了眼。没人知道他有多羡慕别人可以出去玩，可以看看府外之地是何模样……

第一天营业，酒楼很晚还没关门。

顾在骊踩着木楼梯上楼。楼下的宾客望着她婀娜的背影，不由得一阵心猿意马。今天的客人很多是冲着"安京双骊"的名号来的，想要一睹姐妹二人的风采。昔日顾敬元还没出事时，他们可没机会这么近距离地欣赏"安京双骊"的风姿。谁承想顾在骊如今做了老板娘。

顾在骊知道他们的心思，也不避讳，亲自出面张罗。如果在保证安全的情况下，她能凭借这张脸招揽生意，何乐而不为？

顾在骊推开门，顾见骊抬起头来，喊了声"姐姐"。

"还得一个多时辰，你先回家去吧，把小川领回去。别一个人走夜路，让阿大和阿二跟着。"

顾见骊犹豫了一下，想陪姐姐，又担心弟弟犯困，最终还是点头应下。

"从后门走，避开大厅里的宾客。"顾在骊嘱咐了一句。

酒楼离家大约有两刻钟的路程。顾见骊牵着顾川，雇用的阿大和阿二跟在他们后面，一直将人护送到巷口，才转身往酒楼跑去。

"虽然最近忙，小川也要好好读书，不许贪玩。"顾见骊柔声说。

"我知道。"

"要我说，明天你就留在家里，不要过去了。"

顾川摇头："不，我要去保护姐姐！"

"你才多大……"顾见骊笑着揉了揉他的头。

两个人走到家门口，顾见骊刚要抬手推门，院门就从里面被拉开了。两个陌生男子出现在顾见骊他们面前。

天色很暗，顾见骊看不太清他们的脸，也没有细看，垂眼带顾川候在一侧，让开门口的位置。

从院中走出来的两个人从衣着打扮和行为举止上可以看出是一主一仆的关系，为首的年轻公子行了一礼，顾见骊屈膝回了一礼。

待这两个人离开了，顾见骊才牵着弟弟走进院中。只是那么匆匆一瞥，她隐约觉得刚刚的公子有些眼熟，却一时想不起来那个人到底是谁。不过她没在意，只觉得那个人应当是父亲的旧识。

顾见骊看了一眼前厅，那边隐约传来了谈笑声。父亲今日又有客。顾见骊不由得蹙了蹙眉。她不知道父亲最近这几日都在和什么人见面，也不知道父亲要做什么，正是因为不知道，反而更担心。她不是不想过去问问，但是知道，父亲是不会说的。

姬岚坐进一顶外表瞧上去十分普通的小轿，掀开窗口垂帘一角，露出温文儒雅的半张脸，问道："刚刚那个是顾敬元的大女儿？"

"回殿下的话，"回话的侍从嗓音尖细，"应当是顾大人的小女儿。"

姬岚微微惊讶，印象里那个小姑娘还梳着丱发，挺小的样子。他垂眸，沉吟片刻，恍然大悟道："是被送去广平伯府的那个？"

"是，"小六子恭敬地回话，"年初一，顾大人将女儿抢了回来。他们前脚走，广平伯后脚就把事情禀告了陛下。"

小六子抬眼瞧着自己的主子，问："奴婢愚笨，怎么想也想不明白，这事怎么就没下文了？"

当初陛下若一怒之下直接将顾敬元斩了，谁也不会说什么，毕竟谁也不敢在陛下盛怒时求情。可顾敬元运气好，赶上太后大寿，又是过年，陛下直接大赦天下。

后来有人献计，在赐婚圣旨上做手脚，在过年前逼顾家抗旨，偏偏顾家真的把女儿送去了广平伯府。

正月不能见血，再拖下去，陛下之后再想杀顾敬元，恐怕那些老臣能跪得他头痛。

有些话不能明着说，那些老臣不会让陛下为了一个女人斩杀将相的。古往今来，为了权势献上女人的臣子和为了拉拢臣子赐下爱妃的君王，皆有之。

姬岚不紧不慢地转动着拇指上的玉扳指，没解释，反而笑了笑，说："广平伯也是够可怜的。"

小六子更糊涂了。

可是主子已经将垂帘放了下来，想来不会对他解释了。

第二日一早，顾见骊就准备跟姐姐一起去酒楼忙活，顾川也想跟着去。顾见骊本不让，但顾川拍了拍小布包，说："我带了书，去那儿学也是一样的。"顾见骊这才允了。

酒楼雇了跑堂儿的、账房等，并不是很忙。顾在骊偶尔会楼上楼下地瞧瞧，但是并不准顾见骊轻易露面。

顾见骊和顾川坐在小包间里，顾川埋头默写背下的诗句，顾见骊望着窗外发呆。

她想起了元宵宴的事。

父亲是不会准许她回广平伯府的。想起在广平伯府的那十来日，她微微蹙起眉。事实上，她自己也不想回去。如今父亲醒了，他们一家人在一起多好，她根本就不想回到那个处处藏着危险的地方。而且她觉得，就算她去求姬无镜，姬无镜也不会同意带她进宫。

她又想起了姨母。她想去见姨母，一方面是为了弄清真相，另一方面是不相信姨母会和别人串通起来陷害父亲。

她还不到周岁生母就病故了，姐姐说姨母和母亲模样很像，所以她从小就很依赖姨母。姨母十分疼爱她，对她特别好……

顾见骊心烦意乱地望向窗外。酒楼位置不错，她坐在二楼可以看见远处的十锦阁。可是看见站在十锦阁门前的人时，她不由得一阵错愕。

姬无镜？顾见骊不由自主地站了起来，将手搭在窗边，仔细地去瞧。

那个人真的是姬无镜。

姬无镜牵着姬星澜的手站在十锦阁门口，姬星澜仰着头跟他说话，他低头看着女儿。姬无镜穿了一身红衣，在楼下来来往往的人群中十分显眼。

"他怎么出门了？"顾见骊喃喃自语。这个人仇家多得很，如今竟领着姬星澜出门，连长生都没跟着。他这样明目张胆地出来，就不怕仇家趁机报复他？

顾见骊心里刚生出这样的念头，就看见七八个人朝姬无镜走去。

"阿姊，你在说什么？"顾川问。

顾见骊没听见顾川的话，捏着帕子看着远处的父女二人，面露担忧之色。

那七八个人围住了姬无镜，你一句我一句，顾见骊完全听不见他们说了什么。而姬无镜还是一副懒散又不屑一顾的表情。

顾见骊觉得这个人真是不知好歹，莫不是没听过大丈夫能屈能伸？都这个时候了，他逞什么强？

忽然，那群人中有一个人伸出大手拍了拍姬无镜的肩膀，顾见骊惊得颤了颤身子。

姬星澜向后退了两步，抱住姬无镜的腿。

顾见骊咬了咬牙，转身往楼下跑去。

"阿姊，你去哪儿？"顾川大声喊道，回答他的只有顾见骊跑下楼梯的脚步声。

楼下，顾在骊看妹妹行色匆忙，迅速跟到门口，却只看见妹妹飞快跑开的背影。

顾见骊穿过人群跑到十锦阁门前。

原先在二楼时不觉得如何，如今那七八个人站在她面前了，她方觉得害怕。这些人身量极高，而且凶神恶煞。

顾见骊不由自主地向后退了一步。

"你在这儿！"姬星澜忽然喊了一声。

姬无镜抬眼，透过人群的缝隙看见了顾见骊，也看见了她澄澈的眼眸中藏不住的怯意。

那七八个人随着姬无镜的目光回头，都看向了顾见骊。

被这么多双眼睛看着，顾见骊心里更怕了，藏在袖子里的手使劲捏了捏帕子，硬着头皮挤进人群中，一手牵起姬星澜，一手挽住姬无镜的胳膊，温温柔柔地开口道："你怎么在这儿呀？我们等你很久了。"说完，她冲姬无镜眨了一下眼。

哦，原来他已经七八日不曾听到她的声音了。姬无镜这才发觉顾见骊的声音甜软动人，简直比唱曲儿的还好听。

姬无镜舔唇，说："你再说一遍。"

顾见骊急了，这人怎么不知道她在帮他呢？她悄悄捏了他一下，再眨眼，道："我们回家啦！"

姬无镜慢悠悠地勾唇。

"哥哥！"姬星澜忽然喊了一声。她抬起小手指向长街对面，正往这边走来的姬星漏。姬星漏一只手握着一串糖葫芦，长生跟在他身后。

姬星漏跑过来，惊讶地看了一眼忽然出现的顾见骊，然后把一串糖葫芦递给了妹妹。

"谢谢哥哥！"姬星澜接过糖葫芦，张开小嘴想咬，忽然反应过来，先将糖葫芦递给了顾见骊，甜甜地笑着道："给！"

顾见骊满心担忧着姬无镜被揍，哪有心思吃这个？她只好说："我不吃这个，澜澜自己吃。"

"很甜的，你不是也喜欢甜的东西吗？"姬星澜好奇地问。

"澜澜听话，自己吃。"顾见骊心里急得要命，表面却一副从容的模样。

姬无镜听着顾见骊的声音，耳朵有点痒。他歪着头，用耳朵蹭了蹭肩。

"好……"姬星澜自己吃，可是红彤彤的山楂比她的嘴巴还要大，她只能伸出粉嫩的小舌头舔了一口山楂上的糖。

长生慢慢地走了过来，乐呵呵地拍了拍那七八个人中为首一人的肩膀，道："东林，你怎么在这儿？"

顾见骊愣了一下，细细地去瞧长生的表情。

长生看了一眼姬无镜，冲顾见骊行了个礼，诧异地道："夫人，您也在。"

顾见骊呆呆地颔首，猜到自己好像闹了一个大乌龙。

付东林颇为惊讶地打量着顾见骊，问："这位难道就是……？"

"是夫人！"长生在一旁说。

那七八个人齐声高喊："夫人好！"

顾见骊表面上得体地颔首回礼，心里却窘得慌。她慢腾腾地收回手，完全不敢去看姬无镜的表情。她猜得到，他一定会挑着眉笑话她。

她蹲了下来，和姬星澜说话，以缓解尴尬的情绪："澜澜今天怎么出府了呀？"

姬星澜刚咬碎了一颗山楂，吃了一点，被酸得五官皱在一起。她说："爹爹带我们出来玩，要给我们买糖吃。等哥哥买了糖葫芦，我们就去买糖！这个太酸了……"她看看手里的糖葫芦，又看看顾见骊。

"哼，娇气！"姬星漏翻白眼，咬了一大口山楂，忍下酸得想流眼泪的冲动。

顾见骊欠身，握着姬星澜的小手，咬了一口那串糖葫芦最上面的那颗山楂，尝了一下——味道的确酸，酸得她也忍不住蹙了蹙眉。

"酸就不吃了。"顾见骊拿走姬星澜手里的那串糖葫芦，又用帕子仔细地给她擦了手。

"星漏也不要吃了，会酸得胃疼的。"顾见骊又把姬星漏手里的糖葫芦拿走，给他擦手。

"谁要你擦？"姬星漏把一双小手背在身后，仰着下巴，鼻孔朝天。

顾见骊早就习惯了姬星漏的怪脾气，也不管他。她看着手里的两串糖葫芦，不知道要往哪里放。

一片阴影罩下来，糖葫芦被姬无镜拿走了。姬无镜慢悠悠地吃了一颗山楂，正是顾见骊刚刚咬了一半的那一颗，然后将两串糖葫芦递给付东林，说道："养胃，吃。"

"谢门主赏！"一脸横肉的付东林声如洪钟。

顾见骊吓了一跳。

姬无镜走进十锦阁，刚迈过门槛，就转身问顾见骊："哪种糖好吃？"

"当然是招牌的十锦糖。"顾见骊说。

"哦，算了，又不想买了。"姬无镜又走了出来，"回府吧。"

"啊……"姬星澜失望极了，一双漂亮的眼睛一瞬间黯然下去。可她是个听话的好孩子，不敢忤逆父亲的话，小脑袋垂了下去，十分沮丧。

顾见骊在心里责怪姬无镜这个喜怒无常的父亲实在是不称职，瞧着姬星澜委屈得想哭又憋着泪的样子，心疼极了，不由得揉了揉小姑娘的头，对姬无镜说："你等一等，我给澜澜买一点，一会儿就好。"

担心姬无镜直接带姬星澜离开，顾见骊牵起姬星澜的小手，匆匆迈进了十锦阁，一进门，就是一串金灿灿、栩栩如生的糖人儿。

十锦阁是永安城里数一数二的糖果铺子，隔几条街就会开一家分铺，里面售卖各种糖果，极受小孩子喜欢。

其中最出名的就是十锦糖。十锦糖一共有十种糖，每种糖一个颜色，装在一个圆盒子里的十个格子内。盒子里面暗藏玄机，晃一晃，声音好听极了。

十锦阁的糖，顾见骊从小吃到大。

每隔一段时间，铺子里就会推出新糖果，顾见骊总会第一时间买回来吃。

但她已经许久没来这里了。原来这儿又新上了几种糖果，她都没吃过。

顾见骊给姬星澜买了一盒十锦糖，又将她抱起来，让她继续挑其他喜欢的糖果。

姬星澜挑完后，顾见骊问："就这些了？"

"嗯嗯，够啦！"姬星澜凑过去亲了顾见骊一口，说，"谢谢你给我买糖吃！"

顾见骊温柔地笑了起来，目光却移向了柜子上新推出的白玉莲子糖。许是因为小孩子都喜欢颜色艳丽的糖果，所以姬星澜没选这种颜色雪白的新糖。

可是依照顾见骊吃了十几年糖果的经验，她知道这个白玉莲子糖一定很好吃。

"真的没有再想要的了？"顾见骊不死心，又问。

"嗯嗯！"姬星澜低着头，把一块黄色的元宝糖塞进了嘴里。

姬无镜和姬星漏一大一小站在一旁。姬星漏抱怨道："女人真是麻烦，买个糖都这么久！"

姬无镜随手抓了一把糖，塞进了姬星漏的嘴里。

顾见骊依依不舍地走出十锦阁，先前那七八个人已经不见了踪影。顾见骊将怀里的小姑娘放下来，直起身，这才认真地看起了姬无镜。

她抿唇，轻声问："你好些了是不是？"

他能出门，且不用坐轮椅了。

她又低声说了一句："瞧上去气色好些了……"

姬无镜瞧着她，慢悠悠地开口道："想吃鱼。"

这会儿的确是吃午饭的时候了，两个小孩子应当也饿了。顾见骊回头看了一眼姐姐的酒楼，姐姐一直站在酒楼门口看着这边。顾川则站在顾在骊身边，表情不太友善。

顾见骊有些心虚，带着他们进了十锦阁旁边的小饭馆。

店小二将人迎进来，笑盈盈地在前面带路，一行人去了二楼。

姬星漏蹦蹦跳跳地走在最前面，顾见骊牵着姬星澜，小心地踩着楼梯，姬无镜只落后她们一级阶梯。长生跟在最后。

姬无镜忽然将手掌覆在顾见骊的额头上，顾见骊微怔。姬无镜很快收回了手，在她身后淡淡地道："嗯，看来你彻底好了。"

顾见骊低着头，动作不太自然地将碎发别到耳后，心里却不由自主地想起之前吐了他一身的事。

她低垂着眉眼，细细地听着身后姬无镜的脚步声，心事重重。

姬无镜吃鱼的时候一如既往地专注，姬星澜和姬星漏吃东西的时候也很乖。不算宽敞的包间里，四个人安静地吃着饭。

"你怎么那么久不回家？"姬星澜忽然歪着小脑袋问顾见骊。

顾见骊抿了一口茶，不知道怎么跟小孩子解释。

姬星澜去拽顾见骊的袖子，奶声奶气地说："我都想你了！"

一旁的姬星漏冷哼了一声，语气嚣张地说："和别人跑了呗，等父亲敲断她的腿，她就跑不了了！"

顾见骊还来不及因为姬星澜的话而感动，就因姬星漏的话而愣住了。她抬头看向对面正不紧不慢地吃着鱼肉的姬无镜，忽然觉得他有些可怜。

他之前的未婚妻在他重病时抛弃了他，家里给他娶的媳妇每日算着他死的日子，而且如今也离他而去了……

顾见骊心里生出了愧疚感，可是这种歉意很快便被她自己狠心断了。也许父亲说得对，这婚事父亲没答应过，也没有媒人，她是坐了花轿，可连堂都没有拜过。或许他们的婚事真的不算数呢？

而且那一日她与他说要离开，他是怎么说的？他不屑一顾地说她是麻烦，让她"走就走呗"。如果当时他不是那样的态度，她又会如何？

顾见骊心里有些乱，拼命给自己找借口消除愧意。

她端起茶盏，刚要喝，姬无镜忽然起身握住了她的手腕。顾见骊抬眼，对上姬无镜近在咫尺的眼，在他的狐狸眼里看见了茫然的自己。

"怎……怎么了？"

"这个不好喝。"姬无镜扯起嘴角笑了。

顾见骊怔怔地低下头，这才发现她端起来的不是茶盏，而是一小碗醋⋯⋯两颊忽然有些发热，她尴尬地放下了醋碗。

姬无镜站直了，顾见骊一惊，心想：他要走了吗？她慌忙开口："五爷！"

姬无镜挑眉，懒懒地瞥着她。

顾见骊悄悄吸了一口气，才站起来，鼓起勇气问："你会去元宵宴吗？"

"怎么？"

顾见骊硬着头皮说："如果你去的话，得有人照顾你才好。我的意思是⋯⋯你可不可以带我去？"她觉得自己的要求有点过分，声音越来越小，最后低下头，不敢看姬无镜。

姬无镜嗤笑道："何必那么蠢，把实话说出来？"

顾见骊重新抬眼，眉目中染上了几分真诚之色，说："可是你说过，你不喜欢别人骗你。"

姬无镜慢慢地收起眼尾的笑意，审视着顾见骊。

顾见骊被他看得有些不自在，悄悄移开视线，喃喃自语："我也骗不过你⋯⋯"

"砰砰砰——"顾川在外面砸门，大喊："阿姊！阿姊！你在不在里面啊？阿姊——"

长生一边拦他一边说："你这小皮孩，别乱闯，哎哟⋯⋯你这孩子怎么咬人？"

顾见骊急忙走过去开门："小川，你怎么过来了？"

顾川立刻松了口，跑到顾见骊面前拉住她的手，警惕地巡视着雅间，恶狠狠地瞪了姬无镜一眼。

"走，咱们回去！"顾川拽着顾见骊道。

姬无镜嘴角勾起一丝浅浅的笑，侧过脸，咳嗽了一阵。随后他向一侧挪了两步，一只手扶着墙壁，另一只手虚握成拳抵在嘴前。他的脸色迅速地苍白了下去。

顾见骊挣开顾川的手，急忙两步走到姬无镜面前，语气焦急地问："五爷，这是怎么了？又不舒服了吗？"

姬星漏和姬星澜吓了一跳，立刻丢下勺子，从椅子上跳下来，跑到姬无镜身边。兄妹俩挨在一起站着，眨巴着眼睛看着姬无镜。

姬无镜垂下眼，朝顾见骊身侧探手，还没有碰到顾见骊，顾见骊已经将自己的帕子叠好递给了他。

姬无镜看了一眼白色的帕子，想了一下，觉得这帕子太素，上面有了红梅才好看。于是，他将血咳在了帕子上。

顾见骊让长生搬来椅子，小心翼翼地扶着姬无镜坐下，低声道："这儿离广平伯府那么远，最近天气也冷，你可别再染了风寒……"她转身倒了一杯热水，回到姬无镜身边，问，"要喝些吗？"

姬无镜断断续续地咳着，随后低头看着帕子上的血迹。

啧，梅花有点歪。

姬无镜没说话，顾见骊只以为他难受，捧着杯子候在一旁。

姬无镜微微抬眼，视线刚好落在顾见骊的手上。杯子里的水有点烫，她翘起的纤纤手指指腹有点红。

她的手被烫得发红的样子挺好看的，看着有点好吃。不过她也挺蠢的。

姬无镜嗤笑了一声，拿走她手里的杯子，喝了一口热水后，随手将杯子放在一旁。

掌柜在门口探头探脑，长生冷着脸问："做什么？"

掌柜赔着笑脸进来，说："几位客官，小店今日客人太多，新来的几位客官想用这间雅间。我瞧着几位已经吃完了，那就行个方便腾个地方？"

"你说的是什么话？楼下还有那么多空桌子，隔壁也空着啊！"长生说。

掌柜欲言又止，小眼睛瞟了姬无镜一眼，笑得满脸褶子，说："都预订出去了，您几位行个方便、行个方便，这顿饭半价！"

姬无镜现在这种状况，顾见骊也不好让他直接回家。她犹豫了一下，扶起姬无镜说："我姐姐的酒楼就在对面，过去歇一歇再回府吧。"

顾川一直黑着脸，因为姐姐没有跟自己直接离开而不高兴。

顾见骊嘱咐顾川牵着姬星澜和姬星漏，他虽然不乐意，但还是听话地点了点头。他走过去，想牵姬星澜，姬星漏却忽然牵起妹妹的手跑在了最前面。

"你怎么这样？！"顾川生气地道。

姬星漏回过头，扮了个鬼脸。

顾见骊叮嘱道："星漏，你牵着你妹妹，慢点。"

姬星漏回了一句"要你管"，便牵着妹妹跑了出去。

顾川气得跺了跺脚，追了出去。

顾见骊觉得好笑，可是一看见身侧脸色苍白的姬无镜，立刻笑不出来了，扶着姬无镜缓缓往外走。走在楼梯上时，他们隐约听见了掌柜和店小二的对话。

"掌柜，干吗半价啊？"

"呵呵，那么个病秧子，可别死在店里，大过年的，多晦气……"

顾见骊脚步一顿，怀疑自己听错了。这个人怎么能说这么过分的话？

她压下恼色，偷偷去看姬无镜的神色，盼着他没听见才好，担心他因这话气坏身体。他的脸上却露出古怪的笑，她不由得愣住了。

"哟，模样好俊的小娘子，和哥哥我昨天晚上梦见的仙女一模一样，这是咱们的缘分。嗝……"一个醉汉手握酒葫芦，一摇三晃地从饭馆正门走进来，一眼就被刚走下楼梯的顾见骊勾去了目光。

跟在后面的小厮急忙上前扶住醉汉，说："爷，您醉了，咱们快回府吧！"

"我……我不！我要小娘子！嘿嘿嘿！"

"哎哟，我的爷，那小娘子是嫁了人的……"

醉汉摇摇晃晃地走过来，听了小厮的话，这才看见顾见骊身边的姬无镜。醉汉"哟"了一声，嬉皮笑脸地道："小娘子俊俏，小郎君也俊俏。"

眼看着他们要迎面撞上，长生大步迈出两步，举剑将人挡开了。他手腕微转，剑出鞘一截，泛着寒光。不过他没有擅动，只待姬无镜下令。

醉汉又打了两个酒嗝，笑嘻嘻地说："不要拿这东西吓唬人嘛，我们陈家有钱。你们小夫妻跟了我，保你们吃香的喝辣的！"

顾见骊因为这个人的污言秽语皱了皱眉。醉汉色眯眯的目光打量来打量去，顾见骊恼得侧过脸去，好像被他那双眼睛看着都觉得脏。

姬无镜轻笑了一声，随意地瞥了醉汉一眼，语气平缓甚至和善地说："她不喜欢你看着她。"

醉汉的目光慢慢移到姬无镜的脸上。醉汉其实没听见姬无镜在说什么，只是觉得这个人真是越看越好看。他"嘿嘿"笑着，想要朝姬无镜扑过去，嘴里嚷着"好看好看"。长生手中的剑一挡，他就向后退了三四步。

姬无镜收回视线，口气随意地道："挖眼缝口，鱼线。"

与长生口中的一声"是"同时响起的还有他拔剑的声音。

顾见骊跟着姬无镜往前走去，听见那个醉汉在背后发出一阵古怪的声音。他没尖叫出来，大厅里其他宾客却发出了惊恐的叫声，同时响起的还有碗碟被打碎、桌椅被拖动的声音。

顾见骊刚走到门槛处，被背后的叫声吓得差点绊倒。她下意识地转过头，想看看发生了什么。

"别回头。"姬无镜将手搭在顾见骊纤细的腰上，将她往怀里带。

顾见骊后知后觉，身后的画面可能不太好看。她是不敢回头去看了，却又忍不住去想，被自己想象出来的画面骇白了脸，一时忽略了姬无镜搭在她腰侧的手，依偎在姬无镜的怀里走过了长街。

三个孩子已经站在了酒楼门口，顾川正在和顾在骊说话，姬星漏蹦蹦跳跳地踢着路面上的积雪，姬星澜伸长了脖子看着姬无镜和顾见骊，小胳膊挥舞个不停。

经过顾在骊身边时，顾见骊有些心虚，小声说："姐姐，我带他去包间里休息一会儿。"她甚至不敢去看顾在骊的眼睛，低着头上了楼。

见此情景，楼下大厅里的宾客议论纷纷。

"那个人是姬昭？他怎么还没死？"

"不是说顾敬元把小女儿抢了回去，说是婚事不算数了，这两个人怎么又搞到一块去了？想不通，想不通……"

"小声些，哪个都是议论不得的。"

顾在骊望着妹妹的背影，若有所思。她转过身，看向对面的饭馆。

她看见了刚刚发生的事情，也认识那个醉酒的人，那是她前夫家的亲戚。

顾见骊扶着姬无镜进了雅间，让他坐下歇息，又为他找来薄毯盖着。姬无镜靠着椅背合上眼，没多久就睡着了。

顾见骊不敢吵他，姬星澜和姬星漏也很安静地趴在桌子上。

顾见骊看着姬星漏，发现这孩子平时闹腾得很，唯有在姬无镜面前乖得像只小绵羊。

姬无镜这一睡，就睡到了天黑。

"什么时辰了？"姬无镜沙哑着嗓子问，慢慢睁开眼。

顾见骊看了一眼窗外的天色，已经完全黑了下来，酒楼也要打烊了。她犯了难，有些犹豫地道："五爷，我让长生给你喊一辆车来？"

姬无镜用毯子将自己裹了起来，冷冰冰地说："远、冷，不走。"

"可是你不能宿在这里呀。"

姬无镜抬起眼皮瞧着顾见骊，问："你在我屋里住了多久？"

顾见骊想了一声，才说："十一天。"

姬无镜"嗯"了一天，语气懒散地道："我让你在我屋里住了十一日，现在我去你家住一日都不行？"

姬星漏和姬星澜肩并肩坐着，下巴搭在桌子上，顾见骊和姬无镜谁说话，他们两个就转动小脑袋看向谁。此时，他们俩都眨巴着眼睛望着顾见骊。

顾见骊皱着眉。她知道姬无镜又开始不讲理了。可是回广平伯府需要一个多时辰，现在天色已晚，又落了雪，姬无镜的身体……

于是，顾见骊把姬无镜和两个孩子带回了家。

一路上，顾川冷哼了无数次。不过顾在骊出乎顾见骊的意料，并没有反对。

家里有客，顾敬元这么晚仍在正厅里议事。

顾见骊将姬无镜和两个孩子带到了自己的房间里，而后走出房门，硬着头皮去跟父亲解释。

姬星漏忽然从后面蹿出来，把一个盒子塞给顾见骊。

"什么东西？"顾见骊问。

姬星漏的表情有点不自然，他压低了声音，说："父亲给我买的，让我必须吃完。你帮我吃光，然后把盒子还我！"他说完就跑了。

顾见骊诧异地打开盒子，一颗颗白玉莲子糖摆在里面。顾见骊惊讶地拿起一颗糖放进嘴里，好甜呀。

姬星漏鬼鬼祟祟地跑回了房间。姬星澜一边数着盒子里的糖，一边大声问："哥哥，你去哪里了？"

姬星漏吓了一跳，连忙把手指抵在嘴巴前，做了个噤声的手势。

姬星澜眨巴了两下眼睛才反应过来，也学着哥哥的样子，把手指放在嘴巴前，认真地点了点头。

姬星漏偷偷看了一眼姬无镜，见父亲站在梳妆台前，背对着自己，稍微放下心来。随后，他大摇大摆地走进屋里，爬上了姬星澜旁边的椅子，颇为嫌弃地说："你怎么吃这么多糖？又黏又腻，难吃死了！"

"好吃！"姬星澜撕开糖纸，把一块她最喜欢的鹿乳糖往姬星漏的嘴巴里塞。

"我不吃！"姬星漏立刻扭头躲开。

"哦……"姬星澜把糖块塞进自己嘴里，吐字不清地说，"对，爹爹给了你一盒糖，让你吃光，吃不光也要找人帮你吃光，否则打你的屁股！嗯，要不要我帮你吃啊？"

"估真少！"姬星漏从盒子里抓了一把米粒糖，塞进姬星澜的嘴里。

姬星澜嘴巴里的糖实在太多了，软软的两腮鼓了起来，一双漂亮的杏眼瞪着姬星漏，小嘴"嗯噜嗯噜"说不清楚话。

姬无镜听着两个孩子的对话，知道那盒糖已经被送到了顾见骊的手中。他用舌尖舔过牙齿，唇角轻勾，得逞地笑了。

姬无镜悠闲地打量着顾见骊的房间。

因她才搬过来不久，屋内的陈设很简单，床幔是极浅的淡粉色，罩着床榻，上面的被褥是柔和的杏色，绣着些芍药的图案。

窗前摆着梳妆台，对面的衣橱前摆了一张小桌子。顾见骊似乎不怎么用小桌子，如今桌上被姬星澜摆满了糖果。

姬无镜拿起梳妆台上的木簪，木簪虽不值什么钱，样子却雕得细致典雅。姬无镜随手拉开抽屉，里面是空的。他合上抽屉，转身对两个孩子说："去洗澡，然后回来睡觉。你们能自己洗澡吗？"

两个孩子一起点头，跳下椅子。姬星澜落后了哥哥一步，问："我们睡在哪儿呀？"

姬无镜看了一眼床榻，慢悠悠地说："可能要和我睡在一起。"

两个孩子去洗澡的时候都是一副难以置信的表情。

这几年，姬无镜大多数时候卧床不起，从来没有像最近这样亲近过他们！这让他们既激动又紧张……

第十一章 回家

姬五爷身体很不好,并非久寿之人。在他余下的时日里,女儿想照顾他。

正厅里，顾敬元正和姬岚一边下棋一边有一搭没一搭地聊着时事。顾敬元是个武将，并不擅长对弈，没多久就输了，大笑着说："不来了，已经连输殿下三局了。"

姬岚微笑着说："对弈不在输赢，在于对弈之人。本宫今日与将军畅谈，受益颇丰。"

"三殿下客气了。"

"是顾将军谦虚了。"姬岚转了话题，"今日一来就与将军下棋，竟然把先前准备的礼物忘了。"

"哈哈，"顾敬元大笑了两声，"殿下这话谬也，如今顾某乃一介草民，万万当不起，殿下若说赏赐倒更为合适。"

姬岚不言，接过小六子递来的两个锦盒，置于桌上，才道："年前各地进贡的佳品中，这两套首饰品色俱佳，这样的珍品理应赠美人。"

顾敬元看了姬岚一眼，大笑着答谢道："别的顾某不敢收，但若是赠小女之物，自是欣然收下了。不瞒殿下，这两个女儿就是顾某的命。"

其实不必顾敬元说，天下人皆知顾敬元爱女如命。姬岚这是投其所好。

顾敬元将目光置于棋盘上，叹了一口气，道："可惜了我的两个女儿，姻缘命数都不如人意。"

姬岚笑得儒雅，道："未必。"

顾敬元目光微闪，口气里带了几分试探之意："可惜啊，到底是嫁过一次。"

姬岚含笑摇头："'安京双骊'的美名天下皆知，即使嫁过仍是天下郎君心仪之人。"他顿了顿，语气半真半假地加了一句，"本宫亦是如此。"

顾敬元得到了他想要的结果，不再提此事，反而换了话题。

二人又聊了一阵子，姬岚起身道："居然已经这么晚了，就不叨扰了，下次再把酒言欢，畅谈对弈。"

顾敬元亲自将人送到门口，折回房中，望着棋盘陷入沉思。

他这一生最后悔的事就是给两个女儿挑的夫家不尽如人意。原本他权势滔天，择女婿的标准就是女儿喜欢，会对女儿好。他不介意陈家破落，也不介意姬玄恪稚嫩，反正她们有他这个依仗。

谁料到他一朝出事……

如今三殿下有这个意思，顾敬元不由得重新考虑起两个女儿再婚的事情。顾敬元确实对姬岚满意，可如今涉及站队，不得不仔细着，而且这种联姻之事亦是有风险的。何况，他总要问问女儿的意思。姬岚再好，女儿不喜欢那就不行。

"爷！"陶氏轻轻叩门。

"何事？"顾敬元坐下，面露疲惫之色。

陶氏走了进来。

顾敬元看着陶氏，面色稍微缓和了些。

他的原配夫人生下顾见骊后，身子一直不大好，顾见骊还没满周岁，她就去了。顾敬元本没打算再娶，可他是个领军的将军，时常离家，最长的一次走了两年半，又不知何时会在战场上送命。两个女儿在家中没个女主人照料，他实在放心不下。但即使这般，他也没打算再娶。

后来，一次偶然的机会，他救下落水的陶氏，把姑娘的身子给看了、抱了。觉得她是个本分善良的性子，不会苛待他的两个女儿，顾敬元便娶了她。

二人成婚九年，他对陶氏算是尽了为人夫的责任，家中交由她来管，身为王爷也没有侍妾或通房丫头。

只是他们到底没什么感情，他脾气也不算好，夫妻二人只能算是相敬如宾。

这次他出了事，陶氏宁肯和娘家闹翻也没离开顾家，这让顾敬元面对她的时候少了许多之前的疏离与严肃之感。

"爷，见骊把姬昭领了回来。"

"什么？"顾敬元一下子站了起来，脸色瞬间变得难看。他气得胸口起伏，怒不可遏，道："姬昭？她居然把姬昭那疯子领回家了？"

"您先别急！"陶氏连忙迎上去，劝了两句，"是姬昭身体不太好，且离家太远，见骊才将他带回来的。见骊一回来就想跟您说，知道您有客，一直在外头候着呢……"

顾见骊知道父亲的客人还没有走，但心里不安，便想早些过去等着。

下了一下午的雪，地上一片雪白。院子里，顾见骊踩着积雪，手里捧着糖果盒子，一颗又一颗地吃着白玉莲子糖。

姬岚从正厅里出来，远远看见了雪地里的顾见骊。她穿着一身檀色搭鸭卵青的素色襦裙，在雪夜的圆月下，衬出几分出尘的烂漫、绰影气息。

姬岚略一思忖，绕路从另一侧离开了。

顾见骊把盒子里的白玉莲子糖吃了一半时，陶氏朝她招了招手。顾见骊急忙提裙小跑过去，把嘴里的糖果嚼了个稀巴烂，然后把糖果盒子递给陶氏。她深吸一口气，在陶氏鼓励的目光中，挺胸抬头地走了进去。

顾敬元正襟危坐，板着脸。

"父亲……"顾见骊的气势一瞬间没了。

顾敬元冷着脸，不言不语地看着女儿。

顾见骊挪到父亲面前，硬着头皮说："女儿在广平伯府的时候几次得他相助，如今在外面再遇到他，瞧他体弱不能行走，便将他带了回来。"

顾见骊等了又等，没等到父亲的回应，只好再次开口："父亲，您教过的……知恩图报……"

顾敬元仍旧沉默着。

顾见骊又朝前挪了两步，攥着顾敬元的袖子晃了晃，用撒娇的语气说："父亲……"

顾敬元问："你把他安排在你房中？"

"是，我今天晚上和姐姐挤一挤。"顾见骊连忙说。

她抬起头，仔细去瞧父亲眼睛里的情绪。

顾敬元满腔怒火，可是瞧着小女儿不安的模样，只能忍了。

他努力地克制着杀人的冲动，尽量用寻常的语气道："太晚了，回去睡。这件事明天再说！"

顾见骊悄悄松了一口气，父亲没有立刻赶人！等明天，她就可以把姬无镜带走了。她弯起眼睛，温声细语："那父亲也要早点歇息才好，您的身子还没痊愈，可要好好注意着。"

顾敬元瞧着女儿这张酷似其母的脸庞，目光渐柔，颔首道："知道了，你回吧。"

顾见骊开心地出去了，从站在门外的陶氏手中接过白玉莲子糖，去了姐姐的房间。

夜深了，所有灯都熄了。

顾敬元手握重刀，来到顾见骊的房间外。此时，睡在房里的人是姬无镜和两个孩子。

顾敬元用刀柄挑开幔帐，眯着眼打量着床榻上的人。姬无镜睡在外侧，两个小孩子抱在一起睡在里侧。

顾敬元在床边坐下，用刀柄拍了拍姬无镜的胸膛，冷冷地道："装什么睡！"

姬无镜没有睁开眼，只是懒洋洋地打了个哈欠，声音里带着倦意，慢悠悠地说："说话小声点，别吵着孩子。"

顾敬元深吸一口气，又用刀柄拍了两下姬无镜的胸膛，怒道："姬狗，你要不要脸？死皮赖脸是吧？我的囡囡年纪小，被你这只老狐狸给骗了！你都能当我闺女的爹了！"

"别这样说，我就比她大十一二岁，"姬无镜嗤笑，"当不了她爹。"

"你……"顾敬元冷静了一下，开始采用迂回策略，"贤弟，你甘心改口喊本王爹？"

姬无镜笑道："如果你补一份压岁钱，我不介意多个老爹。啧……"

"姬狗！"顾敬元气得五脏六腑都在疼，猛地站起来，拔出刀。

姬无镜乜斜着眼睛，扫过顾敬元手上的刀，漫不经心地说："也不怕扯着骨头再如烂泥一样躺仨月。"

顾敬元冷笑道："那也比你躺四年强！"

里侧的被子动了动。

顾敬元这才发现有两双黑白分明的大眼睛正眼巴巴地瞅着他，在不甚明亮的房间中，异常显眼。他看了一眼手中长刀上反射出的寒光，将刀收了起来，重新坐在床沿上。

姬无镜随手扯了一下姬星澜和姬星漏的被子，把他们两个的脑袋蒙上了。两个小家伙在被子里挪了挪屁股，眼珠子转动，开始偷听。

顾敬元循循善诱道："你可得想清楚了，娶了我闺女就比我矮了一辈，将来我百年后，你还得披麻戴孝，给我下跪磕头。"

姬无镜轻咳了两声，笑道："等你死了，我不磕头你也看不见。"

忍。

顾敬元深吸一口气，克制地道："我的小女儿年纪还小，你需要一个温柔大气的妻子。"

"不不不，我就喜欢长得好看的，好不容易遇见一个容貌能和我平分秋色的女人，不能撒手。"

"你……"顾敬元最终还是没忍住火气，道，"你这是故意气我！你就是想落井下石！"

"可别这么说。谁设计的你，你就找谁报仇去，这跟我可没关系。我在自己的床上睡得舒舒服服的，一睁眼身边多了个小美人。"姬无镜一脸无赖的样子，"她跟我挤一个被窝的时候都没问过我同不同意，我也是受害者。"

"受害者？"顾敬元猛地笑了出来，"好好好，你是受害者！那你更该撒手，将伤害降到最低啊！"

姬无镜笑着摇头："她睡了我的床，就是我姬昭的人。只能是我姬昭将人赶走，没有别人擅自离开的道理。"

他明明是笑着的，微眯的狐狸眼里却染上了几分认真与阴鸷之色。

"一派胡言！"顾敬元爆喝一声。

藏在被子里的姬星澜和姬星漏吓得哆嗦了一下，姬星澜甚至吸了吸鼻子，差点哭出来。

顾敬元挑了挑眉，这才想起姬无镜还有两个私生子。姬无镜过来了不说，把这俩孩子也带来了。

顾敬元越想越气，胸口发闷。若不是不想让心尖尖上的闺女为难，顾敬元也不至于从姬无镜这里下手。

顾敬元这一气，脸色有些发白，坐在床沿上，大口喘起了粗气。最后，他丢掉威风，换上一副慈父的样子，说："姬老弟，我这两个闺女从小便没了娘，尤其是见骊，都不记得她娘的样子了，我又常年在外征战，顾不上她。她是个命苦的孩子。唉！"他将长刀像拐杖一样拄着，"她还小，我舍不得她受苦。我知道你那臭脾气，你恨不得和全天下的人作对。我越是要带她走，你越是不肯撒手。你说句话，你怎么样才肯痛快地放人？你想要什么东西尽管提，咱们做笔买卖。"

顾敬元耷拉着头，像个饱经沧桑的老父亲。

姬无镜想了想，说："她四岁的时候被人贩子掳了，要不是我，她早就没命了。所以，她的命是我的。在她四岁的时候，我就该把她领走，现在她已经放在你那儿养了十一年，我够意思了。"

顾敬元转过头，目光复杂地盯着姬无镜。

这个人可真是软硬不吃。

"好说歹说都没用是吧？"顾敬元问。

姬无镜笑道："你下句话该不会是要我的命吧？领军打仗你在行，可杀人这事，我姬昭若说天下第二，你也就只能排个千员之外，对吗，我威风的便宜老爹？"姬无镜眼尾轻挑，笑意盈眸，显得俊美得很。偏偏顾敬元看在眼里，只想一锤子砸扁姬无镜这张脸！

顾敬元站了起来，冷哼一声，道："姬昭，本王是顾虑着见骊。如今你既然如此冥顽不灵，本王也只好不讲颜面了。你现在就给本王离开！"他一字一顿，掷地有声。

姬无镜嬉皮笑脸地道："骊骊才舍不得我走，她肚子里的小姬昭也舍不得我走。"

"什么？！"顾敬元震惊不已，指着姬无镜的手都在发抖，"姬狗，你这个禽兽！我的囡囡才十五岁，刚十五岁！你这个混账、混账、混账啊！"

姬无镜饶有趣味地欣赏着顾敬元愤怒的样子，心想：幸好顾见骊长得不像她爹。

姬无镜与顾敬元你一句我一句时，顾见骊正躺在床上辗转反侧。

同榻的顾在骊终于开口，问："睡不着？"

顾见骊幽幽地叹了一口气，"嗯"了一声。她凑到姐姐身边，挽起姐姐的胳膊，把脸贴在姐姐的肩上撒娇似的蹭了蹭，软着声音道："姐姐，我睡不着……"

"因为姬昭？"

顾见骊诚实地点了点头。许久之后，顾见骊才小声地说："其实我很怕他。"

顾在骊沉默地听着，可等了又等，也没等到妹妹的下一句话。她睁开眼，看向妹妹，见妹妹也睁开了眼睛，目光有些呆滞。

"见骊？"

顾见骊回过神来，缓慢地眨了一下眼睛，又说："也觉得对不起他。"

她看向姐姐,明眸潋滟,藏着些许茫然之色。她问:"姐姐,如果一个人帮过你、救过你,你要怎么还这份恩情?我不懂要还他多少。自从跟父亲回来后,我好像变成两个我,这两个我一直在打架,打着打着,最后茫然地发现不太清楚到底为什么打起来,那些犹豫不决的想法也变得莫名其妙起来……"

家里出事之前,顾见骊享了太多宠爱,心善、大度,毫不吝啬地对别人好,帮助别人、庇护别人。不是别人不愿给她帮助,而是她顺风顺水,根本不需要别人的帮助。

如今,姬无镜是除了家人,第一个帮她、护她的人。

她忽然有些不知所措,不知如何回报他。

顾在骊想了很久,才说:"你想怎么做就怎么做。若你想好了后果,仍执意去做,姐姐支持你。若你想放弃,又觉得愧疚,你欠下的恩情家人可以帮你还。家人本一体,福祸相担。只有一点,你不能让自己受委屈。"

顾见骊"嗯"了一声,撒娇道:"姐姐还是没告诉我该怎么做。"

顾在骊微笑着说:"虽然家人一体,可每个人的路都是自己走出来的。你要自己做决定,对自己负责。更何况,你心里已经有答案了,不是吗?"

顾见骊想了很久,最终点点头。她揉了揉眼睛,打了个哈欠,喃喃自语:"困,睡觉了。"

"别像小孩子似的抱着我,自己睡,松手,松手。"顾在骊去推顾见骊的手。顾见骊抱着姐姐的胳膊不放:"不要,不要,我就要抱着姐姐睡!"

"再不松手,我要抓你痒了哟。"顾在骊用另一只手去挠顾见骊,引得顾见骊一阵娇笑。顾见骊一边躲一边回击,姐妹两个笑闹到一块。

"等等,什么声音?"顾见骊蹙眉道。

顾在骊也听见了,不太确定地说:"怎么有点像父亲在发火?"

姐妹两个停了打闹,仔细去听。

顾见骊轻轻"呀"了一声,变了脸色:"好像是我的房间!"她立刻起身下床,连外衣都没穿,踩着鞋子就匆匆往外跑。

顾在骊也下了床,穿上外衣后才出门。

顾见骊进了屋。

顾敬元手握长刀,气势汹汹,而姬无镜斜倚着床头,神情散漫。姬星澜和姬星漏围着被子缩在床角，可怜兮兮的。

"这是怎么了？"顾见骊急忙赶过去，下意识地挡在父亲和姬无镜之间。

顾敬元看着顾见骊身上的浅藕色寝衣，大怒道："谁让你衣冠不整就跑过来的？"

"我……"

姬无镜不咸不淡地开口："是啊，你在我面前穿着寝衣没事，可在父亲面前这样穿，不太好哟。"

"你！"顾敬元冷哼了一声："见骊，你过来了也好，父亲今日就把话挑明了。我……"

"喀喀喀……"姬无镜将脸偏到一侧，压抑地轻咳了一阵。

顾见骊转过身，在姬无镜面前弯下腰，蹙着眉问："是不是要请大夫？还是让长生请你认识的那位大夫过来？或者熬一服药？"

顾敬元握着刀柄的手青筋暴起，他怒斥道："见骊，你给我过来！"

顾见骊仰起头望向父亲，刚要迈步。姬无镜轻轻勾了一下嘴角，忽然拉住顾见骊的手腕，略微用力，就将顾见骊拉得坐在了床沿上。然后姬无镜捏了捏顾见骊的手，将她娇嫩的手放在他的嘴巴前，捂住他的嘴。

又是一阵压抑沙哑的咳嗽声响起，他将血咳在了顾见骊雪白柔软的掌心里。

他的血是热的，灼了顾见骊的手心，也灼得顾见骊指尖轻颤。顾见骊忽然心慌，红了眼睛说："父亲，五爷的身体真的很不好。他就住一晚，我明日就送他走。只是一晚而已，您行行好……"

"见骊，他说一晚就一晚？你怎能信他的浑话！"

顾见骊也不反驳，红着眼睛可怜巴巴地看着父亲，眼中含着央求之色。

姬无镜抬起眼皮，冲顾敬元勾起嘴角，又在顾见骊看过来的时候及时收了表情低下头。

顾敬元扔了手里的长刀，"哎哟"了两声，捂着胸口的伤处，脚步踉跄地后退，重重地靠在墙壁上。

"父亲！"顾见骊一惊，急忙起身跑向父亲。刚赶来的顾在骊也跑了过去，和妹妹一起扶住顾敬元。顾敬元这才心里好受了些，通体舒畅——哼，敢跟老子抢闺女！

顾见骊和姐姐一左一右地扶着顾敬元走出去。顾见骊迈过门槛的时候,脚步顿了顿,回头看了一眼。

床榻上,姬星澜伸着小胳膊,将小手贴在姬无镜的额头上。姬无镜合着眼,脸上没什么表情。

顾见骊转过头来,低着头离开了。

长生站在门口,朝里面张望着。顾见骊刚想吩咐他仔细地照料姬无镜,还未来得及开口,长生已经跑进了屋中。也是,长生可比她关心姬无镜——她如是想。

这边的动静吵醒了陶氏,她匆匆赶过来,吓得脸色惨白。顾见骊让开了位置,换陶氏搀扶着顾敬元。

陶氏搀着顾敬元的手都是抖的。她实在是怕了,怕顾敬元再出事。他在,他们就有了主心骨。他不省人事性命垂危时,他们真真是塌了天。她出身低微,能嫁给令人敬仰的武贤王让她既欢喜又自卑。

顾敬元瞥了陶氏一眼,拍了拍她的手背,口气冷淡地说:"没事。"

只是这两个字,陶氏竟真的松了一口气。他说没事,那就是真的没事。

回了房间,顾敬元大手一挥,让陶氏和顾在骊先出去,要与顾见骊单独说话。顾敬元坐在圈椅里,收起刚刚与姬无镜置气的模样,严肃起来:"你与父亲说实话,你究竟是怎么想的?"

顾见骊已经拿定了主意,走到顾敬元面前,垂眸跪下。顾敬元心疼女儿,想伸手去扶,却强逼着自己狠了狠心肠,没有去扶她。

"父亲,女儿知道您生气,气广平伯府这样不磊落的做派,亦知道您有报复的心思。您不会放过广平伯府的人,包括姬昭。女儿以前几次听您提过他,都是不喜的态度,所以您更不会答应女儿和他之间不体面的婚事。"

顾见骊明白,如今父亲苏醒,那场闹剧般的婚事狠狠地打了父亲的脸。

话说出口,她心里那些紧张感也消失了,像是一块石头落了地。又因为面前的人是她的父亲,是这世上最疼她的人,她的眼泪便落了下来。

"你们问我过得好不好,我一直都说挺好的,可是一点都不好啊……"顾见骊弯唇莞尔,泪却盈眶。

顾敬元剜心剔骨一般心疼。

从第一滴泪落下开始,她所有的委屈像是得到了发泄。

顾见骊跪行至顾敬元面前,伏在他的膝上呜咽地哭诉:"我亲手磨的胭脂,攒了这些年的花钿、衣裳、首饰都被人抢走了。母亲的遗物一件件失去,就连母亲留给我的嫁衣也被人抢走了。还有,我喜欢的人也走了……我喜欢的所有东西都没有了。

"我一直都好怕,有好多坏人……我想躲,却躲不开。那些地痞流氓说的话好过分……可我只能一个人出门,处处小心提防着。我……我……我甚至杀过人……"顾见骊举起自己的双手,纤细的手指微微发颤。

她的掌心里,姬无镜吐出的血迹已经被洗掉了。可是她瞧着这双干干净净的手,却好像重回那一晚,看见自己的双手沾满鲜血。

"见骊,你失去的东西,父亲会一件一件帮你拿回来!"顾敬元猛地握住女儿的手,宽大的手掌将女儿这双冰凉的手紧紧握在掌中,眸色渐深。

"有人骂我、辱我,更有人想要我的命。"顾见骊泪眼婆娑地看着顾敬元,继续道,"父亲,您说过,人生一世,应当问心无愧。女儿今日有幸活着见您,固然有女儿的努力,亦离不开姬五爷的庇护。是,女儿也曾惧他厌他,日日夜夜想着逃离,可恩情不能忘。姬五爷身体很不好,并非久寿之人,在他余下的时日里,女儿想照顾他。"

她伏地磕头。

顾敬元心如刀绞,极力克制,才让自己的声音变得平静:"报恩的方式有很多种,父亲亦可补偿他。那广平伯府并非安全之地,他姬昭未必能一直护你,彼时,父亲兴许离你很远,不能救你。"

"父亲您放心,我会保护好自己的,现在女儿连杀人都不怕了。"顾见骊泣不成声,"有些恩情总要自己去偿还。等五爷病故后,女儿就回到您身边侍奉,再尽孝道。"

她脸上挂着泪,却又笑起来,拉住顾敬元的大手,撒娇似的摇了摇:"父亲,其实五爷对我挺好的。真的,您别担心。"

顾敬元转头,不想让女儿看见自己热泪盈眶的模样,沉声道:"去洗个脸,回去休息吧。"

顾见骊知道父亲这是妥协了,擦了脸上的泪,道:"好,女儿这就回去歇息。父亲莫要为女儿操心。"

陶氏一直在里间。顾见骊刚走，陶氏就出来了，犹豫了半天，柔着声音劝道："爷，您别太忧心，见骊不是个傻的，做事有分寸。"

顾敬元没吭声。

陶氏又温声劝道："兴许没您想的那么糟，咱们见骊是个好姑娘，谁娶了她都要当成宝的。我瞧那位姬五爷虽名声不大好，可能追过来，亦是在意咱们见骊的。"

"他在意见骊？"顾敬元冷哼一声，"你不了解姬昭，他就是个狼心狗肺的浑物！他小时候差点因为一个赌当了太监，后来又和西厂那些阉人打交道，浑到了骨子里！你以为他是喜欢咱们见骊才追过来的？不！你知道兽类圈地为王吗？哪怕是一片叶子掉进了他的领地，别人也休想抢这片破叶子，谁要敢抢，他就拿命去拼，不考虑值不值得。什么仁义廉耻，什么性命安危……只要他高兴，撒着蹄子往天上冲！"

顾敬元怒骂了一堆，陶氏在一旁默默听着。她想了想，问："爷，您的意思是姬五爷还不喜欢咱们见骊？"

"当然！"顾敬元顿了顿，又补充了一句，"这个眼瞎的浑物！"

陶氏皱着眉头寻思了半天，不由得接了一句："他还没喜欢上咱们见骊就能这般护着她，他日喜欢上了还得了？……"

"什么？"顾敬元怔了怔，简直瞠目结舌。他觉得陶氏胡说八道，道："休要胡说，他那种人，不会喜欢上见骊的。"

陶氏一本正经地反问："咱们见骊那么好，怎么会有人不喜欢？就算不喜欢，那也是暂时不喜欢！"

顾敬元想反驳，又一想：陶氏说得很对啊，这世上还有比他的两个女儿更好的女子？那是不存在的。

姬无镜脸色有些差，今日白天在外面就又冷又累，晚上又是这样一通折腾，身体着实有些吃不消，就像有千千万万只小虫子在他的血液里游走，在他的五脏六腑上啃咬。

他"啧"了一声，发觉玩过头了。他舌尖舔了舔牙齿，即使刚刚喝了长生熬好的汤药，口腔里仍旧有淡淡的血腥味儿。不过这也没什么，死就死呗，他要是个怕死的，也不会吃下没有解药的毒。

"爹爹……"姬星澜扯了扯他的袖子。小姑娘眼睛红红的,一脸担忧和害怕的样子。姬无镜看了她一会儿,目光移到姬星漏的脸上。姬星漏没有像姬星澜那样将关心摆在脸上,甚至装出一副不甚在意的样子来。只是他年纪太小,演技拙劣。

如果不是为了护这个孩子,姬无镜也没必要自饮毒药。

木门"吱呀"一声被推开,姬无镜转头就看见顾见骊站在门口。她眼睛又红又肿,像是哭过了。

顾见骊身上还穿着那身淡藕色的寝衣,只是外面又披了一件顾敬元宽大的玄色披风。顾见骊将披风解下来挂在衣架上,假装随意地往床榻那边走去。明明先前她还能和姬无镜正常说话,可真的下定决心同他回去后,反而不敢正视他,心里有一种微妙的尴尬滋味儿。

姬星澜歪着头,问:"你要和我们一起睡吗?"

"是呀,"顾见骊摸了摸姬星澜的脸蛋儿,"我被姐姐从她的房间里赶了出来,只好过来了,澜澜欢不欢迎我和你们一起挤呀?"她语气轻快,面带微笑地问姬星澜,余光却扫向姬无镜。

"欢迎呀!"姬星澜小屁股向后挪了挪,"我和哥哥就占了一点点地方!"

"澜澜真好。"顾见骊弯下腰来,亲了亲姬星澜的额头。她用这般细小的互动拖延时间,等着姬无镜拒绝自己,却没等到。

顾见骊也不问姬无镜,自作主张地走到一侧熄了屋内的灯。

屋内一下子暗下来。她凭借着记忆,摸索着往床榻的方向走去。

她从床尾爬到最里侧,紧挨着姬星澜躺下,姬无镜在最外侧。

明明已经是下半夜,四个人谁也没睡着。顾见骊捏了捏姬星澜软软的小手,说:"年前教你的诗,你可会背了?"

姬星澜刚想说会背,忽然发现太久没复习,竟然忘了,一下子红了脸。

"没关系,等回家了我再教你。"

"好!"

后来,两个孩子睡着了,呼吸均匀。姬无镜忽然开口道:"我也要捏。"

顾见骊茫然地望着他,不知道他在说什么。

姬无镜将手臂搭在两个孩子的身上,握住顾见骊的手,将其当成玩具一样捏着,就像顾见骊刚刚捏姬星澜的手那般,但又不止那般。

捏捏、揉揉，他微凉的指腹沿着她的纤指抚过，不错过任何角落。

　　啧……他年前就想玩她的手，居然现在才玩到。姬无镜咬了一下顾见骊的指尖。

　　她不疼，但是痒。

　　顾见骊趁姬无镜不注意，收回了手。她轻轻转身背对着姬无镜，逐渐弯起嘴角，沉沉地睡着了。

第十二章 吃亏是福

『五爷,你是想圆房吗?我愿意的……如果这是为人妻的责任的话。』

深夜，两道人影翻过院墙跳进来，鬼鬼祟祟地摸进了顾在骊的房间。

陈景善让小厮守在外面望风，独自潜了进去。

因为妹妹的事，顾在骊心事重重，睡得不太踏实。所以当陈景善掀开床幔靠近时，她一下子醒了过来。

猛地看见一张脸凑近自己，顾在骊吓了一跳，下一瞬发现是自己的前夫，本能地喊了出来："来——嗯……"她刚发出一个音，就被陈景善捂住了嘴。

"别叫，别叫……我知道你父亲醒过来了，你别把他吵醒……"陈景善压低了声音说。

顾在骊手脚并用，奋力挣扎。陈景善迅速爬上床，用腿压住顾在骊乱踢的腿，又用另一只手禁锢着顾在骊的双腕。

"别乱动，我就跟你说几句话！"陈景善看了一眼门的方向，用讨好的语气说。

顾在骊犹豫了一下，果真不再挣扎。

"在骊，你怎么能这么狠心，说离开就离开？你说你使使小性子便罢了，怎么能狠心堕胎？咱们盼了三年的孩子竟然被你用一碗堕胎药给弄没了……"

顾在骊望着陈景善的目光是冷的，没有曾经的夫妻情分，亦没有恨——那是看见陌生人时疏离和提防的目光。

陈景善近距离瞧着顾在骊，喉间滚动。

他想她，更怀念他们曾经的亲昵举动。他在她这里索取的温柔，是他从别的女人的床榻上得不到的。没了岳丈的震慑，他又娶了妻，纳了妾，着实快活了一番，就连花街柳巷也去过。可醉生梦死之后，他想的还是曾经的妻。

今日他又去喝了花酒，同行的纨绔子弟笑言："景善兄好艳福，尝过大骊之味，如今还吃得下这些庸脂俗粉？"

听了这话，他看了看身侧的头牌，顿时觉得没了兴致。

很快，陈景善看向顾在骊的目光由动情、渴求变成愤怒。他逼近她，愤怒地道："开酒楼？你以为那些宾客是为什么去的？还不都为了你的脸、你的身子？也不知道你被多少人揩了油。为了挣些钱，你抛头露面，连脸都不要了！"

顾在骊平静地看着他，毫无怒意。反倒是陈景善觉得自己说得太过分。在顾敬元出事前，他对顾在骊连一句重话都不舍得说，或者说不敢说。他立刻控制好情绪，露出讨好的笑容，就像曾经面对顾在骊时一样，温柔地道："我生气是因为我在意你！在骊，你是知道的，我太爱你了。我对你难道不好吗？是，我曾经一时糊涂做了错事，任由你离开陈家。是我错了，可是你不能因为我一时糊涂，就否定我的一切。我们还像以前那样，好不好？"

顾在骊目光平静。

她越是这般，陈景善越是着急。身体里的躁意让他越来越没耐性，他恨不得立刻扑上去与她行床笫之欢。

他竟然忘了，顾在骊喝下堕胎药还不到半个月。兴许他记得，只是不在意这个。

"娘子，我放开你，你不要喊好不好？"

顾在骊点头。

"真的？"陈景善还是不怎么相信。

顾在骊又点头。

陈景善仔细地看了看顾在骊的眼睛，确实没在她的眼里发现一丝一毫的愤怒和仇恨之色。他这心便放下了大半。女人嘛，都是心软的，更何况他们夫妻一场，她离开他后成了没有丈夫的可怜女人，必然是不幸的。兴许她早就盼着他来接她。再说了，她从云端跌进泥里，早就没了曾经的傲气，哪里还会计较做不做正妻？她全凭他拿捏罢了。

这般想着，陈景善慢慢地松开了捂住顾在骊的手。顾在骊还是目光平静，果真没有喊人。

看着顾在骊的花容月貌，陈景善心神荡漾，迫不及待地吻了下去。

顾在骊没有躲避，陈景善越发意乱情迷，松开了禁锢着顾在骊的手，急忙去解顾在骊的衣服。

顾在骊嘴角轻轻勾起一丝嘲讽的笑，竟主动摸上陈景善的脸。

陈景善心中一喜，感慨自己所料果然不错，顾在骊还是想着自己的。

然而下一瞬，银光一闪，顾在骊从枕下抽出匕首，刺向了陈景善的后背。

"啊——"陈景善发出一阵惨叫，从床上滚了下去。

他躺在地上龇牙咧嘴，愤怒地瞪着顾在骊。

他竟然忘了顾家人的枕下都藏着刀。

顾在骊起身，缓慢地整理好微乱的衣服，动作优雅地下了床。她居高临下地看着陈景善，笑道："我答应了你不喊人，是你自己喊的。"

她笑起来时十分美艳，可陈景善只觉得她阴冷。

顾在骊话音刚落，房门就被人踹开了。

"怎么了？"顾敬元握着长刀冲了进来。

陈景善带来望风的小厮根本没来得及报信，跟在顾敬元身后跑进来。见主子流血倒地，小厮吓得不行，缩在角落里哆哆嗦嗦。

顾敬元看见陈景善，大怒道："我还没腾出时间找你这小子算账，你今日竟自己送上了门！"

"岳丈大人！"陈景善害怕顾敬元，直往后退，"小婿今日过来就是赔礼道歉的，还要接在骊回家！"

顾敬元冷笑："接在骊回家？她做妾还是做外室啊？"

"这……"陈景善略微迟疑，顷刻间有了决断，"当然是做妻，正妻！现在家里头那个是家人执意让我娶的，不是小婿中意，小婿心里只有在骊一人。我对天发誓！"

顾敬元一步步朝陈景善走过去，问："你深更半夜鬼鬼祟祟地闯进来赔礼道歉？"

陈景善恐惧地看着顾敬元手中的刀，吓得直哆嗦："岳……岳丈大人，您……您冷静啊！"

"冷静？你害我在骊时可是冷静的？"

陈景善的声音在发抖，顾敬元的声音也在发抖。前者是被吓的，后者是被气的。

没一会儿，陶氏和顾见骊也赶了过来。长生跟在顾见骊身后，不过没进屋，只在门口待着。

顾见骊看见陈景善，立刻明白了这个人想做什么，气白了脸，迅速走到姐姐身边。她紧紧地抿着唇，握住姐姐的手。

顾在骊回握了一下她的手，示意她安心。

陈景善慌慌张张地道："岳丈大人，您听小婿说……见骊，好妹妹，你帮我劝劝你父亲。"见他们均没有反应，陈景善又看向顾在骊，道："在骊，你快跟你父亲求求情啊！我是你丈夫啊！"

"丈夫？我希望你能早日投胎，下辈子早早地弄懂何为丈夫的责任和担当！"顾敬元说完，手起刀落！

瞬间，鲜血喷涌，陈景善的人头"咕噜噜"地滚到了顾在骊的脚边。

顾在骊和顾见骊都吓了一跳。顾敬元动作太快，她们根本没反应过来，更没来得及阻止。陶氏亦是吓得哆嗦了一下，颤声说："这……陈家会不会找我们麻烦？"

顾家昔日何曾惧过陈家？可如今到底不同往日。

顾在骊皱眉看着脚边的人头，有种恍惚的感觉，就像过去的三年只是一场梦，如今已彻底结束。

但现在不是感怀的时候，顾在骊逐渐冷静下来。她原本只是想让陈景善吃点亏，没想闹出人命来，毕竟如今是多事之秋。她正想着该怎么办，顾见骊已经开了口："不怕陈家如何，只怕又有人借题发挥……"顾见骊皱起眉头，犯了难。

顾敬元不是莽夫，亦知道这样做很危险。只是两个女儿是他的软肋，是别人动不得的心头肉。

大不了他们连夜离开永安城。毕竟，他早就动了反心。

抱着胳膊站在门口看戏的长生打了个哈欠，随口说："就说是五爷杀的呗。"

姐妹两个和陶氏一并望向长生。

长生愣了愣，说："我们爷手里有玄杀令，奸淫偷盗反佞作乱……随便给他安个罪名，就能先斩后奏。"长生挠了挠头，又接了句，"不奏也行，这就是随手往名单上加个名字的事。"

"可是……"顾在骊皱眉道。可是五爷怎么会愿意平白无故地背这么个黑锅？

顾敬元也愣了一下，立刻变了脸色，怒道："本王杀的人，不用别人顶着！"

长生脱口而出："我们五爷又不是第一回给你顶着了。"

屋子里的三个女人同时望向顾敬元，心想：还有这么回事？

顾见骊不知道父亲和姬无镜之间曾有过这种事，想着这事恐怕还是她去找姬无镜说说才好。她猜到父亲会有别的准备，可父亲身体未愈，还是少些事端比较好。

想起姬无镜，顾见骊不由得微微蹙了一下眉，心里发愁。

姬无镜睡得很沉。

第二天清晨，姬星澜和姬星漏早早醒来，怕将父亲吵醒，在被窝里安安静静地躺着。后来顾见骊进了屋，跟他们招了招手，让两个孩子轻手轻脚地下床，去陶氏那边吃早饭。

即使再小心翼翼，他们也不可能一点声音都不发出来。若是平时，姬无镜自然是会被惊醒的，可今天没有，他一无所觉。姬无镜一直睡到将近中午，才由沉眠的状态进入半梦半醒的状态。

他睁开眼，便对上了顾见骊那双漂亮的眸。

顾见骊坐在床边，胳膊肘撑在床沿上，双手托腮，一直望着姬无镜，等着他醒过来。见姬无镜睁开眼，顾见骊立刻弯起眼睛，嘴角轻翘，微微呆滞的眼里像是顷刻间有了亮色。

她穿了一身鹅黄的襦裙，裙摆曳地，入目温暖。顾见骊攥起姬无镜的衣袖，含笑望着他，甜美乖巧地说："你醒了呀，叔叔。"

姬无镜微微眯了一下眼，瞥了顾见骊一眼，懒懒地收回目光。他用手肘支撑着慢慢坐起来。顾见骊急忙起身去扶姬无镜，又将两个枕头放在他身后让他舒服地靠着。

"这样可舒服些？要不要再加个枕头？我瞧着应该合适了。

"对了，你要现在吃早饭吗？饭一直放在锅里热着，不过放了好久了，如果你觉得不新鲜，我让季夏重新给你做一份。碎肉菌菇粥应该没事，小菜倒是应该重新做。你有没有特别想吃的东西？小鱼干是有的，炖鱼中午吃，好不好？我是让季夏现在去弄，还是你先梳洗？

"哦……还有，你没有带换洗的衣服，我拿了一套父亲的过来，你先换上。衣服是年前刚裁制的，父亲没有穿过。你和父亲身量差了许多，穿上兴许会宽松些，将就一下可好？或者……我让长生现在回府给你拿？我本来与他说了的，但是他说没你的命令，不敢离开，一直守在外面……"

顾见骊语调轻缓，并非一口气说下来，其间说说停停，给了姬无镜回应的时间，可是姬无镜一直懒散地瞧着她，没吭声。

顾见骊一个人说了那么多话，声音逐渐低下去，偷偷看了姬无镜一眼，又迅速地收回视线。

"说完了？"姬无镜扯了扯嘴角，"你还有什么想说的？你父亲要赶我走？"

"没有，没有！"顾见骊连忙否认，"你想住多久都行的！"

姬无镜的狐狸眼中闪过一丝惊讶之色。

原来她不是为了让他立刻滚蛋？

顾见骊回忆了一遍每次跟父亲撒娇的样子，做好心理准备，重新攥着姬无镜的袖子，用软软的语气说："我一个不小心又杀人了……"她攥着姬无镜的袖子的手慢慢上移，终于鼓足勇气将手搭在姬无镜的手腕上，撒娇道，"我不想蹲大牢，更不想被砍头，你帮帮我好不好呀？"

她轻轻摇了摇姬无镜的手腕。

姬无镜垂眸，看着顾见骊轻摇的小白手。

感受到姬无镜的目光，顾见骊觉得手背逐渐发凉，不自在起来，鼓起勇气才能不把手缩回来。

顾见骊觉得自己已经尽力了，可是姬无镜沉默着，恐怕是不太愿意帮她。她指尖颤了颤，刚想收回来，姬无镜忽然开口，问："你刚刚说让谁帮帮你？"

"你呀。"顾见骊对上姬无镜那双似笑非笑的眼，立刻改了口，"叔叔，叔叔会帮我的。"

姬无镜笑，慵懒地舔唇。他手腕一转，顾见骊搭在他的手腕上的手滑了下去，落在锦褥上。姬无镜拉起她的手，将其放在掌中饶有趣味地揉捏着。

顾见骊抵触地蹙了蹙眉，然而这种抵触的情绪很快被她自己压了下去，兴许是因为这已不是姬无镜第一次这样捏她了。

"真的是你杀了人？"姬无镜不紧不慢地问。

顾见骊心虚地压低了声音，说道："父债子还，所以可以当成是我杀的……"

姬无镜心下了然，忽然用力地将顾见骊拉到面前来。顾见骊一惊，下意识地将手抵在姬无镜的胸前，才免得整个身子栽进姬无镜的怀里。

她这样躲避他，他会不会不高兴？正是求人办事的时候呢，顾见骊抵在姬无镜胸前的手有些发软。

姬无镜凑近了些，仔细看顾见骊的脸，问："叔叔好不好？"

顾见骊的心忽然跳快了两下。

"好……"她点头，额头与姬无镜的相碰，忽然觉得尴尬，悄悄侧过脸。

姬无镜低声笑了，挑起一绺顾见骊的头发缠在指上玩，慢悠悠地问："叔叔好反过来怎么念？"

顾见骊知道他又在故意戏弄她。可谁让这回是她主动凑上去让人家戏弄的呢？

"好叔叔……"顾见骊双颊有些发热，声若蚊蚋。

"乖孩子。"姬无镜心满意足地摸了摸她的头。

姬无镜觉得再戏弄下去，小姑娘说不定要哭出来。他终于松开了顾见骊，上半身向后退了些，换了寻常语气，道："带我去看看。"

"什么？"顾见骊重新抬起头望向姬无镜，有些蒙。

姬无镜瞧着顾见骊脸上的红晕，怔了怔。

顾见骊却已经反应了过来，匆匆起身，说："好，我这就带你去看。"

她将姬无镜扶下床，又帮他穿了鞋子，扶着他出去的路上小声将事情经过说了一遍。

陈景善的尸体被放置在柴房里，他带过来的小厮蹲在一旁，吓得尿了裤子。

顾见骊扶着姬无镜过来时，顾敬元正好过来。顾敬元看着自己娇小的女儿扶着那么高的姬无镜，心里顿时觉得不舒服——这么高的一个人压在顾见骊的肩上，那得多重！

姬无镜看着地上的无头尸，"啧"了一声，看向顾敬元的目光十分嫌弃，道："这伤口也太丑了。"

顾敬元冷冰冰地说："砍死不就行了，哪有那么多毛病？"

"这伤口丑得根本不像我的手段，这尸体抬回玄镜门，那些小东西要笑话我技艺退步了。"姬无镜慢悠悠地说着。

顾敬元觉得十分无语，杀人哪有那么多讲究？

姬无镜杀过很多人，顾敬元也杀过很多人。可与姬无镜不同，顾敬元杀人都是在战场上，长刀横扫地杀。

姬无镜的话听得顾见骊胆战心惊，这……杀人还要讲究技艺？

姬无镜无意间瞥了顾见骊一眼，就见她脸上可爱的红晕不见了，反而发白。

她是被尸体吓的？

姬无镜忽然想起这小姑娘上次杀了人后整个人都傻了的模样。

"不好看，不看了，走。"姬无镜说。

顾见骊恨不得立刻离开这里，急忙点头扶着姬无镜匆匆走出柴房。

长生习惯了跟在姬无镜身后，不管姬无镜去哪儿，长生都像一道影子一样跟着，只不过会保持一段距离。姬无镜进入屋内，长生就在门外候着。

姬无镜和顾见骊从柴房里出来。经过长生身边的时候，姬无镜随手一指，吩咐道："录名字的时候记你杀的。"又随口抱怨了一句，"太丑了。"

"是！"长生应下。

顾见骊吓得一句话不敢说。可是下一瞬，她忽然想起一件极重要的事情，不放心地问："可是那个小厮……？"

长生拍了拍胸脯，说："夫人放心，包在我身上。落到了我们玄镜门手中，活人啊，会比死人更能保守秘密。"

顾见骊听得一愣一愣的，越发觉得这个玄镜门实在是太可怕了。

顾见骊扶着姬无镜回房时，季夏已经将饭菜摆好了。姬无镜没吃早膳，可眼下马上就是用午饭的时辰了，倒是可以两顿饭一起吃。

季夏一早就将鱼切成段备好了，准备中午炖鱼。她趁着顾见骊和姬无镜去柴房的工夫，手脚麻利地将鱼炖了。

姬无镜吃了东西，又开始犯困。不仅是犯困，他还很疲惫。这是他两次故意咯血导致的，体虚。

顾见骊扶着姬无镜上床休息，说："用晚膳的时候我叫你。"

姬无镜"嗯"了一声。

顾见骊担心吵着姬无镜，拨弄了两下火盆里的炭火，等屋子里暖烘烘的了，便轻手轻脚地走出了房间。她记挂着姬星澜和姬星漏两个孩子，跑去隔壁的房间，发现顾川正带着他们玩。在两个孩子面前，顾川像个小大人一样，倒也能承担起照看两个小家伙的责任。

顾见骊想了想，又去姐姐的房间里翻了翻药，姐姐抽屉里的药果然见了底。顾见骊给了季夏银子，让季夏去药铺跑一趟，再给姐姐抓一服调养身子的补药，每日晚上，给姐姐熬一碗喝。顾见骊没有生产过，可也知道小月子是要好好调养的。

顾见骊知道姬无镜醒来必然要沐浴，又吩咐长生算着时辰烧热水。

她最后去了陶氏屋中，和陶氏一起缝制春衣。过了年，离天暖也就不远了。

姬无镜又睡了一下午，顾见骊还没去叫他，他便自己醒了过来。顾见骊猜得不错，姬无镜一醒来便要去洗澡。

如今他们住的这个院子虽比之前那个院子大了许多，可到底只是个农家院，屋子里没有地方辟浴间。他们单独收拾出了一个屋子，做一家人公用的沐浴间。

顾见骊让长生将洗澡水兑好，搀扶着姬无镜出了屋子。他们走在外面，冬日夜晚的凉风一吹，怪冷的。顾见骊扶着姬无镜进了水汽氤氲的沐浴间，立刻感觉到了令人通体舒畅的暖意。

"什么味道？"姬无镜问。

"长生在水里加了药。他说你以前用过。"

姬无镜看了一眼浴桶里的水，没再说什么，低下头开始解衣服。顾见骊犹豫了一下，走到他面前帮忙。

"不用。"姬无镜拍开她的手，"你出去吧。"

顾见骊觉察出姬无镜神情恹恹的。她已然知道姬无镜经常忽然没精打采，懒得理人。也是，他本就是个喜怒无常的人。顾见骊巴不得不用帮他更衣，连忙说："好，那我去看看季夏将晚饭准备好了没有。"

姬无镜没说话，继续脱着衣服。

"我把干净衣服放在桌子上了。"

姬无镜还是没理她。顾见骊说话的工夫，他已经将自己脱光，转身进了浴桶。

顾见骊匆匆离开了。

姬无镜泡了很久，精神才好些。他看了一眼顾敬元的衣服，冷冷地嗤了一声，心想：谁稀罕穿那老东西的衣服。

他走到衣橱前，准确地找到了放着顾见骊的衣服的那一格，翻出顾见骊的襦裙。

平时顾见骊跟着姐姐去酒楼，也是在酒楼吃了晚饭才回来，所以顾敬元和陶氏并不等她们回来一起吃。下午，顾川本在家里，却心不在焉，记挂着顾在骊的安危，傍晚还是跑去了酒楼。顾见骊眼下有些犹豫，不知道要不要让姬无镜和父亲、陶氏一起用晚饭，担心姬无镜和父亲再吵起来。

她想来想去，决定先去问问父亲的意思。

顾见骊还没见到父亲，陶氏便把她拦了下来。原来是顾敬元那里来了客人。

顾见骊看了一眼正厅的方向，问："又是谁过来了？什么时候过来的？我怎么都没听见响动？"

陶氏指了指小门的方向。顾见骊心下了然，那个人是偷偷摸摸过来的，必然是不能引人注意的人物。

顾见骊知道一直有人盯着父亲的一举一动。

"对了，你跟我过来，挑一块花布。下午我给你父亲做衣服，忘记让你挑了。"

陶氏将顾见骊带到偏房，让她挑一块布料。

"您又给我做衣服。"顾见骊感激地微笑道。

"我这手艺肯定是赶不上锦绣坊的人的，做的没你先前的衣裳好看，你凑合着穿，不嫌弃就好。"陶氏说。

"怎么会嫌弃？我高兴还来不及。"顾见骊说着摸了摸桌子上的衣服，那是陶氏刚给顾敬元做好的寝衣。它不算多好看，但是针脚细密，父亲穿着肯定舒服。

顾见骊不由得想起姬无镜没有寝衣。昨晚睡时，他穿着中衣。可中衣刚刚都被他换了下来，她也不知道今晚他穿什么睡才好。顾见骊考虑着是不是该给姬无镜做一身衣服。不过即使做，今晚肯定是来不及的，恐怕她又要拿一套父亲的寝衣给姬无镜穿。

"你是想喊你父亲吃饭吧？"陶氏说，"你父亲那边不知道什么时候结束，你和姬五爷先吃吧。他不是还带了两个孩子？又是病人又是孩子的，他们可饿不得。"

顾见骊想想也是。她陪陶氏做了一些针线活，估摸着姬无镜快洗完了才回去。

浴房里空着，姬无镜不在那儿。

顾见骊折回房中，四方桌上摆了两盘菜，都用碟子盖着保温，想来季夏还在厨房里做剩下的菜。

顾见骊推开里间的屋门，说："五爷，等一下就可以吃了。"

话音刚落，顾见骊愣住了。

姬无镜懒散地靠在窗前，手里把玩着一支顾见骊的木簪。

他穿着一件顾见骊的红色交领长衫，因为不合身，并没有系上系带，两片衣襟随意地搭着，露出些许白色的胸膛。他本就肤色白，在鲜红衣衫的映衬之下，更是白如玉瓷。

他下身穿着顾见骊的红裙，那红裙比长衫的色泽更为浓艳，如火一般。这条裙子本是顾见骊的齐胸曳地裙，穿在姬无镜身上，只从腰起，仍旧长度不够，露出姬无镜白皙的脚踝。红裙之下，姬无镜随意懒散地站着。

他低着头，目光落在手中的木簪上。他半湿半干的墨发未梳拢，随意垂落，其中一绺贴在他的脖侧。

姬无镜慵懒地抬起眼皮，慢慢地看向顾见骊，挑起的眼尾堆出风情。

顾见骊恍惚间觉得姬无镜若是女儿身，永安城或许就没有什么"安京双骊"了。

"可好看？"姬无镜笑问。

顾见骊摇头，小声说："你不能穿这个……"

"我是问你好不好看。"姬无镜纠正道。

顾见骊点了点头，说："好看是好看，可是……"

"可是什么？"姬无镜收了笑，眸色瞬间带了冷意，"你不仅穿过我的衣服，还剪了，我怎么就不能穿你的？"

"能……能……"顾见骊下意识地小声回话，只因姬无镜忽然收起了笑，那冷若寒冰的样子着实阴森可怕。

可一想到等一下要和两个孩子一起吃饭，顾见骊不得不又一次硬着头皮开口劝道："我不是给你准备了父亲的衣服吗？那衣服是没有穿过的，肯定比我这个合身些。"

顾见骊偷偷瞟了一眼姬无镜的脸，又迅速移开了视线。

姬无镜侧过脸，扯起衣襟拉到鼻子前，说："把你的衣裳穿在身上就像抱着你一样。"

姬无镜赤脚朝顾见骊走去,长衫浮动,裙影轻晃。顾见骊迅速低下头,不去看姬无镜若隐若现的胸膛,视线却落在了他的脚上。

姬无镜来到顾见骊面前,低下头瞧着她,似笑非笑地说:"可惜,还是不如抱着你好。"

顾见骊的心跳快了一瞬,她忽然开口:"抱着我,你就可以换下我的衣裳了吗?"话一出口,顾见骊才反应过来自己说了什么。她"呀"了一声,用手捂住了自己的嘴。

姬无镜意外之余笑得开怀,弯下腰来,含笑与顾见骊平视,低声问:"想让叔叔抱?"

"不……不是……"

姬无镜压低声音道:"可是叔叔想抱你。"

顾见骊心慌意乱,伸手去推姬无镜,手心却贴在他的胸上。他的温度灼得她手心发烫,她迅速收回了手。

"你……你想穿什么就穿什么,我不管你了!"顾见骊红了脸,转身往外逃。

姬无镜不紧不慢地向前迈出一步,轻轻松松地揽住顾见骊的纤腰,在她身后抱住了她。他将下巴抵在顾见骊的肩窝上,侧过脸,近距离地看着顾见骊泛红的脸颊,慢悠悠地问:"脸怎么红了?"

"热……热的……"

"哦——"姬无镜拉长了音,"看来你是热了,要不要把衣服脱了?"

姬无镜将手挪到她腰侧的系带上,慢悠悠地将系带的两条垂绳缠在修长的手指上,故意逗她。

顾见骊抿唇,几不可见地嘟了一下嘴,小声说:"叔叔,我饿了。"

姬无镜看着顾见骊的侧脸,沉默下来。顾见骊却不安了,心里敲着小鼓。顾见骊试探着抬起手,小心翼翼地拉住姬无镜的手腕,柔声说:"不要戏弄我了,我们去吃饭吧。我听见季夏摆盘的声音了……"

姬无镜忽然轻笑了一声,传出的气息吹得顾见骊颈间痒痒的,她忍不住缩了缩脖子。

姬无镜屈着食指在她泛红的脸颊上轻轻刮过,说:"下次直说你要吃饭,不许软着嗓音跟叔叔喊饿了。"

哪里软了——顾见骊在心里反驳。

"有区别吗？"顾见骊问。

姬无镜松开了顾见骊，直起身来，笑道："区别很大，谁知道你想吃什么？……"姬无镜微微眯了一下眼，打量着顾见骊，舌尖轻轻舔过牙齿。

看着顾见骊懵懂的眼眸，姬无镜沉默了一阵，接着说："等你长大就懂了。"

顾见骊不解地皱着眉头。

姬无镜笑了笑，走出去吃饭。顾见骊不再多想姬无镜刚刚说的话，跟了出去。

季夏端着菜进来，瞧见这般打扮的姬无镜，吓得哆嗦了一下，手中的菜差点落地。季夏把菜放下，赶忙低着头脚步匆匆地出去了。她再次端菜进来时，不由得悄悄打量了几次姬无镜，一阵胡思乱想。

姬星澜和姬星漏看见父亲后显然也有些意外，不过大概是因为他们年纪小，并没有像成年人那般觉得这样做不对。

姬无镜含笑问两个孩子："爹爹可好看？"

姬星澜和姬星漏认真地看了姬无镜好一会儿，才重重点头，齐声说："好看！"

姬无镜开怀大笑，兴致盎然。

坐在对面的顾见骊跟着弯起嘴角，心想：姬无镜这个人真的很容易满足，别人夸他好看，他竟能开心成这样。

他们刚刚吃完饭，栗子竟然从广平伯府赶了过来。她说话向来不完整，只能说简单的句子。顾见骊仔细地听了好一会儿，才弄明白原来是宫里给姬无镜赏赐了东西。栗子只记得有一些药材，其他东西不记得了。

姬无镜没当回事。

顾见骊看了一眼姬无镜，暗想：要不了几日他就要回广平伯府了，而且元宵宴也近了。想到元宵宴，她不由得蹙了蹙眉，姬无镜好像根本就没有明确地答应她或者拒绝她。

栗子来了，顾见骊没让她立刻回广平伯府，而是让她跟季夏住在一起。姬星澜几日没见栗子，缠着栗子说话，姬无镜直接让姬星澜和姬星漏今晚和栗子住在一块。

顾见骊陪两个孩子玩了一会儿。

时辰不早了,他们准备歇下,顾见骊叮嘱栗子明儿个一早回一趟广平伯府,给姬无镜和两个孩子拿些衣服过来。

随后,顾见骊有些犯难地走到姬无镜面前,说:"晚上你穿什么?我给你带了父亲的寝衣来。寝衣是新的,父亲没有穿过。"

"不要。"姬无镜坐在床边,还在低着头玩顾见骊的那支木簪。

顾见骊耐着性子哄他:"我的寝裤不是裙子,你穿不下的,还是穿我给你带过来的这件吧。"

"不要。"姬无镜道。

"那你穿什么呀?总不能穿着身上这身去睡呀。"顾见骊说。

"不穿。"姬无镜语气随意地说。

"我不管你了!"顾见骊把怀里的青色寝衣放在床头的小几上,果真不再管姬无镜,踢了鞋子上床,面朝里侧侧躺着。

没多久,她就听见坐在床边的姬无镜下了床,吹熄了屋内的灯,然后重新上了床。

不是第一次与姬无镜同床,顾见骊渐渐没了那种别扭的窘迫感。甚至,她也做好了准备,等着姬无镜凑过来,把她抱在怀里。

可是她等了一会儿,姬无镜一直没有动静,安静得仿佛不存在。顾见骊不由得奇怪,想起最近两日姬无镜咳了血,又不自觉地担心起来。之前林嬷嬷不是说过,姬无镜好几次忽然昏过去,他不会又……?

顾见骊一惊,小心翼翼地转过身去,面对姬无镜。

太黑了,她看不太清,动作轻缓地抬起上半身凑到姬无镜脸前,想看看他是否安好。她刚凑过去,姬无镜忽然开口:"做什么?"

顾见骊吓了一跳,撑着身子的手一软,眼看着就要跌到姬无镜身上,便胡乱伸手一撑,掌心刚好落在姬无镜的胸膛上。她慌张地缩回手,迅速躺好,小声说:"没什么,瞧瞧你可睡着了……"

她把手藏在被子里,纤细的手指握起又松开,再握起。她刚刚好像抓了一把他温暖嫩滑的肌肤……

他……他上身居然什么都没穿。顾见骊心里忽然有些慌。

姬无镜转过身来,将手伸进顾见骊的被子里,准确无误地握住了顾见骊仍旧有些发僵的手。

"没有叔叔抱着睡不着？"姬无镜轻笑道，语气里带着一丝戏谑之意。

他无声地凑过来，如暗夜里潜近的毒蛇。当顾见骊觉察时，姬无镜已经靠得极近。

他上半身微微抬起，被子滑了下去，露出他的双肩与大片胸膛。

顾见骊看见了姬无镜的锁骨，迅速垂下眉眼，心中惴惴不安，努力用平静的语气说："五爷，傍晚的时候瞧着天色，下半夜又要落雪，您盖好被子，可别着凉。"

虽是在夜里，叫姬无镜在黑暗中的视力极佳。他饶有趣味地欣赏着顾见骊含羞带怯的脸。

触摸到姬无镜的胸膛的手心开始发烫，顾见骊下意识地将手收回来搭在了胸上。可是她忘了姬无镜握着她的右手，竟亲自将姬无镜的手送到了自己胸前。

顾见骊可以清晰地感觉到姬无镜修长的手指贴在她的胸脯上。她轻轻"啊"了一声，迅速推开了姬无镜的手，胡乱抓起被子裹住自己，身子使劲向后缩，直到后背抵在墙壁上。她动作实在太快，脑袋撞了一下墙，在寂静的夜晚里发出"咚"的一声响。顾见骊疼得迅速红了眼眶。

一片漆黑里，顾见骊听见姬无镜发出了低沉的笑声。姬无镜伸手揉着顾见骊的后脑勺儿，问道："很疼？"

顾见骊只想姬无镜早些松手，所以说："不疼……"

姬无镜"哦"了一声，如顾见骊所愿松了手。可顾见骊还没来得及松一口气，姬无镜懒懒散散地打了个哈欠，扯起嘴角笑了笑，说："你说得没错，天是怪冷的。"

顾见骊只觉得身上的被子被掀开了，下一瞬，整个人被姬无镜拽进了他的被窝里。她的被子落下来，压在了两个人身上。

顾见骊抬手抵在姬无镜胸前，与他保持距离，却又因再一次摸到他的胸膛而慌得松了手。

姬无镜轻笑了一声，疲惫又懒散地打了个哈欠，合上眼说："睡觉。"

没有手挡着，两个人的距离忽然拉近。顾见骊规规矩矩地将上面的那只手背在身后，下面那只手似乎放在哪里都不合适——若放在身前容易不小心碰到姬无镜赤裸的胸膛。

顾见骊把那只手缩回被子里，然后就摸到了一个古怪的东西。

被子里有虫子不成？顾见骊怔了一下，甚至下意识地捏了一下，被吓得瞬间缩回手，脸色都白了。

"我不是故意的！"顾见骊的声音是发颤的。

姬无镜"嗯"了一声，缓缓睁开了眼，笑着问："好玩吗？"

顾见骊摇头，小声重复："我不是故意的……"

姬无镜口中发出一声古怪的"哒"音，拖长了音调，语气让人分不清是认真的还是玩笑的："真是哪儿哪儿都被你看了、摸了，亏啊——"

"我真的不是故意的……"顾见骊第三遍重复，颤声里带着一丝慌张的哽咽。

"古人言吃亏是福，我不介意。"姬无镜古怪地笑了，握住顾见骊的手探入被中。

"不……不……"顾见骊拼命地缩回手。

姬无镜并没有用力握她的手，让她轻易将手抽了回去。

顾见骊坐起来，双手紧张地背在身后。

姬无镜没说话，慢悠悠地轻叹了一声。

听见姬无镜的这声轻叹，顾见骊心里忽然生出一种古怪的感觉。她抬起眼睛望向姬无镜，那颗慌张又窘迫的心竟然慢慢平静下来。

顾见骊背在身后的手紧紧相攥，五官揪了起来，她陷入了犹豫之中。她好像考虑了一百年那么久，又好像只是思考了一瞬间，用小小的声音十分平静地问："五爷，你是想圆房吗？"

本已经重新合上眼的姬无镜重新抬起眼皮，看向顾见骊。

顾见骊使劲攥了一下后腰的衣料，背在身后的手缓缓放下来，垂在身侧。她又缓缓垂下眼，温声细语："我愿意的……"

如果这是为人妻的责任的话，她愿意，即使这场婚事不过是一场阴谋，并非她所愿。

当顾见骊说出愿意的那一瞬间，那个昔日柳下少年郎的眉目忽然闯入她的眼帘。顾见骊使劲地闭了一下眼睛，将那个人赶走。

她重新睁开眼睛，里面已没了湿意。她抬眼，坦然而又真诚地直视着姬无镜，抑或是等待着姬无镜。

姬无镜舔唇，望着顾见骊的那双狐狸眼中毫无波澜。

"没意思。"姬无镜笑了，口气随意地说。

过了好一会儿，顾见骊才后知后觉地"哦"了一声。她紧紧攥着被子的手逐渐松开，那紧紧绷着的双肩也放松下来。

姬无镜看见了，没心没肺地笑了笑，拍了拍床榻，说："不玩了，叔叔真的困了，睡觉。"

顾见骊又软软地"哦"了一声，重新躺下来，担心再碰到不该碰的地方，动作轻柔地转过身，背对着姬无镜。顾见骊檀口微张，想说什么，可是像有什么东西卡在喉咙中，连一声"五爷"也没能喊出来。那原本被她逼下去的泪却毫无征兆地滑落，沿着眼角滑进青丝里，又沾在枕上。

姬无镜打着哈欠，伸手一捞，将顾见骊捞到怀里抱着，顾见骊乖巧又温顺地任由他拥着。

姬无镜将脸埋在她的后颈处，蹭了蹭，说了声"香"，又笑了笑。

姬无镜很快满足地睡着了，可是顾见骊完全睡不着。

长夜漫漫，异常难熬。

听着身后均匀的呼吸声，顾见骊茫然地睁着眼睛，心里盼着谁来救救她。

可谁又能从天而降救她？谁也不能。

她蹙眉，只盼着这漫漫长夜早些过去。最后，顾见骊也不知道自己是什么时候睡着的。

第二天，顾见骊很早就醒了过来，两个人还保持着昨日睡时的姿势。顾见骊轻轻将姬无镜搭在她的细腰上的手挪开，从他的怀里逃了出来。

她掀开被子下床，也不穿鞋子，双手拎着鞋子，踮着脚轻手轻脚地走了出去。

第十三章 回府

他们两个已经把眼睛闭上了,你别害羞啦,别哭啦,抱抱吧。

姬无镜一如既往地起得很迟。他起来时，栗子已经回了一趟广平伯府，不仅拿了些换洗衣服，还将姬无镜的轮椅一并带了过来。

姬无镜懒散地坐在轮椅上，慢悠悠地吃着鱼粥，看着顾见骊蹲在姬星澜面前给她整理衣服。

姬无镜又移了视线，看向姬星漏。姬星漏站在凳子上往下跳，跳下来之后又爬上凳子，再往下跳。无聊的游戏，却令他乐此不疲。

顾见骊给姬星澜整理好外面的小棉袄后，站起身。她回头望了一眼姬无镜，姬无镜已经换上了他自己的雪色衣袍。他穿着自己的衣服比较像正常人，顾见骊松了一口气。

她不经意间瞥见姬无镜是赤着脚的。

他得多冷啊。

她转身进了屋里，拿了姬无镜的鞋子出来，蹲在姬无镜面前给他穿鞋袜。

"不想穿。"姬无镜缩回脚。

蹲着的顾见骊一个不稳，向后跌坐在地上。

顾敬元进来时，刚好看见这一幕。

"好啊你，居然敢踢我女儿！"顾敬元大怒。

顾敬元今早起来晨练，无意间听见姬星澜和姬星漏两个孩子表情骄傲地跟顾川夸赞姬无镜穿着顾见骊的裙子有多好看。顾敬元忍不住做了回偷听的小人，越听越震惊。等到姬星漏和姬星澜回去之后，他又把季夏叫过去，仔细地询问了一遍，确定姬无镜真的那般不成体统后，火气"噌噌噌"地往上升。

"父亲，不是的，他没有。是我自己不小心。"顾见骊急忙起身，迎上顾敬元解释道。

"走开！"顾敬元将顾见骊拉开，指着姬无镜怒不可遏地说道："说什么都没用，我忍不了你这个疯子糟蹋我闺女！当年西厂那些阉狗怎么不把你也阉了？！"

姬无镜皮笑肉不笑地说："阉了照娶，那你闺女嫁个太监岂不是更惨？"

顾敬元指着姬无镜的鼻子，喘了半天，气血翻涌，气得脸都白了，最后憋出一句："你喝的毒药不够毒啊，再喝一瓶吧你！"

姬无镜侧着身，手肘搭在轮椅的扶手上，一手支着下巴，懒洋洋地说："小婿每日忍受病痛之苦，就为了他日为岳丈大人披麻戴孝，怎敢在您辞世前先走,让您白发人送黑发人?实在是太不孝了。"

顾敬元冷笑道:"我是不是要夸你孝顺啊,乖儿子?"

"唉,好爹。"

顾敬元盯着姬无镜那张似笑非笑的脸,恨得牙痒痒。

天下男儿中怎能有如此不要脸不要皮之人?

他多年前就与姬无镜相识,二人打过几回交道,都让对方吃过亏。顾敬元还记得自己当初曾感慨——君子不与小人斗,面对姬昭,远离方为上上策。他可没想到自己想法子远离的人今日会成为自己的女婿,天天站在自己面前气人。为了女儿,他还不能举刀砍人。他真想将这个浑物赶走,但又知道赶走了姬昭,他的小囡囡又要跟着走。顾敬元哪里舍得女儿?

他简直憋屈。

"我且问你,你昨日是不是不成体统地穿了女装?"顾敬元斜着眼看姬无镜,那股子嫌弃劲啊,说出这话都嫌烫嘴。

姬无镜"嗯"了一声,笑道:"以前竟不知光腿穿裙子这般舒服,可惜裙子太小。怎的,岳丈大人想赠小婿一套尺寸合适的?真是好爹,小婿感激不尽。哦,对了,我喜欢红衣。"

顾敬元瞪圆了眼:"你还想穿?还想穿到外头不成?"

顾见骊瞧着父亲这样,实在是怕他气坏了身子,连忙挽住父亲的胳膊,说:"父亲,最近街市热闹,我和五爷带孩子出去转转。"

顾敬元回头看了一眼两个孩子:姬星澜眨巴着眼睛望着顾敬元,很是乖巧;姬星漏倒是用一种恶狠狠的目光瞪着顾敬元。顾敬元心想:真不愧是姬无镜的种,虽然长得不像,性子却一样恶劣。

不过他还不会跟一个孩子计较,忍着脾气对顾见骊说:"带两个孩子去玩就罢了,推着个残废干什么?"

顾见骊本意不是带两个孩子出去玩,而是把姬无镜支开,怎能说实话?她只好说:"我瞧着今儿天气好,身体弱的人才该出去转转,晒晒太阳,多接触人。"

顾敬元哪里不明白小女儿的心思,只好装不知道,瞪了姬无镜一眼,转身愤愤地离开。

顾见骊让季夏给姬星澜和姬星漏找了小棉袄穿上,又重新蹲在姬无镜面前,说:"要出去了,不能不穿鞋袜。"

给姬无镜穿好鞋袜后,顾见骊起身绕到他身后推着轮椅。轮椅刚刚被推出小院,顾见骊就弯下腰来,凑到姬无镜耳边用一种带着央求的语气小声说:"父亲脾气一直不太好,他今日说得过分了,你不要介意。"

姬无镜看着跑在前面的姬星漏,没怎么在意顾见骊说的话。

顾见骊以为他还在生气,只好又说:"你要是真的喜欢,我给你做一身裙装就是了,别生气了……"

姬无镜惊讶地侧过脸,看向顾见骊,对上一双干净、真挚的明眸。

姬无镜眼中一闪而过的讶然之色被他压了下去,他重新没心没肺地扯起嘴角笑了笑,口气随意地说:"没生气,任谁一觉醒来多了个我这样的女婿都要气死。"

顾见骊垂下眉眼,带着一丝歉意小声说:"是我没做好,没有和父亲说清楚,让他误会你了。"

"跟你没关系。我和你父亲十几年前就是这么说话的。"姬无镜随手敲了敲顾见骊的头,眼中的笑意却收了起来,多了几分深沉之色。

现在还是正月,各城各镇的街市上都很热闹,何况是天子脚下的皇城。

顾见骊给姬星澜和姬星漏买了好些玩具,跟在后面的长生拎满双手。

顾见骊又去了笔墨斋,认真地挑适合小孩子用的笔具。姬星漏和姬星澜不能再拖了,必须请先生好好教他们识字读书。

路过一间绸缎坊,顾见骊停了下来,让姬无镜和两个孩子等在外面,一个人进去挑选布料。

等了好久,姬星漏翻着白眼道:"挑块布也这么慢,女人真麻烦!"

姬星澜不爱听,皱着小眉头说:"不要这样说呀。她刚刚给你买小弓也挑了好久的!"

姬星漏扭过头去。

顾见骊抱着一深一浅两匹红色的布料走出来,笑着问姬无镜:"哪个颜色好一点?"

她真的去挑布料给他做裙子了?傻姑娘。姬无镜无奈地看了她一眼,随手指了一个。

对街不远处的一间茶肆里,章一伦神色不明地盯着姬无镜。章一伦是如今玄镜门的代门主。

"门主的气色瞧上去好了不少。"章一伦开口道。

身旁的赵江望了一眼姬无镜，说："又是宫里的太医，又是纪先生亲自调理，门主气色好起来也正常。可是当时出任务，门主误食了那种毒药，根本就没药可解，现在不过吊着一口气续命罢了。"赵江察言观色，笑眯了眼，奉承道，"如今您虽然只是代门主，可门中不少人已经把您当成门主来看了。玄镜门早晚是您的。"随后，他给章一伦倒了一杯热茶。

章一伦抿了一口茶，笑道："日后这种话休要再提。"

赵江转了转小斗眼，偷偷琢磨了一下章一伦的意思，眉开眼笑地连连点头："明白，明白！"

傍晚，日头西沉，顾见骊担心过一会儿要变冷，没敢拖延，带着一病两幼回家了。

到家之后，她将姬无镜和两个孩子安置好，匆匆地去了父亲那里。

"父亲，我给您买了您往日爱吃的酱肉。我去的时候有好些人排队，差一点没买上呢。"顾见骊蹲在顾敬元面前，仔细地给父亲捏腿，"父亲的腿可还疼？"

顾敬元瞪了她一眼，到底是不会跟自己的闺女生气的，只会心疼她。顾敬元拉了她一把，指指身侧，说："坐吧。想说什么直说。"

顾见骊温声细语："您别跟五爷置气了，他一直都是那样的，不是针对父亲。是女儿不好，没有好好与他说。"

"你与他说什么？他会听你的？"顾敬元冷哼了一声，"你也别把责任往自己身上揽，我和他十几年前认识的时候就是这么说话的。"

顾见骊蹙眉，心想：怎么感觉这话有点耳熟？

顾敬元看了顾见骊一眼，接着说："你说带病人出去逛，好像家里只有他一个病人似的！"

顾见骊一怔，连忙说："不一样的，不一样的！五爷是中了毒，时日无多。父亲是外伤，是可以养好的……"

顾敬元笑了。女儿的言外之意是姬无镜那个狗东西会比自己先死啊！这憋了一下午的气就这么慢慢消了。

可是顾敬元一想到闺女这朵鲜花插在那么一坨牛粪上，心里又不舒坦起来。他犹豫了很久，才开口："见骊，我听说姬绍那小子去了边疆。你老实与父亲说，你可恨姬绍？"

顾见骊摇头，没有一丝一毫犹豫。

"不怨的。他没有能力护住那桩婚事，我亦没有能力护住，又如何有资格怨他？别人的庇护该感谢，可我不能因着别人没能护我而心生怨恨。别说他一无所知，就算他确实退缩了，我亦是不怨的。"顾见骊温柔地笑了，"三郎年少高中，不论品性还是学识都不差，只是品性纯善没经过事，去边疆磨砺一番也好。若性子沉稳下来，他日后必前途似锦。"

顾敬元听着女儿的话，沉默片刻，又问："那你心里可还有他？"

顾见骊微怔，缓慢地眨了一下眼睛，慢慢地垂下眼帘，看着自己的指尖，温声道："不能有的。"

不能。

顾敬元长叹一声，道："你这性子啊，太像你母亲。"

顾见骊对母亲没什么印象，抬头看向父亲。

顾敬元发现不过小半年，小女儿的五官长开了，比她姐姐更像她母亲了。美人倾城是幸事，亦是祸事。顾敬元只盼两个女儿的命不会像她们的母亲的命那般薄。

顾见骊起身，说："父亲，那我先回去了。"

"见骊，你是不是想在元宵宴的时候跟姬昭进宫见你姨母？"

顾见骊愣住了，这件事她跟谁都没说，没承想被父亲猜到了。她仔细地观察着父亲的脸色，小心翼翼地问："父亲不想我去吗？"

"你想去就去吧。"顾敬元叹了一口气，道，"你姨母也是个可怜人。"

顾敬元犹豫片刻，又说："进宫之后，你无论要做什么事，都别瞒着姬昭，与他说一声。这人虽然是浑的，但是只要你不骗他、不害他、不生异心，他会不会害你看他心情，但是他一定不准别人动你一根手指。"

顾见骊惊讶地睁大了眼睛。她没有听错吧？父亲居然帮姬无镜说话。

顾敬元看着女儿的表情，挥了挥手，口气不善地说："赶紧走吧！"

"那女儿先回去了。"

看着顾见骊离开的背影，顾敬元又开始生闷气。当年东厂那些死太监怎么没把姬昭这个浑物给阉了？都怪前太子给拦了下来！

顾见骊从父亲那里出来，天色已暗。她望着天边爬上的月，翘起嘴角，只因父亲刚刚帮姬无镜说好话。她心想：父亲也不是那般厌恶姬无镜。

顾见骊回了房，姬无镜朝她招手："过来。"

随着他的动作，他指间银光闪烁——是针。

顾见骊一惊。他……他又要干吗？

顾见骊小步挪到姬无镜面前，问："五爷，你拿着针做什么？"

姬无镜把针递给顾见骊："你来给我扎个耳洞。"姬无镜偏过头，捏了一下左耳。

顾见骊摇头。

"不扎不带你进宫。"

顾见骊看了看手里的针，说出理由："姑娘家的耳洞都是在很小的时候扎的，那时候耳垂薄，现在耳垂长厚了，再扎会疼的。"

原来她不是因为这不成体统。

姬无镜笑着重复："不扎不带你进宫。"

顾见骊皱起了眉，软着声音再劝："不仅是因为疼呀，现在天冷，伤口会被冻伤的，发炎了可怎么办？"

顾见骊还有个顾虑没好意思说出来。她见多了姬无镜咯血，总觉得他体内的血不多了，最好还是少流点……

姬无镜冷着脸，目光略阴鸷地看着她。

"等天暖了我再给你扎好不好？"顾见骊妥协道。

"不好。"

顾见骊愁得鼓起雪白柔软的两腮。

姬无镜觉得她犯愁的样子很可爱，故意逗她："你要是不给我扎，我可给你扎了。"

"我已经有耳洞了！"顾见骊连忙说。

"没事啊，我再在上面扎上七个八个。来来来，你把针给我。"

顾见骊急忙把捏着针的手背在身后，向后退了一步，提防地看着姬无镜，小声抱怨："你这个人怎么这样……？"

虽然她扎耳洞的时候年纪很小，可也记得那有多疼，也记得一觉睡醒后沾到枕上的血迹。

姬无镜做恍然大悟状,笑道:"你该不会是不敢下针吧?"

"才没有……"顾见骊说,"好,我给你扎就是了。我没给别人扎过,扎坏了可不能赖我……"

"就赖你。"姬无镜嬉皮笑脸地道。

顾见骊不理他,转身去了厨房,在粮袋中挑了两粒黄豆。

回来后,她凑到姬无镜面前,将两粒黄豆一前一后放在姬无镜的耳垂上,用手指反复磨着。

"这是做什么?"姬无镜从铜镜里看着顾见骊,问。

"我多磨一会儿,可以将耳垂磨得薄一点,等一下刺穿的时候减缓疼痛。"顾见骊顿了一下,"我记得小时候听嬷嬷这样说过。"

减缓疼痛?姬无镜嗤之以鼻。他刚想让顾见骊不要这么麻烦,直接下针就好,但看着铜镜中顾见骊的腰和臀,没说话。

嗯,臀好看。他以前竟然打过,简直……暴殄天物。

顾见骊弯腰站在姬无镜面前,磨了他的耳垂很久。

其实她有点怕,毕竟没做过这个,心里没谱。她想多磨一会儿,也是给自己更多准备的时间。

可姬无镜的耳垂本来就薄,没多久就被磨红了,顾见骊终于收了手。

她吸了一口气,将针放在蜡烛上反反复复地烤着。她小时候听嬷嬷说过,下针刺的时候动作一定要快、准、狠,这样才不会疼。

顾见骊只觉心脏"怦怦怦"地乱跳,竟比小时候自己被扎耳洞时还要害怕。

"再烤针要弯了。"姬无镜说。

顾见骊"哦"了一声,硬着头皮凑过去。她捏着针,隔了好远便用力地刺了过去,可是就要碰到姬无镜的耳垂时,又收了力度。

几次都是如此。最近的一次,她碰到了姬无镜的耳垂,但也只是碰到了而已。

她下不去手……

"你弯腰站了这么久,累不累?"姬无镜懒懒散散地问。

"是有点累,要不然下次……"

姬无镜直接将手搭在顾见骊的后腰上，用力地将人往怀里一带，让她坐在他的腿上。他笑着拍了拍顾见骊的后背，哄道："别怕，别怕，缓一口气再来。"

"没怕……"顾见骊捏着针继续尝试。

姬无镜原本就猜到了她会这样，也正是想看她犯难的样子，才让她来下针，可没想到她比他想的还要胆小。

姬无镜的耐心逐渐没了。

在顾见骊又一次捏着针比量的时候，姬无镜握住她的手送了她一程。

顾见骊清晰地感觉到银针穿透了皮肉，心猛地颤了一下。

"然后呢？"姬无镜问。

"啊？"顾见骊呆呆地望着他。

姬无镜问："我的耳朵上一直这样挂着根针？"

"不是。"顾见骊歪着头，将她耳朵上的耳钉解下来。她小心翼翼地将针拔出来，然后将自己的耳钉穿了进去。

她的耳钉只是一个小小的圆点，圆点也不比小银棍粗多少。顾见骊没什么首饰，只是偶尔戴戴这个，防止耳洞长上。

顾见骊松了一口气，收回手，一滴血珠落在她的指腹上。

姬无镜看了一眼，将她的食指含入口中，舔去那滴血。他湿软的舌舔过顾见骊的指腹，顾见骊怔怔地想——他也知道自己体内血少，流出去一滴还要舔回去。

"澜澜！"姬星漏找姬星澜，蹦蹦跳跳地进了屋里，看见顾见骊坐在姬无镜的腿上，姬无镜咬着顾见骊的手指，吓了一跳，转身就跑。

顾见骊顿时觉得尴尬不已，缩回手起身，慌忙说："也不知道星澜去哪儿了，我去看看。"说着匆匆往外走去。

院子里，姬星漏冲顾见骊扮了个鬼脸，笑话道："羞羞羞！"

顾见骊还没说话呢，姬星漏就扭头跑了。顾见骊望着姬星漏跑远的背影，无奈地笑了。

姬无镜又在这儿住了两日，广平伯府就来了人请他回去。

正月里讲究多，广平伯府用的借口是正月里男子不宜在岳丈家久住。

实际上，广平伯府是不希望和顾敬元牵扯太多。

"这就走？"顾敬元大声问。他到底是领兵多年的人，一张嘴，声如洪钟，像吵架似的。

顾见骊点头，说："女儿知道父亲心里不痛快，可是女儿已经决定了。"

顾敬元转过身，不看她。

顾见骊望着父亲的背影许久，目光黯淡下去。她知道自己这个时候选择回去无疑会让父亲难堪，是打了父亲的脸。她明白父亲是疼她，才会依着她。可即使依了她，父亲心里还是不舒坦的。

她狠狠心，跪下磕了三个头，道："父亲，女儿先走了。"

马车"辘辘"而行，顾见骊垂着眉眼，没什么精神地靠在车壁上。

"阿姊——"顾川在后面喊。

顾见骊立刻让车夫停下来，掀开车窗前的垂帘，探出头去。

"怎么追来了？"顾见骊问。

"父亲让我把这个给你！"顾川气喘吁吁地把一个盒子递给了顾见骊。

"我还要去大姊那里。"顾川不太友善地看了一眼车里，继续道，"阿姊，你有什么事要跟我们说！"

"好，阿姊知道。"顾见骊温柔地揉了揉顾川的头，"去吧，姐姐惦着你了。"

看着顾川离开后，顾见骊才将垂帘放下，打开盒子。

一支精致的双蝶流苏步摇躺在檀木盒中。

顾见骊一怔，小心翼翼地将它拿了起来。

她忽然红了眼睛。这是当初她为了给父亲买药当掉的那支步摇，也是母亲留给她的最后一件遗物。

将步摇紧紧握在手中，顾见骊慢慢弯起眼睛笑了起来，这才真实地感觉到那些失去的东西真的可能一件一件地回来。

"你怎么哭了？"姬星澜问。她眨巴着眼睛，望着顾见骊。

顾见骊愣了一下，连忙笑道："没哭呢。"

姬星漓坐在马车里的长凳上，十分不安稳，嫌弃车又颠又硌。

"哼。"他翻了个白眼，"哭就哭了呗，撒什么谎啊？我知道你也是因为颠得难受，又怪我和妹妹在这里碍事！"

顾见骊惊奇地问："我怎么能嫌你们俩碍事？你们俩碍什么事了？"

"你以为我不知道啊？"姬星漏瞪大了眼睛，"要是我和妹妹不在车上，你就跑到父亲的腿上坐着了。哼，谁不知道被人抱着舒服。"

顾见骊飞快地看了姬无镜一眼，收回视线瞪着姬星漏道："不许胡说！"

"哦——"姬星澜恍然大悟，"我和哥哥闭上眼睛不看，你不要不好意思呀，别哭啦！"

姬星澜爬起来，用双手捂住姬星漏的眼睛，自己也把眼睛紧紧闭着，奶声奶气地说："我们不看啦，你别害羞啦，别哭啦，抱抱吧！"

顾见骊哭笑不得。她欠身，想要将可爱的姬星澜抱过来，姬无镜却先一步揽住顾见骊的纤腰用力一带，将她带进了怀里。

顾见骊惊了，睁大眼睛望着姬无镜，示意了一下两个孩子还在一旁，低声问："你干什么呀？"

姬无镜一本正经地说："他们两个已经把眼睛闭上了，你别害羞啦，别哭啦，抱抱吧。"

"嗯嗯！"姬星澜在一旁附和。

顾见骊更加哭笑不得。两个孩子四岁，姬无镜怎么看上去还不到四岁？

看着姬无镜一本正经的脸，顾见骊轻轻推了一下他的肩，低声说："不要闹了！"

姬无镜没看顾见骊，低下头拿过她手中的那支双蝶流苏步摇，说："挺好看的。"

他先是穿了她的衣裳，又用了她的耳钉，该不会是想梳妇人髻，连她的步摇都要抢去吧？顾见骊大惊失色，一下子将步摇抢了过来，背在身后，警惕地瞧着姬无镜，有点心虚地说："你要是想戴首饰，我给你买点别的……"

姬无镜看了她一眼，把她从腿上推开，托腮闭目，不理她了。

顾见骊倒是松了一口气，把步摇收好，然后开开心心地和姬星澜说话。

顾见骊再回广平伯府，心境竟与先前的不同，大抵是因为父亲已经醒来，而她对姬无镜亦有了些了解。

第十四章 聘礼

你当初嫁给我的时候,府里的人给顾敬元那老东西送去了多少聘礼?

回来之后，顾见骊刚将东西收拾好，叶云月就过来了。

顾见骊想了一下，才想起来叶云月是谁。

叶云月身后跟着个丫鬟，丫鬟抱着礼物。

"她过来做什么？"顾见骊小声念叨了一句。她想了一下，如果自己是叶云月，才不会再来广平伯府，更不会来五爷的院子。叶云月不尴尬吗？而且……她不害怕吗？

顾见骊客气地将人请进了正厅，叶云月先开口："是我冒昧过来了。"

季夏听了这话，将茶水、瓜果放下，在心里翻了白眼。

"没有呢。"顾见骊含笑摇了摇头，口气客客气气的，却也是疏离的。

叶云月说："我从家乡过来的这一路上，时常听姬三郎说起你，他总是说你如何如何好，那时我就有了与你相交的心思。年前忙，如今终于得了闲，我今日就冒昧登门了。"

顾见骊心里诧异，姬玄恪会与叶云月说起她？不，不可能。姬玄恪可不是能与别的女子说起这种话题的人。

顾见骊端起茶碗，微微笑着，不动声色地转了话题："你刚从外面进来，喝口热茶暖暖才好。"

叶云月道了谢，捧起茶碗抿了一口，又将茶碗放下，悄悄打量起顾见骊。叶云月瞧着顾见骊颔首垂眸，温婉娴雅地抿茶的模样，不得不由衷地感慨：顾见骊的确是个令人心旌摇曳的美人，即使是在美人如云的骊族人中，其貌亦是数一数二的。叶云月身为女子也惊艳于她的花容，更何况男子？

叶云月又想起前世穷困潦倒时，被困在后宅里，听别人谈论顾见骊，永远是夸赞，夸她有多美、有多好，毫不吝啬地将所有夸赞的词堆到她身上，好像她是完美无缺的皓月，值得天下女儿学习。

叶云月也承认顾见骊美好，要不然也不会让那么多出色的男儿为了得到她，搅得大姬动荡。

顾见骊放下茶碗，看向叶云月，语气平淡地道："你从别人那里听了我，可惜我倒是不太了解你。"

"无妨，只要你不嫌弃我叨扰就好。"叶云月连忙说，"对了，前几日我和表姐妹去逛了京城的街市，果真不是我的家乡能比的。我一时看迷了眼，买了好些东西，回来才发现买了许多小孩子的玩具。我这里是用不上的，想到你的院子里有两个孩子,便送了过来。那都是些不值钱的小玩意儿,你可千万不要怪我不是真心实意地送东西,更别怪我把你这儿当成塞东西的地方。"

"哪儿能啊?"顾见骊温声细语,"那我可得替四姐儿和六郎谢谢你啦。"

顾见骊面上挂着得体的浅笑,心里却摸不透这个叶云月到底想做什么。

"你不多想真是太好了。六郎和四姐儿可在?"

她想见两个孩子?顾见骊顺着她的话说:"在呢,眼下他们应该又在后院里跑着玩。你送了东西给他们,可得让他们亲自道谢才像话。"

顾见骊吩咐季夏去喊两个孩子。叶云月连忙阻止,说:"别喊过来了,小孩子玩的时候准不喜被喊停。"

顾见骊看了叶云月一眼,试探地说:"那咱们去后院瞧瞧他们吧。"

"好啊。"叶云月立刻说。

顾见骊带着叶云月去后院的时候,姬星漏和姬星澜正在堆雪人。姬无镜懒散地坐在一旁,神情恹恹地看着两个孩子玩,打发时间。

顾见骊注意到叶云月看见姬无镜的时候眼睛一亮。

顾见骊不由得愣了,怀疑自己看错了。

"星澜、星漏!"顾见骊招了招手,把两个孩子喊过来,指了指后面丫鬟怀里抱的玩具,说,"这些玩具都是叶姨母送给你们的,还不快点道谢?"

两个孩子玩得小脸红扑扑的,姬星澜连忙乖巧地说:"谢谢叶姨母。"

"乖孩子。"叶云月温柔地道。

姬星漏偏着头,斜着眼睛充满敌意地看着叶云月。

顾见骊开口道:"星漏……"

叶云月急忙打断顾见骊的话,说:"不用谢的,真的不用。"

顾见骊隐隐觉得叶云月好像有点怕姬星漏,越发觉得她奇怪了。她不应该怕被她退婚的姬无镜吗?怎的她不仅不怕姬无镜,反而见了姬无镜两眼放光,却害怕一个四岁的孩子?

姬星澜小手捂住嘴巴,忽然打了个喷嚏。顾见骊回过神来,立刻让季夏去给她拿件外套来。

顾见骊话音刚落,姬星漏就将自己的外套脱下来,表情嫌弃地扔给了妹妹。

"谢谢哥哥!"

姬星漏扭头，下巴朝天。

叶云月看了一眼坐在一旁的姬无镜，目光闪烁。她曾认真分析过顾见骊除了貌美、才高、品善、人好，凭什么得了姬无镜的宠爱。可能是姬无镜身边的人都怕他、远离他，唯独顾见骊讨好他，乱拍他的马屁，又恰巧他们一起历了难，顾见骊好运地救过他，才得了他的心。

叶云月将自己的披风解开，蹲在姬星澜面前，拿开姬星漏的衣服，把自己的披风裹在了姬星澜的身上，温柔地说："穿姨母这件，你是女孩子，女孩子不能穿男孩子的衣裳，就像男孩子不能穿女孩子的衣裳一样。"

姬星澜歪着头，无辜地问："为什么呀？"

"因为男女有别呀。你现在年纪小不碍事，长大了会被人笑话的。"叶云月顿了顿，又说，"姨母有一个表姐很喜欢穿男装，到了议亲的年纪还是穿男装抛头露面。家里的人不管她，是因为不在意她，才不管她是不是丢脸，是不是不成体统。"

姬无镜一直神情怏怏地没抬头，此时方抬起眼皮看向叶云月。

顾见骊蹙起了眉。

"顾见骊，谁让你把阿猫阿狗领到我眼前的？"姬无镜忽然脸色阴沉地说。

顾见骊吓了一跳，连忙说："我不知道你在这里。"

叶云月立刻站起来，规矩地屈膝道："五爷，不要责怪见骊。"

姬无镜皱眉，"见骊"这个名字从叶云月口中说出来怎么这么难听？于是他说："你该称呼她夫人。"

叶云月愣了一下，连忙说："是，五爷说得对。我知道你不想看见我，我这就走。"

姬无镜在叶云月的脸上多看了一眼，忽然笑了，问："我不想看见你？"

叶云月不解其意，疑惑地望着姬无镜，难道他想见她？叶云月忽然紧张起来。

姬无镜懒得和叶云月说话，不耐烦地看向顾见骊，问："哪房的丫鬟？"

叶云月顿时尴尬不已。

顾见骊也没想到姬无镜又不记得叶云月了，明明年前还见过的。她斟酌了一下，说："这位是叶家的大姑娘。"

瞧着姬无镜还是不知道的样子，顾见骊不得不走到姬无镜面前，凑到他的耳边压低了声音说:"她就是之前和五爷有过婚约的叶家姑娘。"

叶云月看着顾见骊亲昵地凑到姬无镜耳边的样子,抿起唇来。失落感是有的,可是她不气馁,暗暗给自己打气。

姬无镜"哦"了一声。

叶云月等了又等,也没有再等到姬无镜别的话,实在是尴尬得不能再留,灰溜溜地走了。

顾见骊客气地将人送走,折回来的时候,季夏小声说:"叶家这位姑娘是什么意思,怎么像是还惦记着五爷呢?"

"我也觉得诧异,怎么有人上赶子来做寡妇?"顾见骊想不通地摇头,"五爷现在成了婚,她凑过来连寡妇都做不了。"

"哎哟!"季夏急了,"我的姑娘哟,有人惦记着五爷,你怎么能完全不当回事啊?她刚刚跟四姐儿说的那通话就是暗示五爷你不在意他,当着你的面挑拨离间啊!"

顾见骊眨了眨眼,问:"我为什么要当回事?她要当妾就当呗,还多了个丫鬟帮我照顾五爷。"

季夏还想说什么,又反应过来,对啊,姑爷这种情况有什么可防的?她想了想,终于想明白了——叶云月有病。

季夏想通了,顾见骊却还有些事情想不明白。叶云月怎么知道她没有阻止姬无镜穿女装?叶云月又是怎么知道姬无镜穿了女装的?

难道是她想多了,叶云月并不是那个意思,只是碰巧举了这个例子?

叶云月原以为姬无镜位居国父后才穿了女装,现在还没有,那么说只是为了提前在姬无镜心里留个隐患。可她不知道这事已经发生了。

顾见骊停下,回望叶云月离开的方向,自言自语:"这个叶云月好生古怪,像是知道许多事情……"她转身往回走,随口说着,"真像是得了高人的指点知道五爷日后会发达,着急忙慌地过来巴结似的……"

顾见骊被什么东西击中了,惊呼了一声,转身去看,脚边是一团散开的雪。她抬头,看向后院宝葫芦门的方向,姬无镜又将手中的雪球扔了过来。

顾见骊一惊,下意识地向一侧躲开。雪球砸在季夏的身上,开出白色的花,散落一地。

姬无镜接过姬星漏递过来的雪球,慢悠悠地说:"顾见骊,来陪我玩。"

姬无镜忽然来了兴致，狐狸眼略弯，露出笑来。

顾见骊瞧着姬无镜，心想：如果叶云月真得了高人指点得知姬无镜日后会发达才跑来巴结，那可够蠢的。

别人发不发达与她何干，她好好过自己的日子不好吗？她巴结谁不好，为何要巴结姬无镜这样喜怒无常、与常人大为不同的奇人？

顾见骊又觉得自己不该胡乱猜测叶云月，也许她只是心善，想弥补对姬无镜的亏欠呢？

叶云月一口气走了老远，脚步才慢下来。她皱着眉，有些烦躁地叹了一口气。

看来，事情发展得比她料想的还要糟糕。她根本就没有机会接近姬无镜，而姬无镜这个人也实在难搞得很……叶云月也想过别的出路，甚至在来京的路上考虑过姬玄恪。毕竟，将来广平伯府最有出息的就是姬玄恪。可她曾经是姬无镜的未婚妻，和姬玄恪辈分差了一辈，而且嫁过人，自然有自知之明，攀不上姬玄恪。

不是都说男人对越是得不到的东西，就越是想得到？她原以为自己曾拒婚于姬无镜，姬无镜会恨她，甚至恼羞成怒更想得到她，把她当成"白月光"，但是……姬无镜居然不记得她了。

他怎么可能不记得她呢？被退婚这么大的羞辱他会不记得？他莫不是口是心非吧？叶云月摸不透他。

望着枯枝上的积雪，叶云月暗下决定，应该采取别的手段了，比如让老夫人开口。当然了，她决定要在其他地方留一手。

她慢慢往回走着，一边走一边回忆着梦中这个时候发生的事情。

这次元宵宴上会发生大事，之后二殿下戴罪去边疆被姬玄恪所救，等姬玄恪再回京……

正月十五这天早上，顾见骊早早地起来了。其实她一晚上都没有睡好，梳洗穿戴完，又去了厨房两次，确定早膳已备好才重新回屋里喊姬无镜起床。

任谁睡得香甜时被喊醒总是不高兴的，她知道姬无镜嗜睡，每日都起得很迟，便想着让他再睡一会儿吧。

顾见骊等了好一会儿，才轻轻去摇姬无镜的手腕，温声喊道："起来了，今日要进宫的。"

姬无镜皱眉。

顾见骊再次放柔了声音："广平伯府离宫不近，路上还有积雪，马车不能太快。我们早些出发吧，我让季夏炖了鱼哟！"

姬无镜终于将眼睛扯出一条缝，眯着眼看着顾见骊。

顾见骊立刻老老实实地闭了嘴。

姬无镜眯成一条缝的眼睛慢慢睁开，他望着顾见骊，略惊讶——原来她施了粉黛盛装时是这个样子的。

姬无镜的目光在顾见骊轻晃的耳坠上停留了一瞬，他把手递给顾见骊。

顾见骊立刻灿烂地笑了起来。姬无镜多看了一眼她笑的样子。

姬无镜洗漱完，顾见骊抱着他的两套衣服进来，问："是穿玄镜服还是常服？"

姬无镜坐在床边打了个哈欠，又朝后躺下，懒散地说："没力气穿衣服。"

顾见骊抱着衣服在原地站了好一会儿才走到床边，低垂着眉眼，有些沮丧地说："五爷，你要是实在不想去那就不去了吧……"

姬无镜瞧着她委屈的小模样，笑了，道："爷是让你给我穿衣服。"

"哦！"顾见骊的眼睛一瞬间亮了起来，她欢喜地弯下腰来开始解姬无镜身上的寝衣。

姬无镜看着她快翘到天边的嘴角，饶有趣味地问："咦？今儿个把我脱光你不害臊了？"

顾见骊把姬无镜的裤子扒了下来，小声说："看过好几次了……"

姬无镜忽然一下子坐起来，一本正经地说："可我没看过你，不公平。"

顾见骊愣了愣，手中的寝裤落了地。她强自镇定地将姬无镜的裤子捡起来放在一旁，若无其事地说："今天出门急，下次……"

她语气寻常，就像在说下次再去哪儿吃饭一样，可是脸上的红晕出卖了她。

姬无镜逼近她的脸，认真地问："下次是什么时候？"

"下次就是下次呗……"顾见骊的声音终于流露出了一丝慌乱之意。

过犹不及，姬无镜不再逗她，向后退了些，半认真半开玩笑地说："下次我也要给你脱衣服换衣服，还要给你洗澡。"

顾见骊在心里默默回了一句——我明明没有给你洗过澡。

她也只敢在心里说了。

姬无镜侧过身，掌心抚过玄镜服。他已有四年未穿过这身玄镜门门主的衣服了。

等姬无镜穿好衣服，顾见骊有些意外地瞧着他，竟觉得他像变了个人。

这段时日，姬无镜总是穿着宽松的衣袍，有时连衣带也懒得系，一副懒散的样子，若是穿红衣，更像个举世无双的病美人。而这身鲜红的玄镜服窄袖紧身，滑缎衣料里是一层软甲，衬得姬无镜身形修长挺拔，宽肩窄腰，长腿笔直。

他低着头，动作熟练地系上袖口的绑带，换到另一只手时，顾见骊反应过来，急忙帮他系好。

姬无镜抬眼看着她，问："会束发吗？"

顾见骊有些心虚地说："可以试试……"顾见骊觉得惭愧，若不是家中出事，先前她连给自己束发都不太熟练。

不过束发本就不是什么难事，顾见骊站在姬无镜的身后认真地将他的长发束起，用红带绑好。

姬无镜对着铜镜，捏了捏领口的绣纹，冷着脸。

二人出了门，走在院中，顾见骊忽然停下，说："五爷，你等我一下。"

她疾步往回走，取了姬无镜的披风。她惦记着姬无镜身体不好，担心他着凉，抱着披风出来，踩着积雪朝姬无镜走去。

姬无镜身着一身红衣立在雪中，像一团惹人注目的火焰，偏偏他的神情是冷的，比天地覆雪还要冷些。

顾见骊逐渐走近，忽然觉得茫然。这个样子的姬无镜和那个穿着女装耍赖皮的姬无镜竟像是两个人。

顾见骊走到姬无镜面前时，忽然想起姬无镜曾像开玩笑一样随口说："你要是被困在一间房里四年，也会想自己找点乐子。"

"五爷，你快些好起来吧。"顾见骊脱口而出。

姬无镜惊讶地挑眉，笑道："你不是盼着我早死，好早点回你爹身边？"

"没有，我没有这样盼过。"顾见骊摇头，有些不太高兴地往前走去。她盼过逃离，盼过与家人团聚，可从未盼过姬无镜早死。她哪有那么坏？

姬无镜更觉得惊讶，这小姑娘还有生气的时候？

坐在马车里，顾见骊又像什么事情都没发生过，几次嘘寒问暖，问姬无镜可冷了？可难受了？要不要喝水？这让姬无镜一度觉得自己看错了，她之前并没有不高兴。

二人一路相安无事，马车到了宫门前，顾见骊扶着姬无镜下了马车。

元宵宴是大姬皇帝宴请满朝文武的日子，分为午宴和晚宴，其间还有各种戏曲游戏。午宴只有臣子参加，到了晚宴，皇帝才会带着后宫众人一并参加。

走在红墙下长长的甬路上，顾见骊说："五爷，我等一下去一趟咏骊宫，很快就回去找你。"

姬无镜随口说："当心成了迷路的猫。"

"不会的，我小时候时常入宫，对宫里很熟悉的。"顾见骊解释道。

到了宴厅，顾见骊等姬无镜坐下后给他安顿好，便匆匆赶去咏骊宫。

走着走着，她嘴角的笑慢慢地消失了，心情沉重下来。

她本不必来这一趟。若宫中的是别人，她也定然不会来。可那个人是疼她宠她如母的姨母。她自然信任父亲，可也一定要听听姨母怎么说。

咏骊宫是皇帝为了姨母按照骊族人的建筑风格建造而成的。骊贵妃的盛宠曾让宫内宫外无数女子钦羡。

顾见骊到了咏骊宫，宫女似不意外顾见骊的到来，将她带了进去。

顾见骊隐约听见了丝竹靡靡之音。她走上二楼，立在门口看着独自起舞的姨母。

她小时候就喜欢看姨母跳舞，姨母告诉她这是骊族的舞蹈。她看不太懂，只觉得姨母跳舞时过分凄美，也过分孤独。

姨母很少笑，每次见了她却都温柔地笑着。她自幼失去母亲，又总听别人说姨母与她母亲很像。她口中喊着骊贵妃"姨母"，心里却将她当成母亲。

一曲歇，骊贵妃甩出长袖，嫣然一笑，韶华退去风韵更浓。

"你来了。"

顾见骊走过去，像以前那样替姨母捡起长袖，一边收拢，一边朝姨母走过去。最后她立在姨母面前，惊觉几个月不见，姨母竟苍老了许多，眼中的颜色愈浓。

顾见骊抿了一下唇，还是问了出来："姨母最近可还好？"

骊贵妃脱下长袖霓裳舞衣，自嘲地笑了，说："老样子罢了。"

天下人都说皇帝是真的宠爱骊贵妃，即使她清白不再，亦将她放在咏骊宫里，没有任何责罚。

"我知道你这孩子想问什么，你父亲是个英雄，是我的姐夫，我没有想过害你父亲。"

顾见骊释然地红了眼睛，点头，哽咽道："有您这一句话，见骊便信您，像信父亲那样信您。"

"傻孩子，"骊贵妃抹去顾见骊眼角的泪，望着这张太像姐姐的脸，不由得说，"你越来越像你母亲了。"

"父亲也这样说过。"

骊贵妃却忽然变了脸色，严肃起来，郑重地道："日后不要再来宫中了，不要让皇帝见到你。"

顾见骊不太明白，脑子里有什么念头一闪而过又没抓住。

宫女匆匆上楼，禀告道："娘娘，陛下过来了！"

骊贵妃脸色微变，立刻转头吩咐宫女带顾见骊去楼上。她定了定心神，对顾见骊说："先去楼上避一避，我没有让你出来，你不要下楼。"

顾见骊点点头，满怀心事地跟着小宫女，脚步匆匆地去了楼上。

楼上放着骊贵妃的华服首饰，璀璨奢华。顾见骊小时候一直特别喜欢咏骊宫的这一层。华服与金银玉石，没有哪个姑娘不喜欢。

顾见骊坐在玫瑰椅上，暗暗听着楼下的动静。顾见骊听见骊贵妃和宫女迎接皇帝的声音，之后一段时间没有声音，紧接着又响起了丝竹之音。

姨母在给皇帝跳舞吗？

顾见骊心里有些乱，蹙眉听着楼下的声音，好像姨母起舞的场景就在眼前。

瓷器打碎的声音和宫女的惊呼声同时响起，曲调戛然而止。

紧接着，顾见骊又听见皇帝似乎在发怒指责谁。她走到窗前，将窗户稍微推开一些，细细去听。

骊贵妃慢慢爬起来，随意地扫了一眼被瓷器划破的手心。她刚刚在给昌帝跳舞，昌帝忽然拉着她的长袖用力一扯，将她撞在了桌子上。瓷器落了一地，她也跟着跌倒。

这不是第一次了，骊贵妃早已习惯。

她望着手里的血迹，自嘲地笑了。天下人皆羡慕她得圣宠，可咏骊宫隔断了一切的真相。

骊贵妃？咏骊宫？

封号用了她的姓，宫殿亦是她的姓，多好啊，别人根本不会发现此骊非彼骊。

没有人会知道昌帝的这一切给的并不是她骊云莞，而是她的姐姐骊云嫣。

昌帝冷眼瞧着她，问："把自己洗干净了吗？"

骊贵妃乖顺地跪在他面前，面色平静，一言不发。

"朕在问你话！"昌帝大怒，掐着骊贵妃的脖子，将她拎到面前。

骊贵妃仍旧一言不发，脸色却在逐渐变白。与窒息感同时涌来的还有疲惫感，骊云莞心想：就这样被掐死，也算解脱了。

可是她知道，昌帝不会真的让她死，她甚至可以猜到昌帝接下来要说的话。

"你应该感谢自己生了这样一张脸。"昌帝果不其然地松了手。他看着骊云莞这张脸，下不去手。

骊云莞将手压在胸口上，忍不住一阵咳嗽。

"脏东西！"昌帝忽然咒骂一声，抬脚踹在骊云莞的肩上。

骊云莞伏地，青丝散乱。她忽然笑了，说："如陛下所愿。"

"你说什么？你笑什么？"

骊云莞抬眼，望向昌帝，嘲讽道："为了拉拢重臣，你将姐姐让给他，又因为忌惮他的兵权，用我陷害他。脏？呵，这天下谁也比不上陛下心里脏。我当然要笑，笑堂堂一国之君把自己心爱的女人拱手送人，又把自己的妃子送上他的床！"

昌帝起身拎起骊云莞，将她拽到窗口，掐着她的脖子，将她的后背抵在窗侧的墙壁上，咬牙切齿地道："立刻说几句好听的话，要不然朕把你从窗户里扔出去！"

"说什么？假扮姐姐说心悦你？"骊云莞讥笑道。

骊云嫣，那个女人是昌帝心里的刺。

"你们骊族归顺我大姬，你们骊族女人任朕挑选！"昌帝气血上涌。

他永生忘不了第一次见到骊云嫣的画面。车帘被掀起来，露出了她的侧脸，惊鸿一瞥，他余生难忘。

骊族与姚族相争，骊族败，骊云嫣作为骊族第一美人被献给姚族。恰逢顾敬元征战四方，收骊、姚二族，于战乱中救下骊云嫣。后来骊、姚对大姬俯首称臣，骊云嫣随族人前往京都跪拜。她本该是骊族献给大姬皇帝的贡品，只是昌帝从安插在顾敬元军中的眼线处得知顾敬元对骊云嫣有意。山河未定，皇位亦有多方人马觊觎，人才不可缺，于是昌帝狠了狠心，将骊云嫣赐婚给了顾敬元。

后宫佳丽三千，昌帝唯独对骊云嫣动心了一次，却面不改色地将她拱手相让了。

没有人知道他有多想要骊云嫣。他将心思隐藏得很好，连骊云嫣和顾敬元都不知道，除了眼前这个假的骊云嫣。

他是九五之尊，以江山社稷为重，舍弃一个女人有什么错？

他是九五之尊，以江山社稷为重，因权臣势大以计除之又有何错？

昌帝看着面前骊云莞的这张脸，越发恼怒。这张脸似乎证明着他的无能和妥协。偏偏他又爱这张脸爱到发狂。

昌帝用力地去撕骊云莞的裙子。骊云莞终于脸色微变，眼中是压不下的厌恶之色，道："臣妾脏，陛下……"

昌帝捂住她的嘴，开始宽衣解带。

身体仿佛被撕裂，一阵又一阵的疼痛感袭来，骊云莞却面无表情。她早就没有眼泪了，被困在这里的头两年就将眼泪流尽了。

骊云莞慢慢扯起嘴角苦笑，好羡慕姐姐。

很久很久之后，骊云莞才让宫女去楼上叫顾见骊下来。

顾见骊下来时，见姨母换了身衣服，正坐在梳妆镜前慢慢地梳理着长发。

"听到多少？"骊云莞问。

顾见骊走过去，站在姨母身后，拿过姨母手里的木梳慢慢给她梳理着云鬓。顾见骊垂着眉眼，温声细语："见骊刚刚在楼上的时候睡着了，什么都没听见。"

骊云莞笑了笑，问："那姨母先前与你说的话，可还记得？"

顾见骊点头："见骊日后不再入宫，不再与陛下相见。"

"让宫女带你出去，晚宴时陛下会去，你能躲就躲。"骊云莞温柔地拍了拍顾见骊的手背。

顾见骊再一次点头。她脸上挂着笑转身，却在转身的那一瞬间落下泪来。那些先前想不明白的事情她忽然就想通了。

她原本不懂父亲为何按兵不动并不急着洗刷冤屈，如今想来父亲恐怕早就知道究竟是谁在害他。

宫女带着顾见骊走的并不是正路，这条小路上几乎没什么人。将要走到宴厅时，小宫女说："娘娘交代奴婢要谨慎些，只能送您到这里，不能进去。"

顾见骊明白姨母的心思，点了点头，独自转身往宴厅走去。她眼角的湿意已经不见，走进喧嚣的人群中，她微微弯唇，露出大方得体的笑脸。

"那个女人是谁？"

几处都有人这样发问。

顾见骊今日虽然施了粉黛，穿的却是很低调的杏色与藏青色的衣服，并不显眼。可是当她经过时，她还是能吸引别人的目光。旁人哪怕是第一眼没注意到她，当她走过后，还是会下意识地回头去看她。即使只是一个背影，她也有着与众不同的风姿。

当原本认识她的人将她认出来，或者原本没见过她的人从旁人口中得知了她是谁时，他们皆露出惋惜的神色。

今日来元宵宴的女眷中，顾见骊本来就认识很多人，只是时过境迁，她们的身份地位发生了变化，再相遇时自是与以前不同。顾见骊没有主动与任何人打招呼，径直朝姬无镜所在的地方走去。

姬无镜支着下巴，抬着眼皮瞧着她，抱怨道："真久。"

顾见骊挨着他坐下，略露歉意地笑了笑，说："再也不走了。"

姬无镜诧异地多看了一眼顾见骊的眼睛。

"见骊？"一道不太确定的声音响起。

顾见骊转头，看见龙瑜君站在一旁，她身后跟着两个丫鬟。龙瑜君是左相的孙女，也是顾见骊的闺中密友，只是最近几个月她们没有相见。

"真的是你，我没认错。"龙瑜君的眼中浮现几分欢喜之色，可在她看见坐在顾见骊身侧的姬无镜时，眼中又有了一丝怯意。

"瑜君。"顾见骊起身相迎。

龙瑜君拉起顾见骊的手，笑着说："我们好些时日不曾见了。"

顾见骊望着龙瑜君的手，忽然觉得有些恍惚，几个月而已，好像已经和过去的那个自己划清了界限，今日见了那么多张熟悉的面孔，好像和过去的那个自己联系又紧密了些。

她说："是好些时日不见了。"

龙瑜君压低声音道："前些日子你家里发生那样的事情，你可千万不要怪我没去看望你。我是想去的，只是……"

顾见骊摇头道："我都知道的，不怪你。"

"那就好！"龙瑜君笑了起来，又说道，"我不能久留，祖母会找我的。我先走了。"

顾见骊知道龙瑜君这只是托词，她到底还是不敢和自己太亲近。不过她能主动过来与自己打招呼，已经很让顾见骊意外了。

龙瑜君离开后，顾见骊重新坐下来，双手捧着一个茶碗，目光落在茶碗中漂着的一片片茶叶上，微微发起呆来。

她告诉自己不能在人前失仪，不能胡思乱想，有什么事情回去再说，可是在咏骊宫陆陆续续听到的话总是盘旋在耳畔。她握着茶碗的手微微用力，捏得指节发白。

"见骊！"

顾见骊心里正乱着，没想到又有人主动与她打招呼。她打起精神来应对，含笑喊出了对方的名字："香凝。"

"没想到几个月不见，我们都已经出嫁了。今日重逢，姐姐瞧着你不似传言中那般，反倒是日子过得不错的样子，心里替你欢喜。"林香凝勾唇，故意抬手摸了一下坠马髻上斜插的玉簪。

顾见骊顺着林香凝的手看向她发间的玉簪。那支玉簪原本是顾见骊的，被拿去当铺换了钱，没想到最后辗转落在了林香凝的手中。顾见骊曾经在林香凝面前戴过这支簪子，林香凝也知道这簪子是顾见骊的。

林香凝说着恭喜的话，傲气却飘了出来。她门第不高且是家中庶女，却嫁了今科状元郎，夫家家世显赫。

曾经天差地别的两个女子，如今的身份因嫁的人不同而发生了变化。

周围的人望过来，看着戏。

"哦，对了……"林香凝笑了笑，略偏着头将玉簪取了下来。她抚摸着玉簪，由衷地夸赞道："这玉簪用一整块上等玉料雕刻而成，实在是罕见得很，也显得格外珍贵。这可是我机缘巧合下遇见的，一眼相中，我夫君就买来送给我了。"她那股子沾沾自喜和炫耀劲毫不遮掩。

她又皱起眉，做出思考的样子来，说："我瞧着它觉得有些眼熟，见骊，你之前有没有见过？"

顾见骊看了一眼那支通体雪白的芙蓉簪。簪子一头雕着一小朵芙蓉，和簪体同色，瞧上去十分素雅。

顾见骊刚要开口，龙瑜君几步走过来，"咦"了一声，诧异地说："我瞧着有些眼熟，能给我瞧瞧吗？"

"当然。"林香凝欣然答应。

林香凝自然知道顾见骊与龙瑜君曾经交好，只是如今她们两个人的身份一个在云端一个在泥里，再不复曾经那般亲昵。让顾见骊曾经的闺中密友羞辱她，岂不是更令人开怀？

林香凝期待地望着龙瑜君。

龙瑜君笑了，恍然大悟道："这不是见骊的吗？"

"是吗？"林香凝惊呼一声，眼中的幸灾乐祸之色却藏不住。

龙瑜君转头望向顾见骊，大声说："见骊，你不是把这支簪子赏给你身边那个丫鬟了吗？她叫什么来着？季春是吧？"

林香凝脸上的笑有些僵了。

顾见骊颔首，神色不变，温声细语地胡说八道："我是有一支一模一样的簪子。祖母去世后，我为祖母守孝时戴过。祖母的孝期过了，我便不宜再戴，所以将其赏给了季春。"她顿了顿，才继续说，"香凝居然有一支一模一样的，真是巧得很。"

她用温柔的目光打量林香凝身上紫色与红色相搭的襦装，友善地说："这簪子素雅，香凝若是换一身浅色的衣裳，会更搭些。"

林香凝脸上的表情已经变得有些难看了。

龙瑜君看了顾见骊一眼，笑着打圆场："碰巧一样而已，香凝你这支簪子定然不是见骊守孝时戴的。你的状元夫君怎么会买这样的东西给你呢？"

顾见骊眸中一片真诚之色，弯起眼睛浅笑，从龙瑜君手里拿过那支白玉簪，接话道："这自然不是我那支。我那支表面上瞧着是一体的，其实并不是，簪上的芙蓉是可以拆下来的，只是做工巧妙瞧不出来而已，可不像香凝这支真的是一体的……"

顾见骊轻轻"哎哟"了一声，无措地望着手里的白玉簪。那支林香凝口中的一体簪分成了两部分，小小的芙蓉花安静地躺在顾见骊的手里。

顾见骊和龙瑜君默契地对视了一眼，默不作声地将簪子重新安好。龙瑜君轻咳了一声，略显尴尬地对林香凝说："想来你夫君一心只读圣贤书，一不小心买错了。他定然不是故意买守孝之物赠予你的。"

龙瑜君从顾见骊手里拿过那支簪子，有些不好意思地还给林香凝，却又在林香凝迟钝地伸手来接的前一刻松了手。白玉芙蓉簪落在青砖上，碎了。

"我不是故意的。"龙瑜君道歉。

只是左相孙女的身份摆在这里，龙瑜君口上道歉，却并不需要什么真诚的态度，林香凝也担不起。龙瑜君陪林香凝演了这么久的戏，已是给她面子了。

顾见骊蹙眉，惋惜地轻叹，说："可惜了这么好看的簪子。今日香凝只是选错了衣服而已，若选对衣服，这支簪子是会更好看的。"

她看向林香凝，大方地说："香凝，你今日梳的发髻，若时间久了没簪子别着，头发会散开的。"

她微微偏头，摸了摸发间的步摇，道："可惜我今天没戴簪子，不能给你一支。"

"不用了，"林香凝咬牙切齿，努力保持冷静，"我的另一个丫鬟给我带了备用的！"

她转身，一步步离开，咬碎了银牙。

龙瑜君看着林香凝的背影，露出鄙夷的目光。她走到顾见骊面前，压低了声音说："一个不入流的庶女通过些不齿的手段嫁给了今科状元，仍是个不入流的东西。你不要因为这种泥里的虫蚁动怒。"

顾见骊浅笑着摇头，轻声说："没有的，我没生气，不值当。"

两个人相视一笑，顾见骊原本心上笼罩的阴云散了一半。

龙瑜君打量了一下顾见骊的眼睛，才信了顾见骊是真的没生气。她稍微心安，说道："状元郎我动不了，但是给她些教训还是轻而易举的。"

顾见骊翘起嘴角，说："我只知道你再不回去，你祖母又要罚你的。"

龙瑜君果然眸色微变，轻吐舌头，全没了刚刚的气势，也不再与顾见骊多说，匆匆赶了回去。

顾见骊刚刚坐下，忽听姬无镜随口说了一句："日后补给你。"

"什么？"顾见骊偏过头瞧着他。她没听懂，也没听清。

姬无镜却不再说了，也不再搭理顾见骊。

没过多久，林香凝又过来了，这一回她不是一个人，还挽着另外几个不知谁家的女眷。她没有找顾见骊，而是拉着那几个女眷坐在距离顾见骊不远的地方。然后，她高声地跟身边的几个人夸赞自己成亲时排场有多大，有多体面，又滔滔不绝地炫耀着收到的聘礼。她那张小嘴像说书人似的，把聘礼单子上的东西一件一件地背了下来。四只鸡她绝对不肯说三只，两只鹅倒是能吹成四只。

周围人都听见了。

谁让她有"手腕"，真嫁给了今年的状元郎做正妻，她正是威风的时候。

姬无镜原本没在意她在说什么，可不久后就被她吸引了注意力。他一手托腮，懒洋洋地听着林香凝竹筒倒豆子似的背礼单，听乐了，忽然开口道："她在干吗？说书吗？怎么没人给赏钱哪？"

一枚铜板从他手中弹出，划过半空，落在了林香凝面前的桌子上。铜板在木桌上不停晃动，发出一阵余音。

林香凝说了一半的话卡在嗓子里，不上不下。她盯着面前那枚铜板，心中不安。

"怎么不继续了？"姬无镜换了个姿势，懒散地靠在椅背上，狐狸眼眼尾挂着三分笑意。

之前林香凝大说特说的时候，周围的人偶尔还会与身边人闲聊两句。此时却是一片寂静，谁也没发出声音来。

没人回姬无镜的话，姬无镜不高兴了。他敲了敲顾见骊面前的桌子，道："你说！"

顾见骊瞧了他一眼，表情正经地说："兴许是赏钱少了。"

姬无镜开怀大笑，笑得别人毛骨悚然。

他挑起狐狸眼，扫过周围的人，拖长了音调，懒洋洋地说："你们不能白听啊——"

有人起身，用颤抖的手将袖子里的银子放在林香凝面前。今日进宫，很多人并没有随身带着金银，只好摘了些首饰放在林香凝所在的桌子上。

有一个十三四岁的姑娘捏着自己的镯子舍不得地摇头，跟着她的奶娘贴着她的耳朵说："回去再跟老爷要，你可千万别惹那个疯子啊！"

林香凝看着堆满桌子的首饰，脸色涨红如发烧。她本是家中不得宠的庶女，本身就没什么金银首饰。如今摆在她面前的首饰中，有些十分昂贵，是以前的她做梦都想拥有的，可此时她完全笑不出来，巨大的屈辱感把她淹没了。她虽然眼红这些首饰，但是根本不想要，想要硬气地还回去，更想有骨气地当场摔了。

但是她不能。

她唯有攥紧了手，指甲都戳破了掌心，强撑着不让自己当众落下泪来。

姬无镜忽然想起一件事情，偏过头，靠近顾见骊，随意问道："你当初嫁给我的时候，府里的人给顾敬元那老东西送去了多少聘礼？"

顾见骊回忆了一下，一五一十地说了出来："两匹布、一袋米、一袋面。"

姬无镜等了等，顾见骊没再继续说下去。他惊讶地问："没了？"

"还有五十两银子。"顾见骊补充道。她又仔细回忆了一下，确定没有遗漏，才说："其他没了。"

姬无镜面无表情地看了顾见骊半响。

顾见骊缓慢地眨了一下眼睛，想到了什么，那聘礼是少了些，广平伯府的人定然是觉得姬无镜不会醒过来，才会那般随意地打发她。如今姬无镜醒了过来……

顾见骊根据这段时日与姬无镜的接触，揣摩着姬无镜的想法。她决定做一回挑拨离间的小人。

她抬起眼睛，对上姬无镜的目光，认真地说："家里几位兄长娶妻自然不是只有这些聘礼的。是的，你家里人欺负你。"

姬无镜一下子站了起来，往外走去。顾见骊跟了上去。

她走在姬无镜身后，悄悄翘起嘴角，笼罩在心上的那剩下的一半阴云也悄悄散开了。

宫中热热闹闹的,顾见骊跟着姬无镜逆着人流离开宴厅。姬无镜个子高腿长,顾见骊疾步而行也有些跟不上,走得有些吃力。

姬无镜立在红墙下,侧着身等她,瞧着她裙影摇曳而来。午时的阳光罩下来,她的影子仿佛都是香的。

顾见骊赶了过来,因为让他等了,露出了抱歉的笑。

姬无镜轻咳两声,不耐烦地道:"走不动,扶。"

第十五章 朋 友

「我在想,什么样的人能和五爷成为朋友?」
「那定然是长得好看的。」

一个小太监一路小跑过来，细着嗓子道："门主大人，我们督主请您到西厂一聚。"

"陈河？"姬无镜神色不明地微微眯了眯眼，朝西面看去。

陈河这个人名气并不小。前些年东厂势大，后来陈河将西厂逐渐发展了起来，与东厂并立。东厂、西厂与玄镜门皆为陛下做事。不同于玄镜门隐在暗处，仅凭名单取人性命，东厂与西厂立在明处，那两位督主是真正手里握着实权的。

与玄镜门暗杀的性质不同，东、西两厂原本主要是保护陛下与宫中安危。只是自陈河接手西厂后，因其个人手段过于狠辣，亦掌杀伐之事，尤其自姬无镜中毒暂离玄镜门，玄镜门能力渐弱之后，西厂也逐渐接手了部分暗杀的旨令。

陈河此人虽为宦臣，却极为俊美清秀。他总是一袭青衫，怀里抱着只通体雪白的猫。因有洁癖，他总给人纤尘不染之感。旁人不能近他的身，除了那只猫。

据说，他自创了许多种折磨人的法子，但凡落在他手中的犯人无一不招供。

顾见骊扶着姬无镜往西厂走去，一路上揣摩着西厂督主为何要见姬无镜。东厂与西厂一直不和，即使在陛下面前也不会掩藏。玄镜门除了杀人，其余时候都很低调。顾见骊仔细想了想，倒是没听说玄镜门与东、西两厂有过节儿。

顾见骊忽然又想起来，姬无镜曾说过想将姬月明说给陈河，似乎还说他与陈河是朋友。也不知道他是不是瞎说的。

顾见骊偷偷瞧了姬无镜一眼，心想：这个人真的会有朋友吗？

到了西厂，顾见骊远远看见了陈河。她从来没见过陈河，可还是一眼把陈河认了出来。

姬无镜瞥了一眼顾见骊，问："你这一路在想什么？"

顾见骊想了一下，说："我在想，什么样的人能和五爷成为朋友？"

"这个问题……"姬无镜沉默了一瞬，忽然笑着道，"那定然是长得好看的。"

顾见骊怔了一下，移开视线不再去看姬无镜。她就知道这个人说不出什么正经话！

顾见骊抬眼看向立在石阶上的陈河。陈河一身青衫，一手负于身后，站得笔直，垂眼望着面前在围栏上趴着的小白猫。

嗯，陈河是挺好看的。

"督主，玄镜门门主到了。"小太监细着嗓子禀告了一声，弯着腰恭敬地退下。

小白猫扭头看向姬无镜，忽然尖锐地叫了一声，一跃而起。陈河伸手，稳稳地将它接在怀里，安抚似的摸着它背上柔软的毛。他的手指修长且白，不像会舞刀弄枪的样子。白猫在陈河的怀里蹭了蹭，终于温驯下来。陈河这才抬眼看向姬无镜，目光扫过顾见骊。

看见陈河的眼睛的那一瞬间，顾见骊十分意外。她想象中的西厂督主当不会有这样一双干净的眼睛。

陈河问："身体可好些了？"他的声音冷冷的，全然没有太监的声音的尖细之感。

姬无镜随口说："别记挂。"

顾见骊垂眼，竟觉得姬无镜的声音比陈河的更阴森，而姬无镜也更像西厂督主。

"若不是你不要督主之位，我也爬不到今日的地位，自然记挂。"陈河淡淡地道。

顾见骊惊愕不已。她刚刚还觉得姬无镜更像西厂督主……

"有话快说，急着回家算账。"姬无镜道。

陈河怀里的白猫挪了挪身子，这细小的动作引得陈河垂目瞧向它。他在看向那只猫的时候，目光里染上了几分柔情。他抚摸着白猫，对姬无镜说："帮我杀个人。"

姬无镜笑了，问："怎么，你这只手除了摸猫已经不会杀人了？"

"开个价。"

姬无镜转身就走。

陈河叹了一口气，望着姬无镜的背影，无奈地喊道："师兄。"

姬无镜犹豫了一下，才停下脚步，懒散而立，也没转身。

"去，自己玩。"陈河拍了拍小白猫的头，将它放走了，转而看向姬无镜的背影，道："这个时候午宴应该开始了。你留在我这儿用饭吧，你不想吃，嫂子未必不想。"

姬无镜侧首看向顾见骊。顾见骊有些呆呆的，实在是被陈河的那一声"师兄"惊到了。

姬无镜果真带着顾见骊留下用饭。

陈河自然十分了解姬无镜，饭桌上摆着不同的鱼——都是不同的做法。

陈河不与人同食，面前只有一碗清粥。他斯文地吃着粥，偶尔撕几块鱼肉喂给窝在腿上的白猫吃。

姬无镜吃鱼的时候向来专注，并不讲话。顾见骊坐在姬无镜身侧，只吃了一点东西。

姬无镜吃着吃着，抬眼看向对面的陈河和白猫，又转头瞥向顾见骊，说："一只猫吃的鱼肉都是撕好的。"

顾见骊无辜地看了姬无镜一会儿，放下筷子，帮他将鱼肉撕成小块。

陈河颇为惊讶地扫了顾见骊一眼。

趁着顾见骊撕鱼肉的工夫，姬无镜懒洋洋地问："杀谁？"

"皇帝。"陈河继续喂猫，口气随意地道。

顾见骊一惊，手中的鱼肉落在了桌子上。

这个陈河莫不是疯了？她会不会被灭口？顾见骊急忙低下头，又拿起一块鱼肉来撕。

姬无镜嗤笑了一声，身体向后靠，舒服地倚靠着椅背，神情莫测地扯了扯嘴角，道："你有病吧？"姬无镜忽然又换成一副嬉皮笑脸的模样，说，"你知道玄镜门是什么东西吗？我姬昭是给皇帝做事的，是他的狗。"

"你可别侮辱狗了。"陈河几不可见地笑了一下，温声道，"昌帝醉心于长生不老之术，吃多了东厂送过去的丹药，已经没几年可活。这大姬早晚易主，与其等着新帝即位，不如主动……"

"不爱听。"姬无镜毫不给面子地打断了陈河的话，"你想干吗就干吗，我没兴趣。"

陈河又道："姬崇死得冤枉。"

姬无镜不耐烦地扔了筷子，口气不善地说："谁当皇帝都要弄死几个人，死了的人都冤枉。"

陈河沉默了一阵，又问："没的谈？"

姬无镜欠身，把手腕搭在桌上，略凑近了些，望着陈河笑了，说："别把自己说得像个权臣，你不过是为了个女人罢了。"

陈河又看了顾见骊一眼，然后重新看向姬无镜，问："嫂夫人真的不回避一下吗？"

顾见骊忽然低呼了一声，瞬间蹙眉瞧着自己的指腹，雪白娇嫩的指腹被鱼刺刺破了，鲜红的血珠卧在指腹上。

"你把她吓着了。"姬无镜阴冷地瞪了陈河一眼。

他拉过顾见骊的手，将顾见骊的手指含入口中吮去了血珠。顾见骊手上沾着鱼香，好闻得很。姬无镜吸了吸鼻子，又舔了一口。

有外人在呢，顾见骊顿时觉得尴尬不已，把手抽了回来。她起身，说："手脏了，我去洗洗手。"

姬无镜有些失望地看着自己空了的手，不过还是点了点头。

顾见骊走出去，才发现院子里一个人也没有。她要去哪儿洗手？

她打量了一下刚刚用膳的那间房。寻常情况下，人们应该都会将梳洗用具放在耳房里。只是这里的建筑和宫外的有些不同，耳房与其他房间隔了一段回廊。刚刚陈河能够毫不设防地说出那些话，想来定是因为屋子两旁都是空的，不会被人听了去。顾见骊猜测陈河与姬无镜说这般机密的事情，定然将人都遣走了，整个院子里都不会有什么人。

顾见骊走到耳房前敲了敲门，询问里面可有人。她等了又等，房间里面并没有回应。于是，她试了一下，将门推开。

房门并没有上锁，轻易被推开了。然而，下一瞬，放在门上的盆跌落，盆里一片黑压压的东西和一种药粉一并铺天盖地地落下来，落在了顾见骊的头上、身上。

黑色的东西似乎是……虫子。顾见骊顿时头皮发麻，恐惧地颤声惊呼起来。

一个小太监从后门跑进来，见了这情景，大惊失色，一声"哎哟"还没喊出来，一道红色的影子一闪而过，快如风。

姬无镜手腕一转，一股庞大的内力击打在小太监的身上，小太监立刻胸腹间一片血气汹涌，被直接打出了房间。

房门被姬无镜的内力"砰"的一声关上了。陈河抱着白猫慢悠悠地走来，拍着白猫的头，对猫说："不怕。"

被击飞的小太监爬起来，揉着屁股赶到陈河面前，苦着脸说："哎呀，那群人本想戏弄小宫女的，没想到戏弄到门主夫人身上去了！"

陈河看了一眼关上的房门，没说话。

小太监在陈河面前猫着腰问："督主，不是说玄镜门门主身中剧毒内力全无命不久矣吗？这……小的刚刚差点被他拍死啊！"

"他说你就信？"陈河嗤笑了一声。他低下头，看向怀里那只猫时目光变得温柔，用手指点了点白猫的头，说："还是雪团乖，雪团不要学你姬叔，十句话里掏不出半句真的来。"

房间内，顾见骊吓得魂飞魄散。虫子这种东西说危险倒是不危险，可没几个姑娘不怕的，何况它们这般劈头盖脸而来。

似乎她全身上下都是虫子。

"虫子……虫子……"顾见骊整个人都吓傻了，知道屋子里只有姬无镜后，胡乱撕扯着身上的衣服。

姬无镜犹豫了一下，才用力一撕，将她的衣裙全部撕开。她莹白的肌肤美好似璞玉。

姬无镜将她拉近，捡走她肩上的两只死虫子，说："没有了，而且都是死的。"

"有的，有的……"顾见骊簌簌落泪，伸手颤抖地去摸后背。她觉得痒，觉得哪里都痒。

"帮帮我，求你了……"顾见骊哭着央求道。

姬无镜脸色古怪，心想：行，我帮你。

姬无镜将顾见骊的兜肚和裙子一并撕了下来，她身上只留着一条浅粉色的短裤。顾见骊还没反应过来就几乎被剥了个精光。

姬无镜的目光停留了一瞬。

顾见骊双手抱胸，向后退了一步，眼角还挂着泪珠呢，望着姬无镜的目光又是另一种畏惧。

姬无镜轻咳了一声，别开了目光，然而她凝脂般的肌肤、不盈一握的细腰和白皙纤细的腿仍浮现在他眼前。顾见骊的脸上迅速染上了红晕。她先前因为惊吓三魂七魄飞散，什么也顾不得，如今稍微冷静了些，才意识到眼下的情景有多尴尬和……暧昧。

顾见骊目光扫向一旁，桌子上工整地叠放了一件袍子。她想穿，但是不敢把手放下来……

她后背痒，想挠，但是不敢把手放下来……

她想哭，吸了吸鼻子，又簌簌掉下泪来。

顾见骊抱着胸慢慢蹲下来，委屈地哭着，小身子哭得一抖一抖的。

姬无镜垂眸瞧着她，伸手将她发间的一只虫子捡下来，然后拿起那件袍子给她披上。顾见骊紧紧低着头，急忙将衣襟拢好。她这才发现这件浅红色的长袍是轻纱料的，很薄，也很透，即使裹在身上仍是衣不蔽体。它竟像是烟花之地的女子所穿之衣。

顾见骊越发尴尬，身上还是很痒，一手捂住衣襟，一手挠了挠发痒的腰侧。

"别抓。"姬无镜开口，"盆里有痒粉，越抓越痒。"

木门忽然一阵响动，像有人推门。顾见骊惊呼一声，一下子站起来扑进了姬无镜的怀里。

姬无镜无辜地抬起双手，一副不是他主动、不关他的事的样子。他古怪地扯了扯嘴角，在顾见骊的后背上拍了拍，轻声哄道："是风，没人进来。"

顾见骊把脸埋进姬无镜的怀里，哽咽着小声哭诉："我想回家，爹爹救我……"

姬无镜一瞬间冷了脸。都什么时候了，她还想着让她爹救她？他难道不在她眼前？

姬无镜生气地在顾见骊的屁股上拍了一巴掌。

顾见骊吓了一跳，伏在姬无镜怀里的身子颤了颤，畏畏缩缩地松了手，想要从姬无镜的怀里逃出去。

姬无镜："你屁股上有虫子。"

顾见骊又惊呼一声，重新扑进姬无镜的怀里，颤声哭道："帮我，帮我……"

姬无镜本来还想等她喊叔叔听，可是瞧着她哭的样子，没忍心。他拉住顾见骊的手往一旁的屏风后面走去，一边走一边放柔了声音说："这是西厂的死太监戏弄宫女的把戏，虫子都是死的，只要洗个澡就好了。"

刚说完，姬无镜已经牵着顾见骊绕到了屏风后面，屏风后面摆着浴桶，里面盛满了热水。显然这是原本设计这戏码的太监提前准备好的。

"去吧，去洗澡。"姬无镜松了手。

顾见骊却忽然抓住了姬无镜的手，紧紧地攥着。

"要我帮你洗？"姬无镜笑着问。

他想给她脱衣服、换衣服、帮她洗澡的愿望这么快就要实现了？没意思啊……

顾见骊摇头，小声说："头上痒，还有虫子……"

姬无镜看了一眼，说："是痒粉，没有虫子了。"

"有……"顾见骊声音小小的，却带着执拗之意，攥着姬无镜的手不肯松开。

她眨巴着眼睛委屈地望着姬无镜，泪珠一颗颗滚落，小声地央求道："你别走，别留我自己在这儿，我害怕……"

姬无镜沉默了一瞬，鬼使神差地抬起手，用掌心抹去她脸上的泪，说："我不走，给你弄水洗头发。"

顾见骊努力笑了一下，眼睛一弯，又有泪珠滚落下来。

真爱哭——姬无镜这般想。

姬无镜却不知道顾见骊并不喜欢于人前落泪，偏偏总是因为种种事在他面前落泪。

姬无镜屈起食指敲了敲顾见骊的头，嫌弃地道："去，脱光进水里去。"

他转过身，口气越发嫌弃："动作快点，你难看，不想看。"

顾见骊抿唇，偷偷盯着姬无镜的后背，确定他没有转过来，才匆匆脱下身上的衣服，跨进浴桶里。她坐在里面，身子努力往下缩，浴桶里的水没过了她的下巴。被热水包裹，她身上那股痒劲果真立刻就没了。

姬无镜拉过来一张三脚高凳放在浴桶外，又从木桶里取了热水倒进木盆里。他将木盆放在三脚高凳上，又拖了一把椅子过来，懒懒散散地坐下。

顾见骊努力把身子藏在水里。她听着姬无镜在身后的响动，却不知道他在做什么。

姬无镜敲了敲浴桶，说："靠过来。"

顾见骊小心翼翼地回头看了一眼，看向姬无镜的目光中含着小小的提防之意，可是在看见木盆时又松了一口气。她听话地向后挪动，后背紧贴着浴桶。

水是热的，顾见骊的身子也是热的，猛地贴在浴桶上，她感到微微发凉。

姬无镜慢悠悠地解开顾见骊绾起的长发，将她云缎似的墨发放进盆中。青丝入水，轻轻漂浮着。

姬无镜将手放进水中，捧了一把顾见骊的头发，顺滑的青丝从他的掌心上滑过，又滑进水中。姬无镜看着水中散开的青丝好一会儿，才重新捧起她的发搭在掌中，拿起一旁的胰粉撒下，仔细地给她洗去发丝上沾的痒粉。

顾见骊的双手一直搭在胸口，她低头望着浮动的水面。水面上映出了姬无镜专注的神情，她脸上微微发热。

"抬头。"姬无镜从水面上看着顾见骊。

两个人的目光在水中相遇，那个瞬间，顾见骊慌乱地移开视线，身子稍微抬起来一点点，又向后靠，由着姬无镜的手掌托着她的后脑勺儿。

感受到姬无镜揉弄着她的头发，她心里有些乱。她望着屋顶，终于慢慢冷静下来。

水不小心进了顾见骊的眼里，她使劲地眨了眨眼，眼睛还是疼。她眯起眼睛，忍不住用手揉着。

姬无镜不经意间一瞥，视线落在轻晃的水面上——随水面浮动的还有她诱人的身体。

顾见骊很快收回手，重新挡住胸口。

姬无镜瞥了她一眼，心想：像谁稀罕看似的。

他拿起一旁架子上干净的棉巾擦拭着顾见骊的头发。他并不擅长做这种事，搓了没几下，就把顾见骊扯疼了。顾见骊的头随着他的动作晃动着，她紧紧抿着唇没敢吭声。

擦去头发上的水渍后，姬无镜又将顾见骊的湿发包了起来，然后懒散地向后靠去，漫不经心地瞧着她露在水面上的肩与锁骨，没说话。

顾见骊等了好一会儿，才小声说："我觉得身上已经不痒了，是不是可以出来了？"

"不，还要等一会儿。"姬无镜瞎说。

顾见骊不知道姬无镜骗她，果真一动不动地缩在水里。

"咚咚咚——"小太监在外面敲门，道："门主大人，我们督主令小的送来了干净的衣物。今日这事实在是我们西厂考虑不周,您可千万别怪罪……"

姬无镜刚起身,就听见身后浴桶里响起水声。他回头,就看见顾见骊双手搭在浴桶沿上,可怜巴巴地瞧着他。

她害怕。

姬无镜颇为嫌弃地瞥了她一眼,本不想理这个小麻烦,还是不由自主地说:"不会有人进来,也不会有虫子了,我一会儿就回来。"

姬无镜走到门口,从小太监的手里接过衣服,还没等小太监再说话,就"砰"的一声将门踢上了。

他懒懒散散地走回来,将衣服随手放在小桌子上,说:"擦干净换上,我就在外面。"

顾见骊这才点头。

姬无镜刚刚开门的时候,看见了站在院子里的陈河。他出了门,朝陈河走去。

陈河坐在树上,低头梳理着怀里的雪团身上的毛。他清俊出尘,坐姿更是笔挺,坐在树上的样子有些违和。

他举止有度,不会轻易坐在树上。刚刚是雪团跳上树不肯下来,他才上去的。

姬无镜踱着步子来到树下,仰头看着他。

陈河先开口:"没想到你这么在意嫂夫人,着实让师弟意外。"

"她啊……"姬无镜随意地扯起嘴角,瞧着陈河怀里的那只白猫,漫不经心地说,"我对她就像你对这只蠢猫,瞧她乖巧可爱,打发时间养着玩罢了。"

陈河抱着雪团下来,落地时先安抚似的拍了拍雪团,神色颇为认真地道:"我的雪团才不是随便养着玩的。等它死了,师弟是要殉情的。"

姬无镜又看了一眼窝在陈河怀里的猫,无语地说了句:"有病"。

这不就是雪妃让陈河帮忙养的吗,陈河至于吗?

也是,陈河为了进宫陪一个女人不惜自残入宫为宦臣,做出与猫同死的事也不足为奇。

估计顾见骊换好了衣服,姬无镜担心她自己留在那里又被吓哭,暂且不再理陈河,转身回去了。

顾见骊局促地站在屏风一侧,等着姬无镜,见姬无镜回来,疾步走到姬无镜面前，说："我们回家吧！"

她因在水里泡了许久，又哭过，脸上红扑扑的。

姬无镜的目光落在她的唇上。

她淡粉色的樱唇上有一层湿意，粉嘟嘟的，姬无镜忽然很想咬一口。他这般想着，就真的咬了上去。

姬无镜用牙齿在她的唇上咬了一下，又很快退开。他蹙眉，慢悠悠地舔了舔牙齿，自己的唇上还残留着她的气息。

她的唇很软，还有点甜，味道不错。

他轻轻一咬，让顾见骊的娇唇迅速变红，红得诱人，娇艳欲滴。姬无镜的目光在顾见骊的红唇上停留了一瞬，然后他重新凑过去，再次咬了上去，牙齿轻咬她的唇，慢慢磨着。

顾见骊惊得睁大了眼睛，将手搭在他的胸前，想要将他推开。然而，她犹豫了一瞬，原本想要推开姬无镜的手只是抵在他的胸前，到底没推开他。

她不应该推开他的，他们是夫妻。

顾见骊一动不动地立在那里，身子慢慢紧绷，任由姬无镜咬她的唇。每一丝感觉都被放大，让她胆战心惊。她感受着姬无镜牙齿的动作，亦感受着他的唇上的冷意。他的唇和他的人一样，是冷的。紧接着，她又感受到了他湿软的舌在她的唇上慢悠悠地舔过。

顾见骊忽然不寒而栗，颤了一下身子。

姬无镜松开顾见骊，捏着她的下巴，将她的脸抬起来，冷眼瞧着她，用带着嘲弄的语气道："很厌恶？"

他的眸子是冷的，如二人初遇时那般冷。他的狐狸眼挑起，眼中带着几分笑意，眼尾下的那颗泪痣却在提醒着她，他的笑是危险的。

"没有！"顾见骊立刻否认。

姬无镜仍旧在笑，狐狸眼里的冷意说明了他不信。

顾见骊将垂在身侧的手紧了又紧，终于鼓起勇气直视姬无镜，特别认真地说："我是抵触，可并不是因为厌恶你，只是不习惯，若是嫁了别人也一样。"

姬无镜笑了，漫不经心地问："换了我那侄子也这样？"

顾见骊怔了怔，满目惶恐之色，眼眶中迅速染上湿意。她忍着委屈，带上几分恼意，说："五爷这话说得很没有道理，若是你家里没有做出那样的事，兴许我嫁了你侄子后倒是能答上来！你现在问我，我答不上来！"

姬无镜微微眯了眯眼，原来这只小猫也是会生气的。他松了手，才发现把顾见骊的脸颊捏红了。她这么娇嫩的吗？

他没再说什么，转身往外走去，手腕却被顾见骊拉住。他停下脚步，回头看向她。顾见骊却只是低着头，不看他也不说话。

姬无镜沉默半晌，扯起嘴角笑了起来。他揉了揉顾见骊的头，口气随意地说："叔叔逗你的，回不回家？"

"回家……"顾见骊声音小小的，点了点头。

姬无镜手腕翻转，将顾见骊的手握在掌中，牵着她往外走去。

临出门的那一刻，顾见骊迅速擦去眼泪，抬起头来，像什么都没发生过一样，神情又变得端庄婉约。

不管发生了什么事，她总是不喜在人前露出不体面的样子。她看着姬无镜的背影，心想：自己的体面在姬无镜面前倒是完全保持不住。她如今亦不想花什么心思在姬无镜面前硬撑着维持体面，想来是因为她几次在他面前丢脸，在他面前早就破罐子破摔了。

陈河还在院子里，一手负于身后，立如风下松。那只猫倒是不见了。

"还没走？"姬无镜瞥向陈河的目光不太耐烦。

陈河温声问："真的没商量？"

"我找不到杀他的理由。"姬无镜古怪地笑了一下，"一张老皮做人皮灯笼又不好看。"

陈河有些犯愁地看向姬无镜。按理说姬无镜这个性子，他很容易得罪人。他不喜别人，别人也不喜他。偏偏皇帝对姬无镜还不错，免了姬无镜一些礼节，连他及冠的字都是皇帝以玄镜门赐下的。他中毒之后，皇帝更是关怀备至，宫中太医勤去诊治，进贡的珍稀补药也赏赐了不少。

陈河悄声叹了一口气，罢了，让姬无镜去杀皇帝的确没什么道理，自己不必再难为他。

这时，天上忽然升起一道信号烟。

一个小太监一路疾跑过来，疾呼道："出大事了！"

姬无镜带着顾见骊和陈河赶去御花园的时候，侍卫围了一层又一层，密不透风。御花园离这里并不远，他们赶过去时，事情才发生没多久。今日元宵宴，臣子带着家眷入宫。一年中唯有今日，臣子与家眷可以在宫中随意走动，欣赏美景。刚刚正是几位臣子的妻女在御花园里散步时撞见了这一幕——二殿下姬岩强迫三殿下姬岚的未婚妻在梅林里行苟且之事。两个人衣衫不整，红梅铺满地。

陈河拍了拍前面侍卫的肩，让他让路。

侍卫口气不善道："走开，走开，不要往里凑……"

他话还没说完，回头一看，见姬无镜和陈河冷着脸站在那里，吓得魂都快散了，连忙颤巍巍地让开路。

挡在前面的侍卫都把路让开了。

刚走到里面，顾见骊看见昌帝挥手就是一巴掌，朝二殿下姬岩的脸打了下去。姬岩一个趔趄，跌在地上。他裤子还没有穿好，狼狈不已。昌帝骂声不休，恨铁不成钢。

姬无镜侧过脸，在顾见骊面前吹了一口气，低声说："小孩子家家的，不许乱看。"

顾见骊真是服了，姬无镜总把她当成小孩子，只不过二殿下如今的样子的确是极为不雅的。根本不用姬无镜说，顾见骊发现二殿下衣冠不整的时候，早就移开了视线。

三殿下姬岚的未婚妻正缩成一团捂着脸哭，宫女拿来斗篷裹在了她的身上。她哭得悲戚，呜呜咽咽，让人动容。宾客虽然已经被侍卫遣散了，可今儿个的事定然传了出去，也不知道这位未来的三王妃日后如何是好。

姬岚匆匆赶过来，给昌帝行了礼。他似乎想求情，可是看了一眼不远处的未婚妻，眉峰聚拢，求情的话到底没说出口。

顾见骊注意到侍卫禀告姬岚赶来时，姬岚那埋首哭泣的未婚妻明显颤了颤身子。

"侵占弟妻，你简直丢我皇家的脸！你还想干什么？啊？"昌帝勃然大怒。

姬岩狼狈地整理着衣服，慌乱地跪在昌帝的脚边，声音都是颤抖的："父皇，儿臣是被冤枉的，是被冤枉的啊！"

昌帝朝着姬岩的肩膀一脚踹了过去，大怒道："谁扒你的裤子了？你把姑娘家的身子都占了，有什么脸来喊冤！拿鞭来！"

昌帝是真的愤怒。他先前对姬岩有多器重，如今就有多愤怒。原本他看好前太子,偏偏他还活着前太子就意欲篡位!最近他日益觉得身子骨没那么结实了,正考虑着立姬岩为太子,竟然发生了这样的事情。他原本就知道姬岩贪恋女色,宫中爱妾伶人不计其数。男人好女色也不算什么大事,可他怎么也没想到姬岩连自己的弟媳的主意都打。姬岩还没当上太子就有了抢夺之心,若自己真立姬岩为太子,说不定他会和前太子一样盼着自己早死。

昌帝如何不气?

他接过侍卫递过来的鞭子,用力甩在姬岩的身上,一鞭又一鞭地挥下。

鞭子劈头盖脸地打下来,姬岩不敢躲避,声泪俱下地高声喊着"冤枉"。

姬岚走到他的未婚妻面前,命令一旁的宫女:"带孙姑娘回去歇息。"

孙引兰拿开捂脸的手,用一双泪眼望向姬岚,眼泪怎么也止不住,似有千言万语,却又一句话也说不出来。再有四个多月,她就要嫁给他了。可是今天发生了这样的事,她知道自己嫁不了他了。

宫女将孙引兰搀扶着离开后,姬岚走到昌帝面前求情:"父皇,二哥向来守礼,这其中说不定……"

变故在一瞬间发生,跪地的姬岩忽然站起来,掐住了昌帝的脖子,逼得昌帝不得不连连后退,直到后背抵在树上。

"你……你……"昌帝再也发不出别的声音,惊恐地望着姬岩目光阴森的眼。

侍卫大惊,立刻喊着"救驾",围了上去。

姬无镜手腕一转,一枚铜板飞出去,准确无误地打在了姬岩的后颈处的穴位上。姬岩身子一僵,目光迅速变得涣散,松了手,身体沉重地向后倒去。

侍卫立刻冲过去扶起昌帝,又钳制住了姬岩。姬岚和另外两位殿下也匆匆赶过去,扶住昌帝,一脸关切之色。

昌帝大口喘着气,惊魂未定,大手一挥,下令侍卫将姬岩关起来。

姬岩只是被关起来,并不是被打入天牢,姬岚和另外几位殿下心中暗暗思量起来。姬岩是酒后失态也好,被别人陷害也好,若真的无法继承大统,对其他几位殿下来说都是好事。

这种情况下,陈河不能再袖手旁观,定然要过去做事。临走前,他颇为无奈地看了姬无镜一眼,压低声音道:"这救人是侍卫的事情,侍卫们没本事,还有东、西二厂。你玄镜门是杀人的,抢什么功?!"

姬无镜笑道："我乐意。"

陈河简直要怀疑姬无镜是故意跟他作对才出手救昌帝。虽然，姬无镜不出手，二殿下也伤不了昌帝。陈河很希望姬无镜和昌帝间生出些过节儿来。

顾见骊望着远处昌帝的方向，目光微沉。她抿了抿唇，拉着姬无镜的袖子，说："我们回家吧。"

"好啊，回家算账去。"姬无镜转身。半日折腾下来，他的身体的确有些受不住了。

他回家之后不仅要抢一笔钱，还要等昌帝赏赐。

两个人刚刚走到宫门口，侍卫就一路小跑着追过来，带来了昌帝召见他们夫妇的旨意。

顾见骊想起姨母的话，心中一沉，可昌帝说了要见他们夫妇，她无论如何也不能借故躲开。